# 如歌的青春岁月

郭希吉 著

河南文艺出版社
·郑州·

**图书在版编目（CIP）数据**

如歌的青春岁月/郭希吉著. —郑州:河南文艺出版社,2018.10(2019.9 重印)

ISBN 978-7-5559-0731-2

Ⅰ.①如…　Ⅱ.①郭…　Ⅲ.①长篇小说-中国-当代　Ⅳ.①I247.5

中国版本图书馆 CIP 数据核字（2018）第 191437 号

出版发行　河南文艺出版社
本社地址　郑州市郑东新区祥盛街 27 号 C 座 5 楼
邮政编码　450018
承印单位　三河市兴国印务有限公司
经销单位　新华书店
纸张规格　890 毫米×1240 毫米　1/32
印　　张　10.125
字　　数　200 000
版　　次　2018 年 10 月第 1 版
印　　次　2019 年 9 月第 2 次印刷
定　　价　38.00 元

人最宝贵的是生命。生命给予人只有一次。应当这样度过人生：回首往事，不会因虚度年华而悔恨，也不会因碌碌无为而羞愧；临终的时候能够说：我的整个生命和全部精力，都已献给世界上最壮丽的事业——为人类的解放而斗争。

——保尔·柯察金

# 目　录

第一章　　故乡 ...................................................... 1

第二章　　参军 ...................................................... 16

第三章　　往事的回忆 .......................................... 35

第四章　　告别故乡 .............................................. 45

第五章　　入伍 ...................................................... 60

第六章　　牧场 ...................................................... 80

第七章　　最后的检阅 .......................................... 106

第八章　　峥嵘青春 .............................................. 125

第九章　　陇西接兵 .............................................. 163

第十章　　山脚下的坟冢 ...................................... 176

第十一章　菊花台 ................................................. 186

第十二章　战友情 ................................................. 192

第十三章　军管会 ................................................. 209

第十四章　糖烟酒公司 .......................................... 261

第十五章　征途 .................................................... 288

第十六章　离别 .................................................... 296

第十七章　怀念 .................................................... 309

后记 ..................................................................... 316

# 第一章　故乡

## 永定集

　　洹河是豫北大地上一条古老的河流。在青年迩戈看来，这条母亲河终日闪着晶莹的泪光，呜咽着从故乡的胸膛上流过，低吟着深沉、悲切、哀怨的歌。

　　这一刻，萧瑟的秋风惶惑地掠过河面，抚慰着惨白的河水，顺着蜿蜒的河道向东流去。迩戈爱读书、爱思考，对故乡的历史、地理有所了解，知道商王盘庚在这片土地上建过都城，甲骨文中有"戊子贞，其炋于洹泉"的记载；知道洹河发源于林虑山，全长近170公里，河水流至林县的横水潜入地下，潜流到善应露出地面，百亩泉水，串串腾升，"遏横而入，逢善便出"的清澈洹水，滋润着豫北大地；知道颇有争议的历史人物袁世凯，曾在洹河岸边的洹上村韬光养晦；知道冯玉祥、张作霖曾在洹水两岸大打出手，鏖战将近一个月，史称"豫北战役"……

秋风拂过发梢，迩戈收回思绪，开始打量起有些冷清的永定集。

永定集是公社所在地，除了公社大院，信用社、税务所、粮站、棉站、卫生院、兽医站、供销社、戏院等也设在永定集。此外，镇上还有一所颇具规模的完全小学，内设初小、高小两个部，在校学生近七百名。迩戈想，这永定集还真算得上整个公社的政治、经济、文化中心。

洹河故道呈南北走向，将偌大的永定集一分为二，一座古老的桥横跨在故道上。桥是三孔石拱桥，长十余丈，宽三丈，用青色条石构筑而成，造型庄严古朴，气势雄伟，桥身嵌有大量浮雕图案。据文献记载，此桥建于五代时期的后梁，迄今已有一千多年的历史，是永定集的象征。石桥桥面上，有两条明显的车辙，深至脚踝。由此可见，经年累月曾有数不清的畜力车从上面经过，由昔日交通运输的繁忙，可知永定集当时的繁华，而且其历史肯定悠远得惊人。

纵横交错的巷陌，如同蛛网一般，把永定集分割为多个条块。迩戈听老人们说，洹河上以前能行商船，永定集是豫北商路上出了名的水陆码头，南来北往的商帮繁荣了永定集的工商百业。老人们还说，以前的永定集四周建有四五丈高的城墙，城墙外环绕着又宽又深的护城河。追忆往昔的繁华，总有老人唉声叹气地说："唉，如今，城墙塌了，砖头被拉去修房建屋了，护城河的水也没有了……"

迩戈心底，依稀存有小时候骑在父亲脖子上来永定集"赶会"的片段。那时的永定集，除了逢农历三、六、九为集日，每年阴历五月、九月还要举办商贸大会。永定集的商贸大会，会期长达半个月，是整个豫北地区的商业盛事，东至回龙、南乐，西至水冶、林县，南至汤阴、汲县，北至柳园、武安，各地商贾都会带着货物和发财梦如期而至。会上设有牲口市、木料市、农具市、家具市、家畜家禽市、食品市、农副产品市、布匹绸缎市、药材市等，货摊、商铺在街道两旁鳞次栉比，叫卖声不绝于耳，东大街戏院里则终日喧嚣着锣鼓家伙声……

不知从何时起，永定集的热闹与繁华没了踪影，留下的是颓墙断壁和满目萧条。如今的永定集，有如墙根闲坐忆往的那几位老人，心有不甘却无可奈何地目送着韶光华年渐行渐远。

触景生情，迩戈不由得想起自己高考落榜这段日子的遭遇，心情蓦然沉郁起来。他失去了在街上转悠的兴致，决定马上往家走。

## 栅栏村

迩戈是来公社开会的。他顺着公社大院旁的西街快步西行，出了只剩下地名的西镇门，就踏上了乡间的泥泞小道。

雨雾慢慢遮住了太阳，树木、秋庄稼以及行人在蒙蒙雨雾中渐次模糊。迩戈伸开双掌试了试，发现雨开始下起来，但又似乎不是在下雨，倒像是下雾。密如蛛网的雨丝慢慢飘洒下来，迩戈觉得凉凉的。

绵绵细雨，洁净了豫北大地的秋色。

发黄的叶儿，在细雨、秋风中徐徐飘落。野草开始枯黄，弯着腰低垂着头。毛毛细雨落洒在草叶上，汇成水珠，顺着叶梗滴落下来，像是在哭泣。

迩戈低着头，继续向前走。等他抬起头，栅栏村已出现在面前。抬眼望去，整个村子显得破败不堪。迩戈的家，就在这个小小的村子里。

迩戈觉得栅栏村的村名叫得有些怪异，不知是何年、何人命名的。周围的村庄，一般都叫什么李家村、张家庄或赵家寨，一听便知这村庄住的主要是什么姓氏。自家住的村子却叫栅栏村，旁人叫起来别扭，自己也觉得可笑。

栅栏村人口不多，姓氏却不少。究其原因，大概是各地逃荒要饭的来到此地后，看这里住户不多，土地不少，原住民又善良，于是就在此地落户生根，渐渐出落成姓氏庞杂的村庄。

在栅栏村，迩戈家是大姓，有十几户人家，一百多口人，土地和人口占全村的一半以上。其中一户是地主，说起来这户人家当地主还真有些冤，土改前几年才靠省吃俭用买了二十几亩土地，加上几辈人积累的土地，总共不到百亩，但全村就数你土地多，还雇有长工、短工，你不地主谁地主？别的姓氏人口都不多，最少的赵姓只有两户人家，其中一户也被划为地主，主要是因为老赵平时比较霸道、蛮横，且很抠门，有欺压邻居、克扣长工工钱等劣迹，故而大家都觉得地主帽子戴在老赵头上正合适。

迻戈家族的十几户人家大都过着比较殷实的生活，多数家庭都有整齐的房屋、宽敞的院子、高高的院墙，好几户人家都有人在外工作，有的当干部，有的当工人，有的当教师，另几户人家则有人常年在外跑买卖。栅栏村土地肥沃，水源充足，迻戈家虽然平时吃不上细粮、荤腥，但粗茶淡饭总是不缺，日子过得比上不足比下有余。其他姓氏则不然，除地主老赵家有几间砖瓦房，多数人家住的是土坯草房，日子过得很紧巴。

在迻戈看来，自己这个家族能过上好日子，主要是家家户户都遵从祖训，重视对下代的教育，不论是男孩还是丫头，只要到了上学的年龄，家里再困难也要将孩子送到永定集去念书。有了文化、有了知识，自然就容易有出息、有出路。迻戈家族不仅在栅栏村，在方圆十里八乡也有着好名声，男孩子到了定亲年龄，外村有合适姑娘的人家会争相托人来提亲，而且要的彩礼不多，有的甚至不要彩礼。村中日子过得最恓惶的那几户人家，则很不重视下代人的教育，甚至全家人都是瞪眼瞎，斗大的字不识一升，日子越过越难，男丁娶媳妇难，而且要花费很多彩礼。除了迻戈家族，村中其他姓氏都有一位以上的老光棍。

一场细雨，让穿村而过的那条土路很快泥泞起来。几只鸡在路边低头啄食，一只掉了毛的灰狗对着迻戈汪汪吠叫，迻戈一声呵斥，灰狗立即夹着尾巴跑了。迻戈家住在村西头，他从村东进村，只能踏着泥泞小心地走。

## 施工员

高考落榜后，迩戈就从县城回了栅栏村。这以后，不断有冷嘲热讽传进他的耳朵，说他从小上学花了家里不少钱，好不容易念到高中毕业，到头来还得回农村修理地球，真是赔本买卖，早知这样还不如从小在家种地。

有一天，他碰上家住破庙边上的王老二，这王老二跟迩戈的父亲是朋友，所以迩戈一直叫他二大爷。这天一见面，二大爷就用鄙视的眼光看着他，然后问：

"听说你没有考上大学？"

"嗯。"

"那这十几年学不是白上了？"

迩戈无言以对，脸上红一阵黑一阵。

"你家那么困难，没有劳动力，考不上大学，白花家里的钱，你这孩子真是不懂事！"

迩戈心里难过极了，心想，这会儿如果地上有个缝，自己会毫不犹豫地钻进去。

"你爹也是糊涂，我早就对你爹说过，叫孩子上什么学？可他就是不听。你看，我就不让孩子上学，老大老二在队上干农活，每天能挣六七个工分呢。"

迩戈红着脸跑回家，气得两顿没吃饭，呆呆地躺在床上看着屋顶发愣。

也就是从那天起，迻戈决定今后在帮家里干活的同时，还要抽时间复习功课，明年再考一次大学。

这天下午，迻戈正在家里做数学练习题，听到有人在院子里喊"迻戈"，他应声走出来，看见一个干部模样的人推着自行车站在自家院子里，他赶忙上前打招呼："您找我吗？"

"你是迻戈？"

"是的，您是……？"

"我是县水利局的。"

"快请堂屋里坐。"

迻戈上前接住自行车，推到树下放好，然后请来客进屋坐下说话。

"您是从县里来的吧，找我有事？"

"这是我的工作证，你看看。"

迻戈双手接过工作证，看了看。来客姓李，是县水利局技术股的股长。

李股长装好工作证，喝了两口迻戈递来的水，问道："你愿意到县水利局工作吗？"

"求之不得，求之不得……"迻戈不知该说什么好。

"愿意来就好，水利战线现在正缺有文化、能干活的年轻人。"

"您是怎么知道我的？"

"是七中赵老师给我推荐的，我和他熟悉。"

"你说的是教数学的赵老师吗？他是我的班主任。"

"他也教过我数学。你的情况，是赵老师找我说的。"

"您也是七中毕业的？这么讲来，您还是我的学长呢。"

"是的，我很怀念学生时代，每年总会去学校看看。"

"是啊，我刚毕业回家，很怀念当学生时的生活。"

"说到你没有考上大学，赵老师很替你惋惜。"

"或许，这就是命吧。"

"不能这样想。你也不要气馁，如果想上大学，可以边工作边复习，明年再考。"

"我有这个想法。"

"刚才进门看你手里拿着课本，你是在复习吧？"

"抽时间做做题，也好明年再考。"

"我认为，上不了大学也不要紧，我也不是没考上大学吗？你这样聪明、肯学，今后会有前途的，搞不好今后比我还强呢。"

"看学长说的，您现在是技术股长，我怎敢和您比？不敢妄想。"

"现在水利局正缺人才，特别需要在校成绩优秀、操行表现优秀的高中毕业生。"

"我谈不上优秀，不过，我愿意到水利局参加工作。"

"你的情况，我已经给领导汇报过，局领导同意你来，今天我上门就是来征求你的意见。如果你愿意，很快就可以上班。"

"好的。但不知要我具体干什么差事?"

"咱县要在农村搞一些小型水利设施,你来了,先去工地上做施工员。"

"我行吗?"

"只要愿意干、愿意学,就没有问题。我刚参加工作时和你一样,也是边干边学、边学边干,如今不也成行家了吗?赵老师说你数理化成绩好,会看图纸,我觉得你能干好。当施工员,关键是严格按照图纸施工,严把质量关,按时完成任务。"

"好的,我试试吧!"

"不能试试,要认真把工作做好。如果你学得快、干得好,明年就会把你派到大型水利工程上去,那更锻炼人、成就人。"

"好的,我去后一定严格要求自己,认真完成工作,保质保量按时完成上级交办的任务。"

"需要说明的是,你上班后是个临时工,根据工作表现,一年后再由局里研究你的转正问题。"

"好的。"

"你上班后,就在技术股工作,有什么想法尽管给我讲,谁让咱们是校友呢,你说是不是?"

"何时可以上班?"

"就最近这几天,到时会通知你的。上班后,会先培训几天,然后就是下工地,带着施工队干活。具体事宜,到时再和你讲。"

迓戈又给李股长续了水,请他吃了饭再走。

李股长说:"饭就不吃了,我还要去永定集办事。"说完就要走。

"马上就到饭时了,你不吃饭就走,我心里总觉得过意不去。"

"小学弟,等有了机会,你还真得请我吃顿饭,而且必须上饭馆。"

"好的,一言为定!"

两人笑了起来。握手后,迓戈推着自行车,把李股长送到村头。

目送着李股长渐行渐远的背影,迓戈高兴极了,心想这真是天上掉了个大馅饼。他哼着小曲儿在自留地里找到母亲,说了李股长要他去水利局工作的事。母亲高兴得哈哈笑起来。自高考落榜后,他还没有看到母亲这样高兴过。

母亲收拾着农具,说:"今天早晨起来,我就听见有只喜鹊在咱院里的枣树上叫,当时我就想,今天可能有喜事。这不,果然灵验了。"

"娘,那是迷信。"

"你别不信,你去学校看高考成绩,先一天我就听见几只乌鸦叫……"

"那纯粹是个巧合,以后可不能信这一套。"

"哈哈哈,回家先给你炒盘鸡蛋吃是正事!"

当时村中还没有建小学,妹妹从外村学校放学回来,看到桌上的炒鸡蛋,高兴地跳了起来,拿起筷子就要吃。母亲伸手拦住她,说:"你哥还没吃,一会儿一块吃。"

"娘,不年不节的,今儿咋吃起了炒鸡蛋?"

"告诉你,你哥停几天就参加工作了。"

妹妹又高兴地跳了起来,跑到院子里一把抓住哥哥的手,说:"你挣了钱,一定要先给我买个新书包。"

"哥哥一定照办,还要给你买个花头巾呢。"

"你说话要算数,来,拉个钩。"

"好咧,来。"

"拉钩上吊,一百年不许变。"

母亲站在屋檐下,看着兄妹俩,笑了起来。

以迩戈的学业底子和聪明劲头,很快就成了合格的施工员。他按照李股长的安排,带着十多人的施工队伍下到农村,经过三个月的努力做完了第一个工程,经局里检验,工程质量完全合格。这天,他刚到一个新工地,水利局的通信员找到他,说李股长让他马上回局里,有事要谈。

他骑上自行车,急匆匆赶到局里,见了李股长。

几句客套之后,迩戈坐在李股长对面,问:

"股长找我有何事,请讲。"

"你在工地上干得很好,工程质量、工作精神局里都满意,这里我先对你提出表扬。不过——"

"有什么事尽管讲。"

"明天你就不用去工地上班了，这是局里的意见。"

"啊? 为什么?"

"你们村的支书，前几天来局里找了领导，说村里要办小学，让你回去当教师，而且要求你尽快回去。"

"没有听说村里要办学的事啊!"

"具体情况，我也不清楚。"

…………

中午十二点了，李股长执意留迩戈在职工食堂吃了饭，然后执意把他送到水利局大门外。临别时，李股长紧紧握住他的手，有些动情地说:

"迩戈老弟，对不起，我没有能力留下你，请你谅解。"

"谢谢你给了我一次工作的机会，跟着你学了不少东西! 学长，您请回吧。"

"你不要气馁，像你这样的学历和工作能力，以后参加工作的机会多的是，请不要有思想负担。"

"谢谢学长，您回去吧。"

## 小学教师

迩戈回到家，既郁闷又迷糊，自己在工地上干得好好的，工程质量、工作态度都让领导满意，还受到了表扬，为什么会被突然辞退呢? 想来想去，他认为很可能是村支书郜士贵使的坏。郜士贵跟迩戈家有些不对付，郜又是个很把自己当干部的人，平时见到迩戈都是冷若冰霜的样子，近来却突然对迩戈关心起来，两人前几天在村头碰面，郜士贵客客气气地跟迩戈说了半晌的话，问了他在水利局的工作情况，可当时并没有提到办学校一事呀。现在想来，没准就是这个郜士贵在中间没起好作用。郜士贵人品低劣、心胸狭窄、为人颠顸，气人有笑人无，睚眦必报，以往没少为难迩戈及其家人，当然，迩戈也曾让这个地头蛇出过丑。

迩戈努力不让自己再想过去的事，决定还是要认真复习功课，为参加明年的高考做准备。

几天后，迩戈正在家里看书，两位客人找到家里，说有事要和他商量，那位年轻的来客指着年龄稍长者，对迩戈介绍说："这是咱东片学区的郝主任。我姓裴，是郝主任的助理。"

"请坐下说话。"

迩戈给两位客人倒上水。三人坐定后，郝主任看了看桌子上摆放的书本，问迩戈："在家复习功课？"

"闲来无事，看看课本。"

"明年准备参加高考？"

"今年没有考上，明年准备再试试。"

"好，好！有志气。青年人就要有百折不挠的信念。"

裴助理看看迩戈，面带笑容地点点头，又看了看郝主任，然后说：

"我听我的一位老师讲，迩戈在校时学习成绩不错，对他没有考上大学感到十分惋惜。总复习阶段，他为艺术考试耽误了个把月的时间。郝主任，我好像给你说过这个事。"

"我想起来了。迩戈你不简单呀，还参加过艺术考试，考的是啥学校？"

"是电影学院，可是没有被录取。"

"我看你当个电影演员很适合。你形象这么好，听说学习成绩也不错，为何没有考上？"

"总成绩差了两分，主要是在舞蹈考试中丢了分。"

"太可惜了！我看你如果再考，仍然可以报考电影学院。"

"不了，我准备考师范学院，将来当个教师。"

"好啊，今天来正是要给你说当教师的事呢。"

郝主任放下水杯，讲起办学校的事。

前不久，省里召开教育工作会议，要求大力发展农村的小学教育事业。县领导回来后，立即召开全县教育工作会议，传达了省里的要求，又根据本县的实际情况，要求每个村庄都要办一所小学，让学龄儿童都能在本村上学。郝主任说："小裴调查过，栅栏村就你一个高中毕业生，我们想让你把这个任务担起来。我刚才跟你聊聊天，觉得你很合适教书，而且你教书的同时还可以复习功课，不会耽误来年参加高考。况且，你又有当教师的愿望……"

郝主任给迩戈谈了整整一个小时。

迩戈家的院子里，不知何时来了二十多位村民。听说要在本村办小学，他们都非常高兴，表态说会坚决支持。

村支书郜士贵也来了，郝主任又给郜士贵如此这般交代了一番，大家用掌声送走了二位来客。

栅栏村要建小学的消息迅速传遍全村，村民们心里都乐开了花。他们知道，如果学校办成了，自家的孩子就不用再起早贪黑地跑到外村去上学了。念书关乎后生们的前程，农村娃不念书难有大出息，只能一辈子和土坷垃打交道。

村里老人们讲，曾经有个风水先生路过栅栏村，说迩戈家族住的村西头风水最好，北靠载福而来的洹河水，西有永不干涸的湿地润泽，南有老庙里神灵的庇护，这个家族会年年五谷丰登、户户人丁兴旺。如今迩戈要当村里学校的老师了，有村民恍然大悟般说，原先咱老埋怨自家风水不好，现在才明白，让孩子多受教育、多念书才是根本。

村里办学校，上级有拨款，不足部分则靠村上自筹。村里开会讲明这层意思后，大家都愿意出物出力，有人捐木料、桌凳、砖瓦，会泥工、木工技术的村民都愿意尽义务。全村男女老少一起上阵，很快将村中废弃的一个破院子整修一新，迩戈从自家扛来一根丈余长的杨木杆子当旗杆。很快，一所飘扬着国旗，整洁漂亮的小学开课了，原来在外村上学的学生陆续转来，村里的适龄儿童全部报名上了学。学生达四十多人，迩戈教语文、教数学，还开设了音乐课，教学生们唱歌。

从此以后，栅栏村平添了新风景，在村中漫步就会听到清脆的上下课的钟声，以及琅琅的读书声、稚嫩的歌声、放学路上的说笑声，有时候还能听到旗杆上国旗飘动的猎猎声。

# 第二章　参军

## 背窑

从栅栏村走出来二十多名庄稼汉，虽然还是秋天，但他们都穿着破旧的棉袄。唯有迻戈穿一身秋装，无精打采地跟在人群后面。

今天是星期日，迻戈要趁放假，到窑场去挣工分。

他们的活计是把晾干的砖坯背到硕大的砖窑内。待砖窑装满后，烧窑师傅会用黄泥封住窑口，点火烧砖。砖烧成后，还要靠人力背到窑外。

这座砖窑是栅栏村村民主要的副业收入来源。栅栏村生产的砖瓦在方圆小有名气，前来拉货的畜力车、人力车终年不断。

迻戈随众人走到砖坯垛子前，脱下外衣，披上垫肩，横竖交叉将黏土打成的砖坯码成三尺多高的垛子，用绳套捆绑好，然后弯腰、套绳、站立,将重达百斤的坯垛子负到背上。

背窑汉像蚂蚁搬家似的,一个跟着一个,向着砖窑艰难前行。钻进窑内把砖坯码齐后,一个跟着一个再到坯垛前,周而复始地码垛、穿绳套、弯腰、站立、负重前行……

终于装完了这一窑,迩戈站在砖窑前喘息,满身汗水被凉风一吹,人就打起寒战来。此时的他,浑身上下尽是土灰,乌黑的头发已变成灰褐色,汗水、泥灰在脸上、身上留下道道渍痕,猛然望去,犹如讨饭的乞丐。他用秋衣揎着头上、身上的灰,内心满是悲戚、凄楚与无奈。

迩戈拖着疲惫回到家,母亲格外心疼,拿出毛巾为他拍打身上的灰土。

小妹听见哥哥回来了,从屋里跑出来,从水缸里舀了一瓢水倒在脸盆内,催他洗脸。

洗完脸,迩戈走进堂屋,看到桌上已摆放好了饭菜,馍筐里放着五六个黄面窝头,一大碗炒胡萝卜,一锅小米稀饭。

"娘,小妹,快来吃饭吧。咦,大妹呢?"

"姐姐去姥姥家了。"

三人坐下吃饭,小妹给母亲盛上稀饭,又给迩戈盛一碗,然后把桌上的菜盘向迩戈面前推了推。

可能是太饿的缘故,迩戈一口气吃了三个窝头,喝了两碗稀饭。然后拍拍肚子,看着妹妹与母亲,说:

"我吃饱了,今儿的窝头太好吃了。"

母亲看着儿子,笑了。一家人吃完饭,母亲收拾着碗筷,对迤戈说："星期天，就是老师、学生的休息天，以后不要再去窑场干活了。"

"我干一天，能挣八个工分呢。"

"你没有干过这样的活，看把你累的。"

"我年轻，累了睡一觉就好了。"

"你爹在县里上班，挣的钱也够咱家用了。往后啊，你只管教书就行了。星期天就在家复习功课，明年再考大学。"

"误不了，明年的高考还早着呢。"

"快去休息吧，明天一早还要去学校。"

迤戈应了一声，去了自己的屋子。躺在床上，想起母亲刚才说的考大学，他怎么也睡不着，眼睛望着屋顶，往日的一幕幕呈现在眼前……

这年的高考结束后，他从学校回到家，望眼欲穿地等着结果。

终于等到了揭晓考分、录取分数线那一天。得知自己因两分之差而名落孙山，迤戈顿时蒙了，有些不知所措。

他呆坐在操场边的小树林里，痴痴地望着前方。他无论如何也想不明白，自己这回咋考了这么差的分数，平时成绩在学校可是一直名列前茅的呀，老师、同学都说他上大学不成问题。

"迤戈，你怎么在这里？我四处找你半天了……"一个好听的女声打断了他的思绪。他抬起头，这个叫高兰英的女生不知何时站在了他面前。

他俩是同桌，她的成绩一直不如他，迻戈在高考复习时没少帮助她。

"我，我，我想在这里站一会儿。"迻戈不敢看她，低着头说。

"唉，你肯定是发挥失常了……"兰英语气里透着惋惜与同情。

"我要回家了，再见！" 迻戈挥挥手就要走。

兰英一把拽住他，眼里噙着泪水，说：

"你不要悲伤，更不能气馁，要鼓起勇气，明年再考。"

他能说什么呢？他重重地点点头，和她肩并肩走出了学校。

想到这里，兰英的倩影又一次浮现在迻戈眼前。

兰英身材高挑、面容漂亮、性格开朗、心地善良，而且爱好文艺、能歌善舞。他俩是在新生入学晚会上认识的，迻戈是歌舞节目的指挥，兰英的节目是独唱。那天的晚会上，她接连唱了三首歌，最后那曲《看天下劳苦人民都解放》，唱得委婉动听、催人泪下：

　　娘的眼泪似水淌，

　　点点洒在儿的心上。

　　满腹的话儿不知从何讲，

　　含着眼泪叫亲娘……娘啊！

　　…………

儿死后，

你要把儿埋在那洪湖旁，

将儿的坟墓向东方，

让儿常听那洪湖的浪，

常见家乡红太阳。

…………

娘啊！

儿死后，

你要把儿埋在那高坡上，

将儿的坟墓向东方，

儿要看白匪消灭光！

儿要看，

天下的劳苦人民

都解放！


　　那一天，兰英是带着感情唱的，是流着泪唱的。她的歌声时而高亢、时而悲戚，打动了所有师生，大家流着眼泪听完了这首歌。

　　刚入校时两人并不在一个班级，文理分科之后，两人不仅成了同班，还成了同桌，关系渐渐就好起来。

　　兰英家是县城的，父母、哥哥都有体面的工作，家里条件较好，所以她衣着时髦，对同学很大方，对迓戈更是慷慨，经常资助他一些饭票。有一次，听说他没有粮票了，马上就给了他三十斤。困难时期，这是一个不小的数目。还有一次，他把穿脏了的衬衣顺手放在课桌桌斗里，第二天想起来时，则发现衬衣被洗得雪白，整整齐齐地躺在桌斗里。衬衣上飘着淡淡的香味，迩戈当时想，这可能是她用洗脸的香皂洗出来的。兰英一直认为他肯定能考上大学，他却名落孙山，她怎能不同情与惋惜呢？那天在学校门前的马路边分别时，兰英又一次对他说：

"你千万不要灰心丧气，明年可以再考，我等你的好消息。"

"我记住了，来年一定要考上大学。"

"你在家要经常复习功课。以后，我去家看你。"

"你回去吧，不要再送了。"

两人同时伸出手，两双手紧紧握在一起。

迩戈头也不回地走了。他想，今日一别，以后见面的机会就少多了，兰英说的可能是客气话。不过，他的内心还是充满了温暖与感激。

想起高考，迩戈又开始有些后悔不该报考电影学院。电影学院提前加试专业，教务处老师拿到招生简章后，第一个就想起了迩戈。迩戈是校学生会的文艺部长，学校里排练大小节目都少不了他，老师们也都欣赏他的文艺才华。教务处的老师拿着招生简章，对迩戈说："你喜欢文艺，能唱会跳，会表演，形象佳，我看你具备电影演员的条件。咱学校往年有考上清华、北大的，就是没有考上电影学院的，你努把力，考上电影学院,帮咱学校破个纪录、放个卫星。"

迷戈从来都是自信的,老师三说两不说他就动了心,于是课也不正常上了,整天泡在音乐老师的办公室准备专业考试。因为从来没有学习过形体、舞蹈,他努力了一个多月,还是没能通过专业加试。他没有灰心,又积极投入高考复习,谁知最后考出这样的成绩,他怎能不悲观呢?寒窗苦读十几载,到头来竹篮打水一场空,他怎能不自责呢?他恨自己的无能,也后悔当时不该报考电影学院,白白耽误了珍贵的复习时间……

## 应征

迷戈刚上完课,正准备喝点儿水,公社的通信员小周骑着自行车进了校园。

小周是来给他送信的,小周说:"公社武装部的田部长,让你见信之后马上就看。"

迷戈说了句"想喝水,你自己倒",就撕开信封看起信来。

说是信,其实是只有几句话的小字条,上面写道:

迷戈:

今年的征兵工作就要开始了,这是咱公社自成立以来第二次征兵。你是个有为的适龄青年,希望你带好这个头,带头到公社报名。具体情况，你来后我再跟你详谈。

　　切记！

武装部　田天相

即日

　　送走小周，迩戈想，参军入伍还真是个不错的选择，既是响应国家号召，也是锻炼、成就自己的好机会。回到家，他对母亲说了田部长来信的事儿，又说自己想去试试。从母亲的表情中，他看到了几丝愁容。母亲看看迩戈，又想了想，才问：

　　"你教书教得好好的，为啥又想去当兵？"

　　"我想到外面去闯闯、看看。"

　　"你不是还想考大学吗？"

　　"我是想考，但能否考上，却是个未知数。再说，到了部队也可以考军校嘛。"

　　"你要想清楚，再做决定。"

　　"当兵也不是一句话，要体验要审查，人家不一定要我呢。"

　　"当了兵，到什么地方去？"

　　"不知道，到公社问一下就清楚了。"

　　"主意你自己拿，我和你爹一切依你。"

　　母亲说这话时，透着不舍，更透着关切。迩戈抬头望望，发现母亲正在变老，头上不知何时有了几绺白发，眼角显出了鱼尾纹。在迩戈心目中，母亲是十分善良且漂亮的女人，如今仍能看出她当年的风韵。生活啊，正在催着母亲慢慢告别韶华，在岁月的风霜中日渐老去。想到这些，迩戈差一点儿改变了出去闯闯、看看的念头。

迩戈吃着饭，母亲悄悄看着儿子。从内心讲，她不愿意让儿子远走高飞，尤其不希望他当兵。在母亲看来，国家招兵的目的就是为了打仗，不打仗要兵干什么？打仗，就少不了意外，宝贝儿子万一有个意外怎么办？她甚至想起了自己唯一的弟弟，被国民党军队抓了壮丁，至今杳无音讯。在她内心深处，这是永远的伤痛。当然，现在已经不是兵荒马乱的年代，不会再发生自家弟弟那样的事情。可是，丈夫在外工作，儿子高中刚毕业，正在成为家庭的顶梁柱，怎能舍得让他去当兵呢？但她又想，这个高中毕业的儿子，志向高远，目光远大，总不能一辈子窝在农村。年轻人就该志在四方，去新天地打拼出好前程。她知道儿子的秉性，想办到和认准的事没有办不成的。去水利局上班，人家不是对他的工作很满意吗？在村里办学校，不是也办成了吗？如果到了部队上，相信他也会干出一番事业来。想到这里，母亲内心的惆怅慢慢换成了微微笑容。她洗刷完碗筷，催迩戈快去公社见田部长。

迩戈想了想，说："学校下午还有课，公社我不着急去。田部长让我带头报名，我准备在村里再动员几个适龄青年，明天一起去公社！"

下午放学时，迩戈安排两个班干部明天带着大家上自习，然后回家草草吃了晚饭，就来到村南的水井旁，等候大山、友金的到来。

此时,日暮的光影正在大地的尽头渐渐暗淡,天地之间静谧得似乎能听到夜风的脚步。迩戈抬头仰望天空,一轮弯月徐徐升起,几朵白云绕在它的周围,似乎是想遮蔽月亮的光辉。星星闪烁着光芒,迩戈看见有流星带着美丽的弧光,滑向神秘的天际。

沙沙的脚步声由远及近,迩戈迎着大山、友金的方向往前走了几步。

三人坐在井台上,迩戈开门见山地说:

"大山、友金,你俩考虑好了吗? 大山你先说说。"

"我还是中午那个态度,当兵不当兵无所谓,如果你去我也去。"

"友金,你有啥想法?"

"我没有主意。你俩如果去当兵,我和你们一起走。"

大山、友金和迩戈年龄相仿,从小一起长大,平时关系要好。大山家里生活困难,两个哥哥已经分家另过,父母和他一起生活,除了种地,就是父子二人到百里外的煤矿上拉煤,赚几个脚力钱。友金则不然,他是大队长的侄子,由于有这层关系,他在队里当仓库保管员,日子比较自在。

迩戈听了他俩的表态,说:

"我已经考虑好了,决定去当兵,我认为这是个好机会。常言道,机不可失,时不再来,我建议你俩不要失去这个机会。"

"你已下定了决心?"

"你在学校里当教师,不是很好吗?"

"你们两人问得好。我觉得,年轻人不能满足于现状,如果这次不去当兵,恐怕一辈子离不开这个穷村。"

友金说:"迩戈,你说当兵能有什么前程?"

"我们都很年轻,不能就这样在农村打发日子,倒不如去外面闯闯世界,长长见识。部队是个大熔炉,只要好好干,不愁没有好前程。大山,你是怎么想的?"

大山说:"拉煤卖煤虽然能挣几个钱,但这个营生太辛苦。五更起,半夜睡,一趟下来才挣两元钱,何时是个头?我能拉一辈子车吗?从心里说,我也想到外面闯一闯。"

友金说:"我不用起早贪黑地拉车,但不想一辈子待在农村呀。要我说,咱们三个一块去当兵好了。"

迩戈点点头,说:"你两个说话要算数,明天我们一起报名去!"

"好!一起去!"

三个人相互看看,你一句我一句地议论起将来。友金说,到部队一定要好好干,争取入党、提干,复员转业后到城里当干部、当工人,最起码也要在永定集上混个差使干干。大山说,参加了工作,就有了工资,我们每人先买一辆飞鸽牌自行车,腕上戴手表,脚上蹬皮鞋,再将家里的草房翻盖成瓦房,让父母过上不愁吃、不愁穿的太平日子。迩戈说,有机会的话,我想考军校……

天上的弯月已经西沉，周围一片寂静，唯有小虫在轻轻鸣唱。夜已深，他们起身回村，约定明天一早就去公社报名应征。

第二天，一行三人走进永定集时，太阳刚刚升起。阳光照在身上，迩戈觉得暖暖的。

公社院子里站满了人，看样子都是应征者和家属。迩戈让大山、友金先在院里等一会儿，他则绕过人群向武装部走去。

武装部办公室里，田部长等几个人正在说话。田部长看见迩戈，向前走几步，一把拉住他的手，说：

"跟我来，有话给你讲。"

迩戈看到东片学区的郝主任和一位军人坐在办公室里角在说话，他立即叫了一声"郝主任"。

郝主任从凳子上站起身，说："迩戈来了，我们正在说你的情况。"

田部长拉着迩戈的手，立即打断郝主任的话：

"老郝，你要顾全大局啊，要积极支持迩戈去当兵。"

"田部长，我当然会支持的。不过，从内心讲，我是不愿意让迩戈走的，他是我们的模范教师，你挖走了我们的一个人才呀！"

田部长指着那位军人，向迩戈介绍：

"迩戈，这是部队来接兵的李排长。"

迩戈赶忙走到李排长面前，鞠了一个躬。李排长站起来，

围着迩戈转了一圈,拍拍他的肩膀,说:

"你愿意当兵?"

迩戈打了个立正,干净利落地说:"我十分愿意,想到解放军大学校里学文习武,为国防事业贡献青春。"

田部长有些得意地说:"李排长,这可是棵好苗子,到部队当个文化教员绰绰有余,这是我们武装部给你们推荐的最好的一个兵。"

李排长点点头,说:"我来时,马团长给我交代过这个事。"

田部长说:"马团长记性真好,上次会议上我跟他汇报过迩戈的情况。"

郝主任苦笑着摇摇头,说:"田部长、李排长,你们两人已经商量好了,看来非要把我的人才挖走啊。"

田部长递给郝主任一支烟,说:"郝主任,顾全大局吧,就让他当兵去吧。"

郝主任接过烟,有些不甘心地说:"好吧,我坚决支持你部长的工作。说实在话,真是有点舍不得,但为了部队的需要,为了迩戈的前途,我只好忍痛割爱了。"

田部长冲郝主任扬扬大拇指,转脸对迩戈说:"迩戈,一会儿咱们要开个会,我和李排长讲话后,你要代表应征青年表个态。你快去准备准备吧!"

郝主任说:"田部长,他不用准备,当过教师的人发个言讲个话,那是手到擒来。"

田部长、李排长笑了起来,迩戈不好意思地走出屋子。

不一会儿,集合哨声响了起来,全公社近百名应征青年站在礼堂门前开应征动员会。

田部长、李排长等领导站在台阶上,田部长先做了开场白,说积极应征入伍是每个青年人的义务,是国防建设的需要,希望报名的青年做好家人的思想工作,取得全家的支持,等等。李排长讲话时,先说了部队对年轻人成长的重要性,而后讲了体检的时间、地点和注意事项。最后,由迩戈代表应征青年发言。他讲得慷慨激昂,铿锵有力,李排长不住地点头,台下也想起了阵阵掌声。

## 体检

晨曦透过窗户格子洒在迩戈身上,他坐起来,急促地穿好衣服下了炕,然后走出屋门舀水、刷牙、洗脸,然后端起母亲准备好的饭菜,三下五除二地扫荡一空。

今天是体检的日子。迩戈和母亲打了声招呼,向大门口走去。

大山、友金已站在村口等他。

三人说说笑笑地向县城走去。

经过初筛,永定集的百名应征者只剩下不足五十人有资格参加接下来的体检。待到中午时分,体检全部结束,合格的仅剩下三十多人。这时,田部长急匆匆走到迩戈面前,有些焦急地说：

"你的体检基本合格，特别是裸视力，达到1.5以上。"

"部长，您说的'基本合格'是什么意思？"

"你的其他项目都合格，但你有Ⅱ期沙眼，恐怕不合要求。"

迩戈"啊"了一声，心里一阵紧张。迩戈知道，自己身体最大的问题可能会出在眼睛上。他其实有些近视，不过他早有准备，提前把视力表背得滚瓜烂熟，所以最终检出了裸视力达到1.5以上的好结果，没想到人家却检出他有沙眼。迩戈稳住情绪，问田部长：

"能不能再检查一次？我怀疑这个结果有问题。"

"你不要急，我这就去找马团长。"

"田部长，您一定要想个办法。"

面对迩戈近乎哀求的声音与目光，田部长站在那里沉吟片刻，说：

"走，你和我一块去找马团长？"

"好！"

迩戈跟着田部长，绕了两个弯，来到一处房门前。田部长示意他不要说话，自己则正正衣冠，敲了几下门。

门开了，站在他们面前的是位身材魁梧的军人，表情严肃得让人望而生畏。

军人说："有事吗，田部长？"

田部长笑了笑，说："马团长，我来给您汇报个事。这位青年，就是我给您讲过的迩戈。"

迩戈赶紧上前，对着马团长恭恭敬敬地鞠了个躬。

田部长看看马团长，又看看迩戈，小声说：

"刚才李参谋给我讲，迩戈的体检表上，各项检查都过关，特别是视力，是这批人员中最好的一个，但是表上注有'Ⅱ期沙眼'的字样，我担心在这个问题上会把他刷下来。"

"啊，原来是这样。"马团长用严肃的表情看着迩戈。

迩戈心里一阵紧张。

田部长说："马团长，沙眼不是大问题，咱这地界好多人都有沙眼。你高抬贵手吧，这是棵好苗子，当兵的愿望很迫切，部队上肯定也需要这样的人才。"

马团长没有表态，而是看着迩戈，沉思着来回踱步，之后突然停下来，问道："这孩子，真有你介绍的那么优秀？"

田部长重重地点点头。

马团长大手一挥，说：

"好，这个兵我收下了！"

马团长话音刚落，迩戈赶紧表态：

"谢谢首长！谢谢！到部队我一定好好干，绝不辜负首长的期望。"

迩戈脸上绽开了笑容，又向马团长深深鞠了一躬。

田部长紧紧握住马团长的手，连声道谢。

马团长笑了。

迩戈和马团长、田部长道别后，赶忙出去寻找大山、友金。此时，大山、友金也都知道了自己体检合格的消息，三人说笑一阵，开始往家赶。

阳光从西南天际抛洒下来，路边的树梢被风吹得啪啪作响，像是在鼓掌。河边，几头黄牛在啃草，另有一头牛望着湛蓝的天空，哞哞吼叫。几只喜鹊掠过头顶，叽叽喳喳地飞向远方。迟戈忍不住亮开歌喉，欢快的歌声在田野里回荡：

> 正当梨花开遍了天涯，
> 河上飘着柔曼的轻纱！
> 喀秋莎站在峻峭的岸上，
> 歌声好像明媚的春光。
> ············

三个人的心情格外好，当兵的愿望马上要实现了，能不高兴吗?

## 圆梦

黑夜在晨曦中消失了踪迹，朝霞浸染着大地和天空，天空蔚蓝，空气清新而温暖，新的一天启动了。

电线杆上挂的大喇叭里，播放着豫剧《朝阳沟》，音色甜美的银环，唱腔格外悦耳、动听。

栅栏村的老人们蹲在墙根，在温暖的阳光下聊天。孩子们在街道上追逐嬉耍，鸡的咯咯声和狗的汪汪声交织在一起，热闹的气氛洋溢在整个村庄。

村子东头传来汽车喇叭声，街道上的人们不约而同地向东望去。

汽车进村后一直开到迩戈家的门前，公社武装部的田部长带着两个干部模样的人下了车，田部长喊了一声迩戈。

迩戈正在院子里扫地，忙上前打招呼，请田部长他们进来坐，并招呼母亲来见田部长。

田部长笑嘻嘻地对迩戈的母亲说：

"大嫂，我们今天是给您报喜来了！"

迩戈给客人倒上水，母亲看着田部长，问：

"有什么喜事?"

"迩戈被批准当兵了，我们是来送通知书的。"

母亲脸上露出笑容，田部长从提包里掏出红色的通知书，母亲忙在围裙上擦擦手，恭恭敬敬地接了过去。她心里有喜也有忧，嘴里则不停地说着"谢谢"。

"你们村，报名的三个青年都验上了，今天我们是专门来送入伍通知书的。在您家坐不住，喝了这杯水，就请迩戈领着我们去另两家送通知书。"

田部长喝了几口水，对迩戈的母亲说：

"大嫂，你要支持儿子去当兵啊！让他在部队上锻炼成长，将来一定会有作为的。"

"那是，那是。"

　　迤戈和田部长刚到院门口，大山、友金闻讯赶来了。打过招呼，田部长拍拍迤戈的肩膀，说：

　　"你是他俩的好朋友，也是他们的主心骨，要协助他们做好家里老人的思想工作。"

　　"一定，一定，请部长放心。"

# 第三章 往事的回忆

## 童年

马上要离开家乡了, 迩戈比任何时候都留恋这个并不美丽的小村庄。

这天黄昏, 迩戈一个人转悠到村南的水井旁。白日的喧闹与色彩正在隐去, 天边那朵灰色的云上挂着一刀弯月。稀疏的星星在天际闪着淡淡光辉, 忽闪忽闪地眨着眼睛。迩戈坐在井台上, 四周一片寂静, 空气里弥漫着泥土的芳香。

往事, 敲击着他的记忆。

迩戈家是栅栏村的老户, 家里的生活条件比很多人家要好, 所以父亲念过四年私塾。父亲天资聪明, 会背很多古书, 写一手漂亮的毛笔字, 村里多数人家的春联均出自他手。解放前, 迩戈家有几亩薄地, 一头黄牛, 父亲勤劳母亲贤惠, 一家人过上了吃穿不愁的生活。

后来，父亲看不惯村上有些干部的所作所为，又不甘心在农村混一辈子，就到县城去打临时工。他有文化又能吃苦，再加为人本分，厂里很快把他录用为正式职工，月薪可挣三十多元。

父亲重视孩子们的读书受教育，要求他们认真读书、善良做人。迳戈兄妹都很争气，老大技校毕业后在邻县煤矿做技术员。迳戈在学校，成绩始终是年级前几名，中招那年是全公社考取县重点高中的四名学生之一。

看着身边的水井，迳戈突然想起自己小时候得的那场怪病。

那时迳戈正读初小二年级。冬日的一个晚上，生产互助组在他家开会，他觉得无聊，就走出大门在村里转悠，不知不觉就转到了这处水井前。

村外的夜是黑暗的寂静，西北风刮得"呼呼"直响，他顿时觉得全身冷飕飕的。这时，他突然想起昨晚在牲口棚里，二大爷讲的冤死鬼的故事，想着想着就打起了寒战。

他想马上回家去，刚刚转过身，就看见西南坟地出现一片晃眼的绿光，时闪时灭之间，一道绿中带白的光朝井台这边飘过来。迳戈心里一阵害怕，拔腿就往家里跑，边跑边喊："鬼来了！鬼来了！"他越是想快跑，越是觉得有人拖着自己的腿，怎么也跑不快，心里更加恐惧。眼看就到家门口了，他被什么东西绊了一下，重重摔在地上，失去了知觉。

昏迷中的迳戈觉得自己的身体特别轻，居然能够飘浮起来。他飘啊飘啊，一直飘到一座城门前，才从空中落到地上。城池很大，城墙很高，城门很宽。城门两边站立着两排穿盔甲的武士，手持长矛大刀，个个面目狰狞。他不敢贸然进城，站在城外朝里张望，只见城门洞内有张高桌，围坐的几个人个个脸色蜡黄，边上有人身着奇装异服，忽而翻着筋斗，忽而口吐火焰，使人望而生畏。再往远处看，则是一派热闹的景象。他想走进城里看看，于是胆怯地看看守城的武士，小心翼翼地向里走。他刚迈出一只脚，就听到母亲在喊自己的名字。母亲的声音时强时弱，还夹杂着村里人的说话声。他犹豫起来，慌忙扭头就往家里跑。

费了好大的劲，迩戈终于睁开了双眼，模模糊糊看到姥姥在抱着他，嘴里不停地呼喊着他的名字。屋子里挤满了人，院子里传来母亲呼唤"迩戈，迩戈，快回来"的急切声音。迩戈眨巴眨巴眼睛，才知道自己躺在炕上，屋子里有自家人，也有村中的邻居。他感到饥肠辘辘，大声说自己饿，母亲慌忙去了厨房。姥姥目不转睛地看着他，眼里噙着泪花。

很快，母亲端来一碗香喷喷的鸡蛋疙瘩汤，含着眼泪用汤匙喂迩戈。迩戈觉得，有生以来从来没有喝过这么鲜美的汤。

喝完鸡蛋疙瘩汤，身上有了力气，他问自己是怎么回事。母亲告诉迩戈，他已在炕上昏迷三天了。

那天晚上开完会，父亲送大家出门，才发现迩戈昏迷在家门口。大家七手八脚地把他抬到屋里。摸摸额头，滚烫滚烫的；听听心跳、呼吸，只有微弱的气息。父亲立马从外村请来郎中。郎中翻翻他的眼皮，把把脉，写了个药方，说大家不要担心，这孩子本来就营养不良体质弱，又受了风寒或惊吓，才导致这个结果。

迻戈的病反反复复的，好的时候一切正常，歹的时候则胡言乱语，甚至昏迷。有一天，父亲从城里回家，带来几匣饼干，说是专门让迻戈增加营养的。饼干香甜可口，迻戈不舍得一个人吃，让姥姥、母亲、妹妹尝尝，但她们都不肯尝一口。迻戈想，将来自己能挣钱了，一定要买好多饼干，让家人吃个够。

迻戈生病期间，老师、同学经常来看望他，给他补课。他断断续续病了四个月，功课并没有落下，病愈后顺利考上了永定集完小。

## 受气

农村靠工分吃饭，父亲、哥哥在外工作，迻戈和妹妹都是学生，家里只有母亲这一个劳动力，工分挣得少，夏、秋两季他家是村上分粮最少的一户。母亲不愿让父亲多去黑市上买粮食，她就自己少吃粮食、多吃野菜……想起这些，迻戈就会潸然泪下，想利用星期天帮家里挣些工分。

一个星期天的早上，生产队敲响了上工钟，队长说，今天的活儿是运送草肥，包工，每送一排子车记两个工分，凡是有车的人家都可以干。

草肥密度松散，重量轻，满满一排子车不过四五百斤重，迩戈觉得一天拉个十几趟不在话下，于是拉起自家的排子车就出了门。

肥堆前，大家在排队等待装车。轮到迩戈时，队长对他挥挥手，满脸不耐烦地说：

"你不能干这个活！"

迩戈放下车，问：

"为什么？"

"你不是队里的劳动力。"

"不是劳动力就不让干？你刚才不是说，家里有车的都可以参加吗？"

"你是个学生，队里没给你评过工分。"

"没评过工分就不让干这个活？"

队长大声说："当然不能！"

迩戈想起，这个队长平时对自己家很不友善、不公平，分粮分菜，总是把质量差的分给他家，母亲只能忍气吞声。迩戈认为，今天队长是想欺负他，不由得火冒三丈，心想到回击的时候了。只见他拿起车上的铁叉，说："今天是包工，一趟记两分，这个活我是干定了。"

队长说："你干也是白干，队里不会给你记工分！你还是拉着你的车子，趁早回家！"

迩戈血往头上涌，一把推开挡在车前的队长，大喝一声：

"好狗不挡路，请让开道！"

队长再次站到车前，说：“你逞啥能？你能把我怎么样，还敢打我不成？”

迩戈忍无可忍，怒从胆边生，举起铁叉就要打，吓得队长转身就跑。迩戈拎着铁叉追着不放。几个村民赶紧把他抱住，说：“不要再追了，干活挣工分天经地义，他说你干了白干，还真会让你白干？快装车吧……”

眼看平时盛气凌人的队长狼狈地跑远了，迩戈见好就收，投入送肥大军中。

迩戈拉了一天的车，挣了三十六个工分。虽然很累，却异常兴奋，他认为，队长今后轻易不敢再欺负他家，自己也能为家庭挑重担了。

面对家里的困境，迩戈几次给母亲说不想读书了，要回村挣工分。母亲总是说困难是暂时的，让他不要操心家里的事情，安心读书。

## 郜士贵

从迩戈记事起，郜士贵就在村里当干部，一直当到大队书记。

郜士贵这个人，要人品没人品，要能力没能力，他能当上干部，原因说起来有些滑稽。

迩戈听村里人讲，郜士贵并不是栅栏村人，其父是个好逸恶劳的混混，家里整天揭不开锅。后来，其母带着他改嫁给栅栏村一个姓郜的光棍汉。郜家也很穷，长大后的郜士贵就卖兵加入了国民党军队。解放战争中，他被解放军抓了俘虏。人家问他是想领路费回家，还是留下来参加革命。兵荒马乱的，他不敢贸然回老家，就说愿意留下来。一次战斗中，他立了功受了奖，被发展为党员，后来还当了排长。新中国成立后，他转业回到村里。当时，栅栏村就他这一个共产党员，所以他历来是上级开展工作的主要依赖对象。村上建立党支部，书记之位自然非他莫属。

郜士贵刚当干部时，表现还算可以，后来认为自己掌牢了印把子，可以在村上说一不二、为所欲为，狭隘、独断、自私等毛病越来越严重，群众的意见他一句也听不进，大事小事全是为自己考虑，谁敢不从必然会遭到报复，村上有人说，郜支书一跺脚，全村人家的屋子都会往下掉土。

郜士贵在村里爱召集群众大会，逢会就要讲话。他本来有轻微的口吃，加上说话没有逻辑性，一句话要夹杂好几个"啊，啊""这个，这个"，闹了很多笑话，迩戈和几个在外上学的学生娃没少揶揄他。郜士贵知道后，恨透了迩戈，要寻找机会报复迩戈家。

不久，公社在栅栏村建立了民兵组织，要村里尽快建起民兵连办公室。郜士贵拿着鸡毛当令箭，要征用迩戈家准备建新房的砖瓦、木料。迩戈的母亲找到公社武装部田部长说明情况，田部长说："老郜这样做不对，这是违反政策的！"第二天就把郜士贵喊到公社，批评了一顿。

邰士贵不敢再征用迻戈家的建材，心里却恼死了这家人。迻戈家的新房建好后，邰士贵心生一计，说贫下中农反映强烈，迻戈家是中农咋配住好房子？新房子、好房子应紧着贫下中农住。邰士贵借口抓阶级斗争新动向，责令村里的两户地主和迻戈家，三天之内和村上的三户贫下中农互换房子。

胳膊拗不过大腿，迻戈家只好和住在村东头的张锅子换了房子。张锅子欢天喜地地搬进新房，几个月后却几次托人来说合，要把房子换过来。

村里一直都说迻戈家风水好，房子冬暖夏凉。张锅子起初认为捡了个大便宜，谁知住进去以后，新房子冷得像冰窟，家里人三天两头生病……

在邻居说合下，两家又换了房子，各自搬回老宅。村里一片哗然，都说张锅子原本就是受罪的穷命，享不住福。迻戈家搬回后，有人专门来看，发现屋内暖暖和和的，不再是张家住时的冰冷。这事成了村民茶余饭后的笑谈，甚至传到了外村。殊不知，迻戈家里垒有土锅炉，每年冬季大哥都要从煤矿买回几千斤煤，家里炉火烧得旺旺的，屋内当然就暖和了。张锅子搬来后，这年冬天特别冷，他不买煤不生火，屋内当然就冷若冰窟了。天寒易生病，张家人三天两头出病号也就不足为怪了。

"大跃进""大食堂"时，邰士贵又出幺蛾子，先是跑到迻戈父亲的单位，找到领导说，要把迻戈父亲的工资领出来，交到队里买工分，支援"农业大跃进"，遭到领导的拒绝后，邰士贵气急败坏，回到村里命令食堂炊事员不准给迻戈家打饭。而后又派民兵去学校把迩戈捆到村上的水利工地，命令他和几个学生站成一排，头上顶着砖，立正着面对村民。郜士贵结结巴巴地对大家说，迩戈他们这些学生对抗"大跃进"，以上学为名逃避劳动，是反革命分子。并编成顺口溜，让几个小孩围着他们喊：

"调皮捣蛋，不让吃饭；立正站好，头上顶砖。"

面对郜士贵的侮辱，迩戈咬着牙，强忍着怒火。思来想去，他终于想到一个不动声色地作弄、报复郜士贵的主意。

迩戈联络了村里的一群小学生，要一起报复郜士贵这个横行霸道、唯我独尊的土皇帝。迩戈知道，这些小学生已掌握了汉语拼音，"士贵"二字的汉语拼音是"shi""gui"，分别颠倒顺序后就成了"i""sh"与"ui""g"，可发音成"衣示"和"畏各"。"坏蛋"的汉语拼音是"huai""dan"，分别颠倒顺序后是"uai""h"与"an""d"，可发音为"歪哈"和"安达"。按照这种逻辑，"士贵坏蛋"就成了"衣示、畏各、歪哈、安达"。小学生们听后甚感有趣，念起来朗朗上口，而且郜士贵还根本听不懂。从此，这帮小学生只要见了郜士贵，就围着他大声喊"衣示、畏各、歪哈、安达"。看着郜士贵丈二和尚摸不着头脑的样子，这帮孩子咯咯地大笑着、大声地喊叫着。郜士贵问别人"衣示、畏各、歪哈、安达"是什么意思，为什么要对着他喊这个，村人谁也说不出个子丑寅卯来。

郜士贵不傻，觉得这话绝对不是好话，又觉得迩戈爱在背后对自己耍手腕，从此恨透了迩戈和这帮学生。

迩戈后来听人讲，他到县水利局上班后，郜士贵大为光火，怕他将来成了干部，于是一定要搅黄这件事。正遇上县里要大兴教育，他就以此为由让水利局辞掉迩戈。就连这次征兵，郜士贵也是费尽心机要搅和，但是公社武装部田部长压根儿就不让郜士贵挨边这事，还提前做好了接兵组的工作，使郜士贵没有机会“下蛆”，徒唤奈何。迩戈听说，入伍通知书下来后，郜士贵曾气急败坏地对亲近人说：

“这个啊这个，迩戈当兵走了，这个，这个将是后患无穷啊！他在部队上肯定混得开，用不上几年啊，这个这个他啊就会当上这个官呀……”

想到这里，迩戈暗暗下定决心，到部队上一定要好好干，一定要干出个样子来，为家人争气，为帮自己的人增光，同时也要打击打击郜士贵之流的嚣张气焰。

# 第四章　告别故乡

## 最后一课

三个年轻人要到外地参军入伍，一时成了栅栏村的大事。

十几个小学生自编歌词，在村街上跳着、笑着、喊着：

> 当兵了，当兵了，
>
> 迩戈他仁当兵了。
>
> 戴军帽，穿军装，
>
> 手提战刀肩扛枪。
>
> 上战场，去打仗，
>
> 胸戴红花回家乡。

大队长在大喇叭里讲了话，号召大家积极行动起来，帮助新入伍的青年解决家庭困难，做好拥军优属工作。

一连几天，迩戈家里的客人络绎不绝。西院的大爷、大娘送来毛巾、香皂；东院的叔叔、婶婶送来牙刷、牙膏；北院的嫂嫂送来绣花鞋垫；南院的姑娘送来绣着"参军光荣"的挎包；迩戈的学生们，凑钱买了钢笔和笔记本。这些东西，把迩戈家堂屋里那张桌子堆得满满当当的。

大山、友金家也少不了热闹相送。这几天，三人被亲戚邻居们争着请到家里吃饭，有的是烙饼卷鸡蛋，有的是麻糖小米粥，有的是豆腐萝卜白面馍，有的是韭菜包子白菜汤。大家这种朴实无华的真情实意，感动着三颗年轻的心。

按照通知，明天就是到县里集合出发的日子，迩戈吃过早饭，快步往学校走去，要给同学们上好最后一堂课。

站在简陋的教室里，迩戈深情地看着讲台下的学生。学生们静静地坐在座位上，知道可亲可敬的老师就要参军走了，有的眼里噙满泪水，有的低声抽泣着。

迩戈清清嗓子，有些动情地说：

"同学们，这是我给你们上的最后一节课！"

"老师，我们舍不得你走啊！"

"你不去当兵该多好啊！"

"老师，我们会想念你的。"

…………

哭声充满了教室。

下课了，大家簇拥着迩戈走出教室，个个眼睛红红的。他挥了挥手，说：

“再见了，同学们！”

“再见，老师！”稚嫩的喊声此起彼伏，在学校院里回荡……

## 家人

淅淅沥沥的小雨下个不停，天色渐渐暗了下来。迩戈回到家里，拉开电灯，看见姥姥和母亲坐在炕上，眼睛红红的。妹妹用手擦着眼睛。

她们，好像是刚哭过。

父亲坐在凳子上，沉默着不说话。

迩戈望着家人，心里一阵凄楚，泪在眼眶里打着转，他努力地控制住自己的情感，说：

“你们不要悲伤了，我能去当兵，这是喜事好事……”

家人望着他，他赶忙拭去即将从眼里落下的泪珠，努力地笑笑，说：

“我去当兵，过三年五载就会回来的。”

母亲看了他几眼，说：

“家里人都为你高兴，你到部队上一定要照顾好自己，晚上睡觉时不要蹬被子……”

父亲打断母亲的话，说：

“部队生活紧张、严肃，你不要挂念家里。我在县里上班，离家又不远，会常回来看看，你就放心地去吧。"

这时，姥姥和母亲哭了起来，两个妹妹也哭了。父亲看着她们，不知如何是好。迩戈赶紧说：

"部队是个大学校，是个锻炼人的地方，服役期满后，我会准时回来的。像父亲那样，去城里当工人或干部，给公家做事，拿国家的工资，到时候全家人就会过上好时光。你们说，这不是好事儿吗？"

终于，全家人的情绪平静下来了。

迩戈躺在床上，一直睡不着觉。雨停了，夜就显得格外寂静，他隐约听到了姥姥、父母的说话声，一直持续到深夜。

## 高兰英

县里把集合时间定在下午，目的是让这些即将远离家乡的年轻人能和亲人多待一会儿。

早饭后，迩戈正坐在邻居家说话，妹妹脸上挂着笑容，跑过来说：

"哥，有人找你。"

"小妹，是谁？"

"你的同学。"

他和妹妹立即往家走去。刚进院门，就见母亲和高兰英在堂屋门口站着说话，他还听见了母亲的笑声。

"兰英，你什么时候到的？"

"我来一会儿啦。"

"有事儿吗?"

"没事儿就不能来看看你?"

"说得是。"

"我听说你要当兵去,特意来为你送行。"

"谢谢!"

兰英看着他,他望望母亲,母亲脸上堆满了笑容,说:"你俩说话,兰英你一定要在我家吃午饭,我准备去了。"

"伯母,吃饭还早,您就别客气了。"

母亲拉着妹妹的手进了堂屋。迩戈想了想,说:

"兰英,咱们到河边转转吧?"

"也好。"


今天的天气格外晴朗,阳光洒在大地上,两人顺着小路向河堤走去。

"迩戈,你为何执意要去当兵?"

"我不想在农村待一辈子,想出去见见世面。"

"你什么时候能回来?"

"这可说不定。"

"我原想,明年就想办法把你调到我们学校,没想到你却走了。"兰英高中毕业后,在县一小教音乐。

"你在学校还好吧?"

兰英没有回答。他俩继续向前走,越过河堤,在一棵柳树下停了下来。

兰英呆呆望着宽阔的河面，迩戈也不再说什么。望着缓缓向东而去的河水，他感叹，光阴如河水一般流走了，原本的想法、曾经的过去，就这样被时间渐渐冲淡了。当年同学时以及毕业后的一幕幕渐次浮现在迩戈眼前，傻乎乎的他没有认真想过兰英的内心想法，只觉得她对自己十分在意和关心。

刚到县水利局上班时，迩戈在县城街上偶遇一位初中时的好朋友，想请人家吃顿饭，可是衣兜里只有几毛钱，情急之下就去县一小找兰英借，兰英立即掏出十元钱递给他。他发了工资去还兰英，兰英却说什么也不要，最后都快要对他发脾气了。

他当了村小学老师后，兰英来看过他，他也去兰英家做过客。兰英的母亲对他很热情，专门炒了鸡蛋、烙了油饼，这是那个年代最奢侈的饭食了。

但是，后来迩戈无意间从一位同学处得知，兰英正和县委的一位年轻干部谈恋爱。迩戈心里有些怅然有些失落，但没有怨恨，从内心里祝愿她幸福。只是以后，就跟她断了联系，因为他怕打搅了她的幸福。

微风搅起水面上的涟漪，迩戈望着兰英，隐约觉得满脸惆怅的她似乎有难言之隐。他说：

"兰英，我忘不了你和家人对我的帮助、对我的情谊，我永远不会忘记的，等我有了能力，一定报答和感谢。"

"过去的事，你就忘了吧。"

那天，兰英执意不在迲戈家吃饭。迲戈推着自行车送她出了村子。俩人握了握手，她随即跨上自行车，头也不回地走了。

迲戈望着兰英渐渐消失的背影，站在原地怅然若失。

## 别家

午饭，家里包了饺子。

迲戈知道，这是家乡的风俗，凡是家里有人要出远门，一定要吃送别饺子。即便没有白面和肉，用杂面、青菜也要包顿饺子。

他忍着离别的伤感，低着头大口大口地吃着，边吃边说："这饺子太好吃了，实在是太香了！"

村里的喇叭响了，先播放《朝阳沟》唱段，然后是大队长讲话，让大家为三位应征入伍的年轻人壮行。

全家人送迲戈出门时，迲戈再也忍不住的泪水从眼眶里流了下来。父亲也在流泪。姥姥、母亲和妹妹都低着头，一声不吭。

看着家里老的老、小的小，迲戈顿觉阵阵酸楚涌向心头，号啕大哭起来。

村头麦场上站满了人，全村的大人和小孩几乎都来了。

胡老伯挤进人群，颤颤巍巍地来到三人面前，拉着迲戈的手，哽咽道：

"我年纪大了，不中用了，恐怕看不到你们回来了。"

"您老的身体硬朗着呢，等我们回来，还要给您老人家祝寿呢。"

"到了战场上，你们一定要小心，枪子儿是不长眼睛的呀！"

"好，您老放心就是了。等回来，还要去你家大枣树上偷枣吃呢！"

听了这句话，胡老伯咯咯地笑起来，周围的人也跟着笑了。

大队长站在石碾上，大声叫着，打着手势，示意大家安静，然后说：

"老少爷们，今天是迩戈、大山、友金参军离家的日子，大家用掌声欢送他们！"

掌声响起，但掌声中夹杂着哭泣声。胡老伯说：

"大家不要难过，要送他仨高高兴兴地走！停不了几年，他们就回来了！"

又是一阵掌声。

大队长说：

"大家乡里乡亲的，他们三个走后，家里有了困难，都要多出一把手，主动帮助他们。"

这时，只听麦场上有人大声说：

"你们放心走吧！家里有什么事儿，我们全包了！"

"放心地当兵去吧，我们在家会帮忙的！"

"打仗的时候，一定要小心啊！"

"你们一定要平安回来！"

"全村人等着你们的立功喜报！"

…………

喊声此起彼伏，伴随着呜呜哭泣声。大队长挥挥手，说：

"大家静静，让迻戈他们讲几句！"

迻戈大步跨到石磙上，大山、友金跟在他左右。迻戈有说不出的激动，差点儿哭出声来。他稳稳情绪，大声说：

"全村的老少爷儿们、大爷大娘、兄弟姐妹们，我们三个感谢大家来送行！"

麦场上响起掌声。

"请大家放心，我们到了部队上，一定好好干，用实际行动报答大家的关心！"

又是一阵掌声，同时伴随着哭声。

"感谢大家多年来对我们及家人的关照，我们将永远铭记在心，走到哪里都不会忘记大家的恩情！"

听不到掌声，只有一片哭声。

迻戈拉着大山、友金给乡亲们深深鞠了一躬，在人们的簇拥下上了拖拉机……

迻戈的双眼模糊了，但依稀仍能看见姥姥、母亲、妹妹在向他招手。

再见了，亲人。

再见了，栅栏村。

别难过，莫悲伤！祝福我一路平安吧！迩戈想。

村上的拖拉机把三人送到公社大院。

公社大院做了精心布置，大门上方挂着"参军报国无上光荣"的横幅。横幅是红底白字，白色仿宋体大字显得格外庄重。

整个永定集人民公社，今年有二十多个年轻人应征入伍。人到齐后，公社举行了简单的送别仪式，然后用卡车送他们去县城。

## 集中

解放牌汽车载着入伍青年和送行的公社干部，从永定集公社大院出来拐上公路，朝着县城疾驶而去。身后，留下一道道烟尘。

车厢里的青年们，有的在大声说笑，有的在小声交谈，有的呆呆地目视着前方。

迩戈站在车厢里，心里有说不出的感叹与惆怅。从今天起，自己就要离开生他养他的这片土地，他仿佛又看到了母亲依依不舍的满脸泪痕，听到了姥姥的千叮咛万嘱咐，看见了妹妹拉着他的手泪流满面，还有父亲那一脸的深沉。想着想着，他的眼泪顺着两颊流了下来。

汽车进城后，径直开往县委门前的大广场，那里已停下一排排卡车，大喇叭里正播放着雄壮的歌声：

革命军人个个要牢记,

三大纪律八项注意:

第一一切行动听指挥,

步调一致才能得胜利;

第二不拿群众一针线,

群众对我拥护又喜欢;

…………

田部长领着大家下了车,先安排迩戈在晚上的大会上代表全县新兵表态发言,然后招呼大家列队。田部长简单交代几条注意事项,然后说:

"马上就要领取军装和被装,大山你们几个跟我来! 其余的先去县委招待所待命。"

一堆军用物品领了回来,依次分发到每个人面前。棉衣、棉被、皮大衣,单衣、衬衣、解放鞋,刷牙缸子、洗脸盆,帽子、裤带、武装带等一应俱全。

小伙子们穿上崭新的军装,在广场上集合时,个个显得精神抖擞,容光焕发。

李排长跑步来到队列前,下达了"立正""稍息"的口令,然后说:

"从今天起,我就是你们的排长,大家以后可以叫我李排长,听清楚了没有?"

"听清楚了,李排长!"

"现在你们已经是光荣的解放军战士了,一定要服从命令,听从指挥!"

"坚决服从命令,听从指挥!"

"我们现在要用一个小时的时间,做简单的队列训练,同志们要严肃认真,有决心没有?"

"有!"

广场上,"立正""稍息""起步走""跑步走""敬礼""报数""向左转""向右转""向后转"的口令声不绝于耳,整个广场犹如一片绿色的海洋。

晚饭后,新兵们排着整齐的队伍,依次走进大礼堂。马团长和几名军官、县领导、武装部领导等十多人坐在主席台上。

这是县里为新兵们举办的欢送晚会。部队领导、县领导依次讲话,希望新战士到部队后认真学文习武,安心服役,不要有后顾之忧,多为国防建设做贡献。每个人的简短讲话之后,都会赢得新兵们雷鸣般的掌声。

逸戈代表新兵表完态,也赢得一阵掌声。接下来就是电影招待会。等逸戈走下主席台,回到自己的座位上,电影已经开始,只见白皑皑的雪山、翠绿色的草原、奔腾的骏马、云朵般的羊群,展现在眼前。电影里,一眼望不到头的排排林带,数也数不清的块块农田,田地里的拖拉机、收割机,马路上的汽车、油罐车,使人目不暇接。一串串晶莹透亮的葡萄,一筐筐又红又大的苹果,一个个绿得发亮的西瓜,令人馋得流口

水。镜头一转,穿着少数民族服装的人群载歌载舞地向观众
走来,歌声在大礼堂里回荡:

我们新疆好地方啊,
天山南北好牧场,
戈壁沙滩变良田,
积雪融化灌农庄,
我们美丽的田园,
我们可爱的家乡。

麦穗金黄稻花香啊,
风吹草低见牛羊,
葡萄瓜果甜又甜,
煤铁金银遍地藏,
我们美丽的田园,
我们可爱的家乡。

弹起你的冬不拉吧,
跳起舞来唱起歌,
各族人民大团结,
歌颂领袖毛泽东,
各族人民大团结,
歌颂领袖毛泽东。

晚会结束，大家列队回到招待所，已是晚上十一点钟。新兵们异常兴奋，毫无睡意。有的坐在床边，有的躺在床上，有的思考着什么，有的在整理新领的被装。

迩戈坐在凳子上看着战友们，友金走过来问他：

"明天就要上火车了，我们到底要去什么地方？"

"有可能是新疆。"

"为什么？"

"你们都看看，不是给我们发了羊皮大衣吗？"

"发羊皮大衣就是去新疆？东北也特别冷，为什么不会是让我们去东北？"

"你们想想看，刚才让我们看的是什么电影？"

"电影？电影与我们要去的地方有什么关系？"

"我们领了皮大衣，放的电影是描写新疆生活的片子。我下午问过田部长，到底我们要去什么地方当兵，部长说，今晚就会明白的，但他没有明说要去什么地方。"

"那你怎么能猜到一定会是新疆？"

"田部长说今晚就会明白，这句话是什么意思？我们发了皮大衣，又看了说新疆的电影，现在再分析田部长的话，我可以告诉大家，我们当兵的地方肯定是新疆。"

对迩戈的分析，大家都表示认同。友金笑嘻嘻地说：

"佩服佩服，你分析得很有道理！怪不得村里有人给你起外号叫'阁老'呢，有见识，有见识。"

大家围绕要去新疆当兵，七嘴八舌地议论开来。

家住永定集的大个子李大勇站在地上，看看大家，神秘兮兮地说：

"我听大哥讲，新疆吐鲁番天气热得很，《西游记》里的火焰山就在新疆。夏天那里温度很高，把鸡蛋放在地上，吸袋烟的工夫鸡蛋就熟了。因为天气热，男的都是光膀子，女的不穿裤子穿裙子。吐鲁番的人都住在地窖里，县长办公室放着大水缸，县长就坐在水缸里办公呢！"

这番话听得大家哈哈大笑。看大家来了兴致，李大勇端起杯子喝了口水，脸上露出痛苦的表情，继续讲：

"新疆是夏天热死人，冬天冻死人。到了冬季，鹅毛大雪下个不停，一夜之间就能下到齐腰深，连屋门都推不开。还有，马路上的积雪是不扫的，一层摞着一层，经太阳照射和人车碾轧，马路就变成了冰路，当地人出门都是滑冰。据说，那里的冬天，最低温度可达零下三四十摄氏度。身上穿着皮大衣，头上戴着皮帽子，脚上蹬着毛皮靴，脸上箍着鼻囊子，你才敢出门。男人上厕所，手里都会掭着小木棍儿，你们知道这是为什么吗？告诉你们，冬天在那里尿尿，尿水还没有落到地上，就在空中结成了冰，要赶快用木棍敲断，才能继续尿……"

大家的笑声打断了李大勇绘声绘色的讲述，友金捂着肚子弯着腰，笑得眼泪都流了出来。

夜深了，新兵们躺在床上，又天南地北地扯了一阵子闲话，然后就都睡着了，李大勇呼噜呼噜地打起了鼾声。

# 第五章　入伍

## 火车上

一队队新兵背着被包、挂着挎包，整齐地站在月台上。

迩戈站在队伍前排，面前两米处就是铁轨，一列关着门的闷罐子列车静静卧在铁轨上。他和战友们马上就要乘这趟火车，到祖国最需要的地方去。

李排长穿过绿色的海洋，走到迩戈面前，小声说："跟我走！"迩戈二话没说，跟在李排长身后，快步越过五六节车厢，停住了脚步。

车厢的门大开着，他俩蹬着铁梯走进车厢。这是一节普通客车，马团长坐在车厢尽头的座位上。马团长依旧是满脸让人望而生畏的严肃，上下打量迩戈几眼，说道：

"听说上高中时你是学校的文艺骨干，组织过文艺晚会，歌唱得不错，对吗？"

迕戈认真地点点头。

"那好，我现在交给你一项任务，一定要完成。"

"保证完成任务，请首长放心。"

"你把这些拿回去，尽快将它们练熟唱熟。"

"是。"

李排长从马团长手里接过一沓纸，转手交给迕戈。迕戈赶紧接到手中，原来是十几页歌谱。李排长小声说：

"从今天起，你就是新兵队的唱歌教员。你的具体任务是，在运兵途中教会新兵唱这些歌曲，能完成任务吗？"

"团长，排长，我保证教会每一个战友唱这些歌，请首长放心。"

"好，你回去吧。"

"是。"

迕戈回到队伍里，刚站定，就接到上车的命令。

迕戈第一个踏着铁梯走进车厢。这是他第一次乘坐火车，也是第一次走进闷罐车厢。他悄悄观察着车厢内的一切，除宽大的铁门外，车厢上只开了两个小窗户，整节车厢内空荡荡的，只地面上铺着一层薄薄的麦秸秆。

大山是李排长指定的班长，他掏出花名册，示意大家安静："同志们请安静！请按照我念的顺序，依次铺好被褥，而且要铺得整齐。"

新兵们忙碌起来，纷纷卸下背包，开始铺放被褥。

友金突然大声说："我的铺位，麦秸秆下有一块干牛粪!"

李大勇附和道:"唉,我铺位下面也有!"

大家围过去看究竟,只见李大勇蹲下身子,从麦秸下拿出一块干牛粪。接着就是你一言我一语,一片嗡嗡声。

迩戈坐在铺位上,翻看刚拿回来的歌谱,有《学习雷锋好榜样》《我是一个兵》《三大纪律八项注意》《解放军军歌》《打靶归来》《骑兵进行曲》等歌曲。他看着歌谱,小声唱着,右手打着节拍,在为完成首长交办的任务做着准备。

车厢里的议论越来越激烈:

"为什么让我们坐这样的车?"

"为什么不让我们坐客车?"

"连厕所都没有,拉屎尿尿怎么办?"

…………

友金说:

"李大勇,你不是百事通吗,你说说这是咋回事?"

李大勇苦笑着摇摇头,说了句"我也糊涂着呢",然后看了看迩戈,对大伙说:"问迩戈,这家伙比我懂得多!"

大家的目光随即转向迩戈。

迩戈放下曲谱,站起来说:

"大家别急,听我说说看法。"

"别卖关子了,快讲出来让大家听听!"

迩戈往前走几步,说:

"你们看过电影吗?你们看过小说吗?你们听过收音机

吗? 你们看过报刊吗? "

迩戈一笑, 然后严肃地说:

"这是为了保守国家的军事机密, 同志们。"

闻听此言, 大家又是一阵议论:

"坐个车还保什么密? "

"坐闷罐车, 就可以保守军事机密? "

"迩戈, 你说得太玄乎了吧? "

大山大声打断大家的议论, 说: "都静静, 都静静, 听迩戈说完。"

迩戈等场面安静下来, 接着说道:

"对, 我们坐这平时运牲口运货的闷罐子车去部队, 主要是为了保密。电影里、小说中这样的场面不少,《民兵手册》上专门介绍过, 这样的做法主要是为了保密, 世界上多数国家包括中国, 为了国家安全, 防止敌特分子的窃密和破坏, 在兵员、武器、给养物资运送、转移过程中, 都要如此伪装, 以防止泄露军事机密, 给国家造成损失。"

看大家听得认真, 迩戈举例说, 电影中有这样一个情节, 外国特务组织盯上了我军的某基地, 费尽心机想窃取人员数量、武器装备等情况, 但始终无处下手。后来他们派来一个老牌特务, 从基地的县粮食局入手, 通过金钱收买等手段把县粮食局局长拉下了水。局长就将两年来售卖给本县驻军的粮食数据交给了特务。特务根据这些数据, 推算出该基地的驻军人数, 又用类似手法摸清了其武器装备情况。幸亏我军破译了特务组织来往的密码电文，发现特务窃取到的驻军人数、武器装备等信息，几乎和实际情况一致。

这时，月台上传来各个车厢立即关门、上保险链的命令。车门拉上后，车厢顿时暗下来。

几声嘶鸣，火车启动了，咣当咣当——咣当咣当，列车从豫北大地出发，奔向远方。

迻戈凑在闷罐车厢的门缝前，目送故乡渐渐从视野中消失。等看到一片村庄，看到村里的缕缕炊烟，一串热泪顺着他的脸颊流淌下来，心被泪水烫得隐隐作痛。迻戈定定神，转身对战友们说：

"首长命令我向大家教唱革命歌曲、军旅歌曲，下面咱就学第一首歌曲吧！"

车厢内响起啪啪啪的掌声。


等大家基本学会了《我是一个兵》这首歌，火车的速度渐渐慢了下来。然后，响了一声汽笛，喷出股股蒸汽，停了下来。

兵站到了，新兵们下车排着队、唱着歌儿，向食堂走去。

食堂的大厅里，饭菜的香味让迻戈感觉到自己是真饿了。新兵们盛菜、拿馍、盛汤，或站着或蹲着，雪白馒头就着大肉白菜炖粉条，狼吞虎咽地吃着。

吃过饭，队伍在餐厅前列队集合。

迻戈打着拍子，指挥自己车厢里的战友合唱刚刚学会的歌曲：

我是一个兵,

来自老百姓,

打败了日本狗强盗,

消灭了蒋匪军;

我是一个兵,

爱国爱人民,

革命战争考验了我,

立场更坚定。

咳咳咳!

枪杆握得紧,

眼睛看得清,

谁敢发动战争,

坚决打他不留情。

嘹亮雄壮的歌声,在蓝天白云之间飘荡,惊飞了鸟儿。马团长笑眯眯地听着,和李排长耳语着什么。

列车在郑州站上了陇海线,向着祖国的大西北奔驰而去……

车厢内,新兵们除了学习唱歌,还练习打背包、叠大衣。

第四天的黎明,列车已行进在河西走廊。

再停车,就是戈壁滩了。新兵们从车厢内陆续走下来,冷风抚摸着脸庞,让人顿觉股股寒意。

在兵站,大家打饭、吃饭、唱歌,一切按秩序进行着。等回到车厢相互一看，大家都苦笑起来：每个人脸上、身上都是尘土，个个变成了土人。

火车奔驰在浩瀚的戈壁滩上，铁路两旁再也看不到农舍和树木，全是一眼望不到头的茫茫戈壁滩。

车厢内，新兵们议论纷纷：

"早知道来这么荒凉的地方当兵，我根本不会报名的。"

"我当兵的目的很明确，服役期满后，盼望能在城里找份工作，那该多好啊！"

"等到四年服役期满，还是回家种地过我的小日子。"

"我们去的地方，肯定很荒凉，冬天肯定很冷。如果真像李大勇说的那样，真是要受罪了。"

"李大勇不是说到了夏天那里很热吗？我认为热总比冷好。不过呢，无论热与冷，总比不上我们家乡的气候好！"

"还是迩戈说得好，我们来当兵，这是一个机会。到部队后，一定好好干，干出个人样来，也不枉此行吃苦受罪了。"

…………

迩戈和大山坐在车厢角落一声不吭，听着他们的议论，眼看悲观的情绪将要塞满车厢，迩戈想打破这种沉闷，于是清了清嗓子，说："咱们不要瞎想了，还是唱支歌吧，学习雷锋好榜样，预备——唱！"


学习雷锋好榜样，

忠于革命忠于党，

爱憎分明不忘本，

立场坚定斗志强，

立场坚定斗志强。

…………

歌声过后，车厢内的情绪高涨起来。

李大勇从上衣口袋掏出一张照片看了看，又赶紧放回去。这个举动，被邻铺的友金看见了，伸手就去李大勇口袋里掏。李大勇躲闪着，身旁几个人上来将他按住，照片终于被友金拿到了。

看着照片上女孩的形象，友金大喊道：

"大家看看，这是大勇老婆的照片！"

"让我看看，哎呀，还是彩色的。"

"呀，太漂亮了，你们看！"

新兵们将照片相互传递，大勇急了，大声喊起来：

"你们不要夺来夺去的，小心把照片弄坏了。"

大山晃着照片，问："大勇，你老实交代，这是不是你的老婆？"

"不是，我俩还没结婚呢。"

"没有结婚，就怀揣人家的照片？哄鬼呢，老实交代。"

"真的没有结婚，只是订了婚。"

"真的？没骗我们吧，她是怎么说的？说实话，别骗人。"

"真的没骗你们，她说等我混出个模样来，才能和我结婚。"

大山小心地把照片装进自己上衣的口袋，说："大勇，说说你的故事，说得好了、大家满意了，才能把照片还给你! 大家要不要听啊？"

车厢里响起了掌声、起哄声。

大勇无奈，说讲就讲，其实也没啥故事。

大勇说，他和她都住在永定集上。大勇家住北头，她家住南头。征兵之前，有媒人给双方父母提过两人的亲事。大勇被批准入伍后，两家父母就同意了订婚。大勇的父母想趁儿子当兵走之前，给他们完婚。姑娘不同意，说是等大勇到部队混出个模样来，才能结婚。因此，大勇决心在部队好好干，争取立功，争取入党，大勇说："等咱干好了，入了党提了干，或者回去安排了工作，媳妇也不愁了，好日子也有了，所以大家都不要灰心丧气，既然选了这条路，就要走好这条路，这既是为国家，也是为自己!"

大家笑起来，都说大勇想得对。

李大勇说："我大哥其实也没有到过新疆，他讲那些都是听镇上老人们说的，当故事听可以，我觉得真实的新疆肯定不是这回事儿，对了迩戈，你读书多，依你看新疆到底是什么样？"

迩戈说："关于新疆，我主要是从地理课、报纸上、电影中了解的，我把我知道的给大家说说吧……"

迤戈说："大家不要只看沿途的景象很荒凉，其实呢，新疆确实是个好地方，新疆的面积约占全国面积的六分之一，矿产资源、石油资源非常丰富，这些年来新疆发展很快，建有大型的钢铁厂，有克拉玛依油田，还有大煤矿，新疆的玉石、黄金也很出名。咱们家乡是农业区，其实新疆的农业也不差，土地肥沃，建有多个兵团农场。新疆生产棉花，建有先进的棉纺厂。新疆有广阔的草原牧场，有肥壮的马驴牛羊。戈壁滩是很荒凉，但新疆也有山清水秀的好风景……"

大山插话问："那，新疆人好不好打交道？"

迤戈接着说："新疆是民族自治区，少数民族多，以直率、好客而出名，只要你尊重人家的风俗习惯，新疆的各民族人民都会把你当朋友！"

李大勇挠挠头，说："咱们初来乍到，不知能不能适应当地的生活？"

迤戈哈哈一笑，说："新疆有首民歌唱得好，我给大家哼哼——那里有美味的拉条子和手抓饭，那里有焦香的羊肉串和烤大馕；那里的哈密瓜又甜又大，那里的无籽葡萄举世无双；那里的小丫头聪明伶俐满头是小辫子，那里的大姑娘能歌善舞温柔又漂亮……"

新兵们都大声笑起来，开心、爽朗的笑声填满了整个车厢。

火车终于停靠在乌鲁木齐站。新疆维吾尔自治区的首府乌鲁木齐到了，七天七夜的跋涉啊！

新兵们挤在站台上，被耀眼的阳光照得几乎睁不开眼睛。他们跳着、笑着，大声喊叫着。

李排长的一声大喊盖住了新兵的吵闹声：

"立即列队！"

# 老风口

从全国各地征选的新兵，被拉到乌鲁木齐市郊的一处军事基地，进行休整和分配。第一次全体集合时，李排长命令迩戈上台指挥大家唱歌。

迩戈走到队伍前方的高台上，往下看，绿色填满了整个广场。他挥动双臂打着节拍，浑厚、嘹亮的歌声响彻广场：

> 向前向前向前！
>
> 我们的队伍向太阳，
>
> 脚踏着祖国的大地，
>
> 背负着民族的希望，
>
> 我们是一支不可战胜的力量。
>
> 我们是工农的子弟，
>
> 我们是人民的武装，
>
> 从无畏惧，决不屈服，英勇战斗，
>
> 直到把反动派消灭干净，
>
> 毛泽东的旗帜高高飘扬。

听!

风在呼啸军号响。

听!

革命歌声多嘹亮!

同志们整齐步伐奔向解放的战场,

同志们整齐步伐奔赴祖国的边疆,

向前向前!

我们的队伍向太阳,

向最后的胜利,

向全国的解放!


此时的乌鲁木齐是银色的世界,房顶上覆盖着白白的雪,树上吊着串串冰柱,地面上滑滑的,稍不留神就会摔倒。

新兵们领了生活用具,排着队去营房,走在光滑的路面上,不时有人摔倒,惹来阵阵笑声。

"咣当"一声响,迩戈扭头张望,发现一只铁皮桶、一个脸盆滚到了路边,随后就见李大勇追了过去,他刚弯下腰却连人带被包摔倒在地。有人上前想帮他,刚到大勇身旁也摔了跟头,又惹来一阵大笑。

李排长大声喊起来:"怎么搞的?快起来归队!"

在营房安顿下来,李排长喊迩戈出来一下。

李排长说:"马团长要和你谈话。"再不多说别的,带着迩戈就往外走。

一处小院前，李排长喊了报告，带着迩戈走进院内。

坐在屋内的马团长，看看迩戈，朝李排长摆了下手，说：

“小李，你先忙去吧。”

李排长敬礼后走了。

马团长指指旁边的沙发，让迩戈坐下。沉默片刻，马团长说：

“迩戈，你有什么想法？”

突如其来的发问，让迩戈不知如何回答。因为不知道团长问的是什么意思，于是就愣在那里不说话，眼光盯着他。

“你们这批新兵，马上就要分配了，一部分去南疆，一部分去北疆，我想听听你的想法。”

“我想到首长您的部队去，南疆、北疆都可以。”

“你愿意去骑兵团吗？”

“我愿意。”

“好，你回去吧，这个事你知道就行了。”

“是。”

迩戈站起来敬了个礼。

回来的路上，迩戈心里甭提有多高兴。他认识到，马团长是重视、欣赏自己的。如果能在马团长手下当兵，真是再好不过。

第二天早上，嘀嘀嗒嗒的军号声响起，迩戈随大家到广场上集合，然后按照李排长的命令，站在队伍前面指挥大家唱《毛主席的战士最听党的话》：

毛主席的战士最听党的话，

哪里需要到哪里去，

哪里艰苦哪儿安家。

祖国要我守边卡，

扛起枪杆我就走，

打起背包就出发。

…………

唱完歌，一位干部走到迩戈刚才站立的位置，清了清嗓子，大声说：

"同志们，你们刚才的歌曲唱得很好。下面，我宣布分配方案！"

几百名新兵被分配到四面八方，迩戈、李大勇、郜友金分到了骑兵师一团，张大山则分到北疆的另一支部队去服役。

分配方案宣读完毕，几位首长先后讲话，然后就是排队去餐厅吃早饭。

餐厅里，新兵们围在饭桌周围，边吃边议论。其实也议论不出个子丑寅卯来，谁也说不清自己未来的驻地在什么地方，也不晓得自己是什么兵种。

迩戈没有加入议论，因为要信守自己对马团长的承诺，此时他非常感激这位首长对自己的另眼看待。

吃过早饭，新兵们要向自己分配的单位出发了。迩戈原先所在的班，与另外三个班组成一个排，带队的仍然是李排长。

离开乌鲁木齐时，雪纷纷扬扬地飘落着，一行人分乘五辆解放牌汽车。车是新车，车斗上部覆盖着军用篷布。汽车一辆跟着一辆，在雪地上慢慢爬行。

车厢内的新兵们，身着皮大衣，脚穿大头鞋，坐在自己的背包上。天气虽冷，但气氛热烈。迩戈领着大家唱起了《小路》：

　　　　一条小路曲曲弯弯细又长，
　　　　一直通往迷雾的远方。
　　　　我要沿着这条细长的小路，
　　　　跟着我的爱人上战场。
　　　　我要沿着这条细长的小路，
　　　　跟着我的爱人上战场。
　　　　…………

　　　　在这大雪纷纷飞舞的早晨，
　　　　战斗还在残酷地进行。
　　　　我要勇敢地为他包扎伤口，
　　　　从那炮火中救他出来。
　　　　…………

　　　　请你带领我吧我的小路呀，
　　　　跟着爱人到遥远的边疆。
　　　　…………

一路上，大家把自己会的歌曲唱了个遍。众人尽了兴，也累了，开始闭上眼睛休息。迩戈靠在车帮上，在汽车的晃动中昏昏欲睡。

不知过了多长时间，汽车猛地晃动一下，停住了。

"同志们快下车，宿营地到了！"李排长大声下着命令，新兵们陆续从汽车上跳了下来。

抬头仰望，雪花仍在空中飞扬，地面上满是积雪。

在兵站吃过晚饭，奔波一天的战友们很快都睡着了。

睡到半夜，迩戈起床上厕所，发现邻铺的李大勇不见了。迩戈用手摸摸他的被窝，凉凉的，他断定李大勇可能出去了好长时间。他赶紧披上大衣去屋外找，哪儿也不见大勇的踪影。他快步跑回宿舍，叫醒大山，说李大勇不见了。叫声惊醒了其他人，大家听说李大勇不见了，全傻了眼。迩戈拉起大山，说："走，快报告李排长。"

李排长二话没说，马上命令全排战士：

"大家快起来，三人一组，立即出发找人！"

十几个小组，打着手电筒走出兵站，四处寻找。

迩戈、大山和一个叫李解放的战友结成一组，深一脚浅一脚地向戈壁滩跑去，一路上大声呼喊着：

"李——大——勇！"

"李——大——勇！"

"大——勇！"

迩戈只顾跟着往前跑，不知被什么东西绊了一跤，滚进了雪坑里,好半天才挣扎着坐起来。好在坑不深,在大山、李解放的帮助下,费了好大力气总算爬了出来。

三人跌跌撞撞喊了半天,嗓子都哑了,也没寻到大勇的半点儿踪迹。

雪越下越大,呼呼的风卷着鹅毛般的雪片,在地上打着旋儿,让人睁不开眼。迩戈被风吹得东倒西歪的,脚下又被什么东西绊了一下,他用手摸摸,觉得像人的身体。他立即招呼大家用手刨雪,用手电筒一照,果然是李大勇!用手摸摸口鼻,还有气息。

"大勇!大勇!快醒醒……"迩戈一边喊叫着,一边把大勇搭在背上,艰难地往回走。

三人轮换背着大勇,走起来格外艰难。迩戈把大勇背到兵站门口,大喊一声"排——长,大勇——在——这里",自己就昏了过去。

待迩戈慢慢睁开眼,看到了雪白的世界,闻到了浓浓的福尔马林的气味。李排长站在床前,笑眯眯地看着他。

李排长说,大勇到底是身体底子好,已经醒过来了。据大勇说,在兵站住下后,由于过度兴奋睡不着觉,想到外面转转,结果就出了兵站,在风雪中迷了路,再后来就失去了知觉。

李排长告诉迩戈,大勇出事那地方,是新疆著名的老风口。由于地形、地势特殊,这里成了风的世界,一年到头大风不停,直刮得老风口的石头没有一块是有棱角的。春夏两季,大风口方圆地区的地面光光滑滑、干干净净的,像是有人刚扫过一样。秋冬两季，则会时不时下起冰雹和大雪。别看兵站距离老风口不到两公里，此地的气象条件却要好很多。大勇迷向后，误入老风口深处，若不是及时施救，难免有生命危险。但由于他的身体壮实，很快就痊愈归队了。

## 军训

新兵到部队，先要经过队列、射击、刺杀和投掷手榴弹等课目的训练。一个月后，忙碌、艰苦的训练总算结束了。

迩戈参观了团荣誉室才知道，自己所在的团有着光荣的传统，是闻名遐迩的英雄部队，开国大典时曾在天安门广场接受毛主席的检阅。抗战时期，这支部队参加过百团大战等著名战役；解放战争时，屡立战功；1952年，几百名骑兵骨干，调到新疆组建了这支骑兵部队，在祖国边陲为保境安民做出了突出贡献，受到过中央军委的嘉奖。

了解了部队的光荣历史，迩戈心潮澎湃、热血沸腾，他暗暗下定决心，一定要苦练过硬的杀敌本领，将青春年华奉献给这支铁骑兵。

要真正成为合格的骑兵战士，需要付出艰辛的训练。团里在额敏河岸边专门建有练马场，此处地势平坦，花草茂盛，很适合军事训练。

骑兵技术第一课由连长亲自主持。这天一大早，连长站在队前，十匹战马由正、副排长牵着一字排列在连长身后，旁边放着水桶、马具等器材。

连长命令战士们盘腿坐下，从喂马、饮马、刷马、遛马、给马洗面、检查口腔，到上笼头、上嚼子、上挂具，以及如何压马、吊马，边讲边做示范。之后，正、副排长牵出战马，指导战士们按照规范进行练习。

战士们个个兴致十足，认真完成着训练动作。

训练结束后，迩戈和战友们收拾着器材。此时已是仲春，泛青的草和多彩的花铺满了大地，放眼望去犹如一床锦被，在阳光下闪耀着丝绢般的绚丽。

连长的坐骑是一匹黑马，只见连长翻身上马，左手紧握马嚼绳，右手扬着牛皮编制的马鞭，跑在队伍的前面，铿锵的马蹄声清脆悦耳，人和马既潇洒又威武，后面紧跟着的官兵们骑着清一色的白马，个个身背骑枪，腰挎战刀，嗒嗒嗒行进在练马场上，一帮新战士看直了眼睛。

几个月后，训练完骑兵分列式，连队又进行了乘马斩劈、乘马射击等课目的训练。

乘马斩劈训练，让迩戈深深感受到了男人的力量和骑兵的威武。训练场上，连长一声"出刀"的口令，骑着战马的官兵们把马刀"唰"一声抽出来，上百把战刀闪着耀眼光芒，随着震耳欲聋的喊杀声和战马的嘶鸣声，向站立着的人形草靶子砍杀开来……那场面，让人壮怀激烈。

乘马射击项目开始了，大家骑着战马，手托骑枪，瞄向左前方的草靶子，随着马的奔跑节奏，在战马跃在空中的一瞬间，扣动扳机，枪响靶倒。

这天，紧张的训练结束了，匹匹战马喷着气流，战士们喘着粗气，列队站在练马场上。归营时，迩戈和战友们骑着战马唱着歌：

日落西山红霞飞，
战士打靶把营归，把营归；
胸前红花映彩霞，
愉快的歌声满天飞。
mi sol la mi sol
la sol mi do re
愉快的歌声满天飞。


歌声飞到北京去，
毛主席听了心欢喜；
夸咱们歌儿唱得好，
夸咱们枪法数第一。
mi sol la mi so
la sol mi do re
夸咱们枪法数第一。
…………

# 第六章　牧场

## 放牧军马

新疆的春天，不知在哪儿耽搁了，总是来得慢。

已是四月天了，北疆还看不见草青树绿的春天表情。

迮戈记得，家乡的这个时候，早铺满了春意盎然的风光，北疆的额敏地界却闻不出一丁点儿春天的气息，只是没有了刀子割脸似的寒风和漫天飞舞的雪花，地上的积雪亦开始融化。

到了一团之后，迮戈的班长叫史大印，是个老兵。这天，按照连长的吩咐，迮戈和史大印带着三十多匹战马去东山牧场放牧。

几十匹战马顺着一条类似河谷的凹地奔驰着，嗒嗒的马蹄声后面留下一片尘烟。

往前走，眼前骤然豁亮，绿色的草地在阳光下显出勃勃生机。马儿也来了精神，嘶嘶鸣叫着，急速向草地深处奔去。



几座蘑菇似的灰色帐篷出现在眼前。他俩勒住马缰，翻身跳下马背，脚还未站稳，一位用方巾包头的中年妇女和一位年轻姑娘，就从帐篷里走了出来。

"解放军来了，欢迎你们！"

她俩一手抚胸，一手做出"请"的礼仪。

班长和迩戈说着"谢谢"，赶忙还礼。

迩戈安顿好战马，和班长进入帐篷，盘坐在地毯上。

不一会儿，中年妇女走进来，把一盘散发着阵阵焦香的热馕放在他俩面前。

年轻姑娘则拿出茶壶和银碗放在两人面前，奶茶的香味很快飘满了帐篷。

不久，随着马的嘶鸣由远及近，一位大叔风风火火地走了进来。迩戈和史班长赶紧站起来打招呼。

三人坐定后，史班长扼要地说明来意。大叔说昨天公社已来人打了招呼，边说边指着面前的馕和茶，说：

"请解放军同志不要客气。"

他俩没有推让，就吃喝起来。大概是又饥又渴的缘故，一会儿工夫，他们就风卷残云般地把馕吃了个精光，奶茶也喝了几碗。

看着他俩狼吞虎咽的样子，大叔手端盛有奶茶的银碗，脸上绽开笑容。

吃饱喝足，迩戈站起来说：

"谢谢大叔的盛情款待。"

"不必客气,解放军同志。"

史班长往年也来牧过马,和大叔是老熟人。他告诉迖戈,大叔叫司迪克,是这个放牧组的组长;中年妇女是他的妻子,叫库尔波娃;年轻姑娘是他的女儿,叫塔依娜。

史班长说,司迪克大叔是个热情的大好人,我们来的这地界则是附近难得的好牧场。这里四面由山和土丘围着,有天然湖泊,只有一个出入口供进出,到了冬季草也不枯萎。

说话间,迖戈抬头望望西山,夕阳快要落山了。晚霞简单地抚摸一下山顶,就给整个牧场罩上了淡红色的薄纱。远处的山峦,静静卧在天际,安详而沉稳。山根处隐约可见的松树林,被染成了咖啡色。暮霭时而直、时而弯,忽隐忽现。

史班长一声口哨,几十匹战马奔腾而来。趁着余晖,他俩快速绑好马腿。也许是吃饱了的缘故,马儿静静地站在原地,任由两人操作。

安顿好马匹,他们进入司迪克帮助搭好的军用帐篷里。迖戈燃上蜡烛,发现铁盆内已点燃的牛粪蹿出红红的火苗,三脚架上的水壶里正喷出股股蒸汽。

迖戈起身拿出两个水杯,倒两杯水放在小桌上。

班长呷了一口水,目视着忽闪忽闪的烛光,心事重重的样子。沉默片刻,班长说:

"迖戈,我给你透露个消息。"

"什么事? 班长。"

"你听了后, 不要外传, 因为还不知是否真实。"

"请班长明示。"

"我们这个骑兵部队可能要撤编。"

"啊, 为什么?"

班长没有回答, 仍盯着烛光, 皱着眉头, 静静地坐在地铺上。又喝了几口水, 叹了一声气, 班长说:

"本想在部队继续干下去, 如果撤编, 我可能就要复员。"

"为什么?"

"我自当兵, 就来到这个骑兵连, 你看我这两条腿。"

"当骑兵时间长了, 腿自然变弯曲, 但不会影响你继续当兵呀。"

"除当骑兵, 我别无强项。"

"就是撤编了, 这个部队还存在。"

"不, 你不知晓, 本来要调我到教导队担任教官。撤销骑兵, 我一切就完了, 提不成干部了。"

班长讲完, 又是叹息。

迩戈听班里的老兵说, 班长老家在甘南, 家里很穷, 从小是个放羊娃, 没上过几天学。参军来到骑兵部队, 由于脑袋瓜聪明, 肯吃苦, 他的骑术在全师是出了名的。在甘南剿匪战斗中, 带领三个战士俘虏了几十名叛匪, 立了个二等功。本早应提为排长, 但由于文化水平低, 一直拖到现在仍是个班长。若骑兵部队撤编，班长的强项就无处发挥，况且是个超期服役的老兵，十有八九只能复员回家。

迩戈为班长的命运担忧，为这个具有高超骑术的老兵惋惜。如果复员，他只能回到生活条件恶劣的甘南老家去，真是太可惜了。想到这里，他心里一阵难过。

小桌对面的地铺上，班长已经发出轻微的鼾声。迩戈睡不着，在铺上翻着身，想着心事。

来部队这段日子，迩戈深深爱上了这个兵种，能为当上骑兵而自豪，骑在马背上驰骋草原、戈壁的感觉是何等美妙！几个月的训练下来，他已初步掌握骑兵技术，乘马射击项目还得了全连第三名。他觉得，自己有文化，再练好骑兵技术，能文能武，将来一定可以大有作为，提干是大有把握的。可是，如果真像班长说的撤销了骑兵这个兵种，自己将来的命运会是什么？说不定也得提前复员。

迩戈记得在新兵训练结束的总结大会上，连长宣读的表彰名单中，第一个名字就是他。等连长知道了他文化程度高、文笔好，对他喜欢有加，连部的总结、连长的讲话稿都由他和文书吴胜利共同起草。前几天，吴胜利悄悄告诉他，团后勤处马处长前几天来，看到营房墙上新刷写的仿宋体标语，连说这字写得好。得知是迩戈写的，当即说要把他调到团部去，连长急了，说，团里老说要重点建设基层，可基层人才刚露头，团里就要给调走，没有人才我们咋建设基层？马处长笑了，说你先培养着吧，以后再说。

马处长，就是招迄戈来部队的那位马团长。征兵工作开始后，他被临时任命为新兵团团长。征兵工作告一段落后，他又回到一团后勤处处长的岗位上。

迄戈想，如果部队撤编了，马处长怎么办？自己能分配到哪里去？翻来覆去，很久才睡去。

浓浓的奶茶香味飘入他的梦境，马叫声也随之传来，迄戈睁开眼睛，扭头看看，班长的铺位上放着叠得整整齐齐的卧具，他赶紧起了床。

三脚架上的奶茶已经烧沸，从壶嘴里"噗噗"喷出浓香。迄戈掀开帐篷的门，一缕光线射进来，天已经大亮。

班长带着一身朝霞走进来，把手里的几个热馕放到小桌上，对迄戈说：

"快吃吧，刚烤的。"

迄戈赶紧站起来，拿毛巾擦擦手，给班长倒一碗奶茶，说：

"班长，我睡得太死了，对不起。"

"年轻人贪睡，快吃吧。"

吃完饭，他和班长来到马圈，翻身上马，带着马群朝小湖边奔去。

小湖边，马儿争着跑到浅水处低头饮水。

眼前的天然湖，虽然说不上烟波浩渺，但也称得起湖光潋滟。大山深处，竟有这样一个神奇的湖，还有这么一块茂盛的草场，迄戈从内心深处感叹大自然的鬼斧神工，真是一方水土养一方人啊!

一阵“咩咩”叫声,引得迩戈向左看去,那边足有三百只羊在饮水。一位头戴维吾尔族皮帽的牧民骑在马背上,带着黑色牧羊犬,看护着羊群。

迩戈看看脚下,发现很多的动物足迹,他猜想,昨晚可能有不少动物在这里喝过水,忙问班长:“班长,啥动物会在晚上出来喝水呢?”

“这是狼的足印。”

“啊,你是怎么看出来的?”

“你看,马、牛、羊的足印,和狼的不一样。”

“这里还有狼?”

“当然有!在新疆,凡有马、牛、羊的地方,总会有狼的。”

“这里这么多羊,狼会偷吃吗?”

“当然会。”

班长回答得简练、干脆。

马儿喝饱了水,两人骑上马,带着马群向草原深处走去。

草地上,马儿在吃草,班长在想心事,迩戈躺在柔软的草地上看书。

司迪克大叔带着羊群,打破了这片宁静。

司迪克说:“小伙子!这里的草马儿最爱吃,看来你们是老行家。”

班长说:“大叔好!您的羊只只肥,您才是放牧的老行家。"

司迪克说："我要到南面的草甸子去,有什么事可打招呼。"

班长说："没有什么事,您去吧,让您操心了。"

互道珍重后,司迪克扬起鞭儿,骑着马快步走起来,羊群跟在后面,牧羊犬则左右奔跑着,跟在羊群后面驱赶着羊群。

迩戈站在那里目送司迪克带着羊群渐行渐远,然后将视线向远处延伸,只见远处隐隐约约的山顶被皑皑白雪覆盖着,阳光下是那么洁白与纯净,清纯得如同文静的少女。远山与草地之间,生长着翠绿的松林。白雪与绿树相互映衬,头顶上蔚蓝的天空,脚下地毯般的草地,迩戈觉得实在是太美了!

这里除了美,还有静。这里寂静得让人宠辱皆忘,困惑、忧愁与烦恼都会在这寂静的大自然中渐渐融化。

迩戈走到草坡上,顺势仰躺在草地上,感受温暖的阳光。

几朵乳白色的云飘浮在湛蓝的天际,有的像山峦,有的像羊群。迩戈闭上眼睛,轻声地唱起了歌儿:

田野静悄悄,

四周没有声响,

只有忧郁的歌声,

在远处荡漾。

牧童在歌唱，

声音多悠扬，

歌儿里回忆起心爱的姑娘。


我是多不幸，

痛苦又悲伤，

黑眼睛的姑娘，

她把我遗忘。

…………


"哈哈，是谁在这里，唱得这么好听。"

迩戈听到说话声，立即坐了起来。扭头看看，是司迪克的女儿塔侬娜从草丘上走了下来。

迩戈看着她，心想，怎么长得像俄罗斯姑娘？迩戈中学时学过俄语，对俄罗斯文化有所了解，对，她母亲叫库尔波娃，是俄罗斯名字，难道她是混血儿？为了验证自己的判断，他对她说起了俄语：

"Здравствыйте!"（你好！）

"Спасибо, хорошо."（谢谢，很好。）

"Приятно познакомиться."（很高兴认识你。）

"Спасибо!"（谢谢！）

"девушка очень красивая!"（小姑娘长

得真漂亮!)

　　"Я не сказал, что это девочка."(不许
说我是小姑娘。)

　　塔依娜有些吃惊,笑着问:"你这个解放军怎么还会讲俄
语,而且说得还很流利?"

　　从塔依娜的长相,加之其会俄语,迩戈断定她确有俄罗
斯血统,是个混血儿。这姑娘真是不简单,会讲维语,会说汉
语,还会俄语。

　　见迩戈不说话,塔依娜接着问:

　　"你刚才唱的是什么歌?"

　　"歌名叫《田野静悄悄》,苏联歌曲。"

　　"太好听了,很感人。"

　　"随便唱的。"

　　"不,十分动听。"

　　"你一个小丫头,为何在这里偷听别人唱歌?"迩戈想跟
她开开玩笑。

　　"牧场这么大,难道只许你在这里,我不能来这儿转转
吗?"塔依娜不甘示弱。

　　"你这个小丫头,真是伶牙俐齿,"

　　"为何老说我是小丫头,差十多天我就十八了。"

　　"十八岁才算成人,现在叫你小丫头,不对吗?"

　　"就是不对。"

　　"看看你满头小辫子,只有小丫头才会这样。"

"今天回去，我就把小辫子梳成大辫子。"

"你该是个学生，为何不在学校读书？"

塔依娜低下头，小声说："我，我没有考上高中。"

"对不起，我不该问这个，请原谅。"

"你的俄语说得标准，歌也唱得好，一定是个大学生，对吧？"

"你说得不对，我不是。"现在轮到迩戈不好意思了。他不再说话，开始悄悄打量她。眼前这个十八岁的少女，是这样的清纯和美丽。她头上梳着数不清的发辫儿，直直散落下来，披在肩上和胸口。弯月似的眉毛，深邃的眼窝，明亮的眸子在长睫毛衬托下，如同清澈的水。高高的鼻梁，瓜子脸上白里泛着红润。色彩鲜艳的长裙紧紧裹在身上，细腰翘臀，形成了自然的曲线美。

迩戈突然发现，塔依娜在用含情脉脉的眼神看着他，那炽热的目光使他怦然心动，这是他第一次近距离看到如此美丽的少数民族少女。四目相对，塔依娜羞红了脸，小声说：

"你可以再唱一支歌吗？"

"你想听什么歌？"

"随你，只要是你唱的，我就喜欢听。"

"好，那就再唱一支《小路》吧。"

　　一条小路曲曲弯弯细又长，

　　一直通往迷雾的远方。

我要沿着这条细长的小路，
跟着我的爱人上战场。
我要沿着这条细长的小路，
跟着我的爱人上战场。

…………

在这大雪纷纷飞舞的早晨，
战斗还在残酷地进行。
我要勇敢地为他包扎伤口，
从那炮火中救他出来。

…………

请你带领我吧我的小路呀，
跟着爱人到遥远的边疆。

…………

塔侬娜两眼望着远方，静静地听着，婉转的歌声使她陶醉。

"完了？"

"唱完了。"

"能再唱一首吗？求你了。"

"看在你求人的分儿上，再给你唱一首吧，听着。"

花儿为什么这样红？
为什么这样红？
哎！红得好像

红得好像燃烧的火，
它象征着纯洁的友谊和爱情。

花儿为什么这样鲜？
为什么这样鲜？
哎！鲜得使人
鲜得使人不忍离去，
它是用了青春的血液来浇灌。

太阳偏西了，给这片草原镀上金黄的色彩，两个年轻人坐在草地上，说着话、唱着歌。

## 斗狼

晚饭后，班长仍和过去一样，从军用挎包里拿出一沓信，随便抽出一封仔细地看着，看完一封就坐在那里思考着什么。迻戈则凑着微弱的烛光，看一会儿书。

夜深了，火盆里的牛粪已经燃尽，蜡烛的火苗忽闪几下即将熄灭。迻戈看看班长，发现他已睡着了。受书中情节的触动，迻戈躺在铺上睁着眼睛，一时还睡不着。

几声马的嘶鸣，一阵喊叫，让迻戈立即坐了起来。

班长也被惊醒了，问道："外边出了什么事情？"

"不知道！"

"动静这么大，肯定有情况，快穿衣服！"

摸着黑，两人迅速穿好衣服，带着冲锋枪和马刀冲出帐篷。

帐篷不远处亮着火把，两个人骑在马上大声喊着"狼来了"，班长急忙迎上去，问："狼在哪里，有几只？"

"来的是狼群，在羊栏里咬死了羊。"

"快走！"

班长话音刚落，迩戈就以百米冲刺的速度，快速牵来两匹马。两人翻身上马，随着两位牧民在明亮的月光下疾驶而去。

羊栏处有两位牧民正骑在马上、端着猎枪紧张地盯着前方。班长、迩戈赶到近前，迅速摘下冲锋枪，顺着牧民手指的方向看，只见不少绿色光点在快速移动，羊的咩咩声和猎犬的汪汪声交织在一起。

绿色光点是从狼的眼睛里射出来的，迩戈估计，足有三十几只狼。

"你们几个注意安全，待在这里不要动，迩戈跟我来！"班长说着话，策马朝着狼群冲去，迩戈骑着马跟了过去。

此时，狼群已跃进羊圈。偌大的羊栏里，羊群在狼群的追赶下，拼命地东奔西窜。

一只猎犬被七八匹狼围在中间，相互撕咬着。有的狼咬住羊的脖颈，在地上拖来拖去；有的咬着羊的腿，在地上打着旋儿跑；还有的扑在羊身上，死死咬住不放。地上，已有一片死羊。

班长站在围栏外,手握冲锋枪,紧张地看着这血腥的场面。

班长没有开枪,可能是担心误伤了羊。迩戈看着这样的场面,也不知如何是好。这时就听班长大喊一声:

"迩戈,下马用刀砍!"

只见班长将枪斜挎上肩,从腰间"唰"地抽出马刀,从马上跳入羊栏内,冲着一只狼手起刀落,狼被砍翻在地。几只狼迅速将班长围在中间,嗷嗷叫着,试探着进攻,只见班长左劈右砍,又有两只倒在地上。另外几只往回退了两步,围着班长呜呜地叫。

迩戈见状,一个鱼跃翻到栏内,抽出马刀,用尽全身力气照着一只狼的屁股猛劈过去,随着"杀"的一声大喊,那只狼几乎被迩戈劈成两半,热血随即喷了出来。

迩戈刚收回刀,忽听身后有响声。慌忙扭转身体,只见从左边跑过来三只狼,一只直冲冲地扑上来,两只前腿一下子搭在他的肩上,另两只狼咬住他的两条腿向后拖。迩戈害怕极了,正不知如何是好,就听"噗"的一声,趴在肩上的那只狼滑落在地,然后就见班长挥着刀朝咬迩戈腿的那两只狼砍去。班长不愧是师里的斩劈标兵,刀法稳准狠,那两只狼眨眼间就被报销了。

眼看剩下的狼不肯逃窜,杀红了眼的班长摘下肩上的冲锋枪,"嘟嘟"几个点射,又有恶狼应声倒在血泊中。

迩戈这时回过神来,举着刀站在班长身后,防止有狼从背后偷袭。

班长开枪又打死了两只狼，迩戈也劈死了一只从侧面偷袭过来的狼，远处有人举着火把蜂拥而来，剩下的狼才跃出羊圈向北方逃去。

班长举着枪，问："迩戈，伤得怎么样？"

"报告班长，问题不大。"

"好，咱们上马去追这群畜生！"

两人翻出围栏，纵身上马朝着狼群追去。

那些狼拼命地跑，他俩紧追不放。相距约二十多米了，班长勒住马，端起冲锋枪，几个点射，四五只狼应声躺倒在地。

剩下的狼，很快就无影无踪了。

战斗结束了，迩戈才觉得腿很痛，他翻身下马，却一下跌倒在地上。班长立即下马，想扶起他，几个牧民也举着火把围了上来。班长凑着火光，看到了迩戈腿上的血，忙问道：

"迩戈，你的裤子上这么多血，是不是负伤了？"

迩戈坐在地上，感到一阵剧烈的疼痛，但仍故作轻松地说：

"班长，不要紧，咱们回去吧。"

此时，东方露出了鱼肚白，晨曦洒满牧场。

迩戈和班长骑在马背上，马儿似乎特别兴奋，昂着头，在草地上欢快地奔跑着。

两人住的帐篷到了，这时太阳已冲出地平线，用阳光迎接他们。

迩戈翻身下了马，战马鸣叫着跑向马群，他踉跄地向帐篷走去。

“迩戈，伤得怎么样？”班长疾行几步掀开门帘，扶着他坐下。

“我的腿有点儿痛，不要紧。”

班长蹲下来给他脱下马靴，又让他脱下裤子，只见两排深深的齿印内仍往外渗着血。

班长迅速取出急救包，帮他固定在伤口处，说：

“幸亏你穿着厚绒裤，不然就惨了。”

然后，班长让他穿好衣服，扶他躺到铺上。

也许是紧张过后精神松弛了下来，迩戈觉得腿上的伤还真痛。想起刚才的场面，他多少有些后怕，当时要不是班长及时援救，后果真不敢设想。

没容迩戈多想，刚才来求救的那两位牧民就骑着马来送饭了，提着一桶热气腾腾的羊肉汤，还有几个刚烤的馕。

“这是刚炖好的，你们一定饿坏了！”

班长连声道谢，牧民说：

“该是我们感谢你们才对！早上是来不及了，晚上请你们吃烤全羊。”

两人不再客气，接过来大口大口地吃起来。吃过饭，班长让迩戈留在帐篷里休息，自己则一个人带着马群去放牧。

迩戈躺在铺上看了几页书，就睡着了。

一觉醒来，迩戈伸了伸腿，感觉似乎不怎么痛了。他慢慢站起来，用毛巾擦擦脸，走出帐篷伸了个懒腰，看看太阳，日头已经偏西。

这时就见有人骑马朝自己这个方向奔来。定睛观望，原来是连里的文书吴胜利，迓戈立即迎上去，问：

"你怎么来了？"

"快给我弄杯水，渴死我了。"

两人走进帐篷，他倒了一杯奶茶，递到文书手中。

文书喝了奶茶，说是奉连长之命，让他和班长马上回去，有新的任务。

迓戈问，大概是什么任务？

文书脸色抑郁地说，是部队要整编。上级认为，骑兵已经不适应现代化战争的需要，我们整个师都要撤编，改编为摩托化步兵师。马上就要召开动员大会，让你们回去参加。

听得出，文书的话语间透着悲壮。

迓戈一时不知道说什么好，就一个劲儿劝文书喝奶茶。

班长带着战马回来了，文书立即迎上去，和班长握手后，两人站在马圈前谈论着什么。

太阳落山了，班长、文书和迓戈坐在没有点灯的帐篷内，昏暗中，谁也不说话。

门帘被掀开了，塔依娜站在帐篷门口说：

"大英雄，乡亲们请你们去吃饭！"

班长说："走吧，司迪克大叔中午就和我说了，是大家的一个心意。"

三人跟着塔依娜向南边的篝火走去。

几堆篝火，照得草地明晃晃的。十几个牧民坐在火堆旁，孩子们则围着火堆追着、笑着、打闹着。

篝火之间放着几张矮矮的长条桌，几个白色搪瓷盘里满满堆着羊肉。羊肉周围摆着茶壶、茶杯，以及大摞的烤馕、大盘的葡萄干。

“解放军同志，快快坐下，这是为感谢你们专门准备的。”司迪克大声招呼着他们三人，那些坐着的牧民都站了起来，手抚着胸，做着请坐的手势。

迩戈发现，司迪克今天穿了新上衣、新马靴，其他人也都穿着新服装。特别是几位妇女，穿戴得尤其光鲜和喜庆，像要举办喜事和庆贺节日一样，个个脸上堆满笑容。

司迪克请他们在贵宾席位上坐下，示意大家都坐下，然后大声说：

“今天这个篝火晚会，是特意感谢解放军同志的。”

牧民们一起鼓起掌来。司迪克从盘里抓出三大块羊肉，塞到他们手里。

吃了一阵，班长问昨天夜里羊群损失大不大。

司迪克说：“一共有十多只羊被狼咬死、咬伤。多亏解放军同志勇猛，一共杀死十三只狼。若不是你们及时赶到相助，这回我们的损失可就大了。”

塔依娜上来给大家添上奶茶，其他牧民也过来说着感谢的话。司迪克问迩戈：

“迩戈同志，听说你受了伤，伤得怎么样？”

"我的伤口不要紧，只是被狼咬了几口。"

"伤口可不能感染了，我有治伤膏，一会儿给你送去。"

篝火烧得更旺了，照红了人们的脸庞，照亮了绿色的草原。

"咚吧咚吧"的达甫响起来，牧民们围着篝火跳起了舞蹈，连小孩子也在跳着、蹦着。

司迪克拉住班长的手，加入跳舞的人群。班长舞姿优美，使迩戈大为惊奇。

司迪克的妻子库尔波娃拉着文书、迩戈，也跳起来。

塔依娜则走到篝火旁，那甜美的歌声顿时飘荡在夜空：

> 我们新疆好地方啊，
> 天山南北好牧场，
> 戈壁沙滩变良田，
> 积雪融化灌农庄，
> 我们美丽的田园，
> 我们可爱的家乡。
>
> 　　　　·
>
> 麦穗金黄稻花香啊，
> 风吹草低见牛羊，
> 葡萄瓜果甜又甜，
> 煤铁金银遍地藏，
> 我们美丽的田园，

我们可爱的家乡。

弹起你的冬不拉吔，
跳起舞来唱起歌，
各族人民大团结，
歌颂领袖毛泽东，
各族人民大团结，
歌颂领袖毛泽东。

## 归途

第二天清晨，迩戈刚刚醒来，耳边就传来马的嘶鸣声。他立即坐起来，班长和文书吴胜利都不在帐篷内。

奶茶的香味扑鼻而来，桌上放着馕和奶茶。

迩戈穿好衣服，掀起门帘走出帐篷，看见门口堆放着几个鼓鼓囊囊的口袋。

班长、文书和司迪克正站在不远处说话，塔依娜和妈妈库尔波娃站在一旁。

文书向迩戈走过来，手里拿着鼓鼓囊囊的马褡裢。文书说：

“迩戈，你赶快吃饭去，咱一会儿就要回部队。”

迩戈转身返回帐篷去吃饭。等他吃完饭走出帐篷，只见十几个牧民围着班长、文书在说话，班长和司迪克握着手，然后

指指帐篷,说:

"这个帐篷我们就留下了,给你们用吧!"

"那就谢谢班长了,不过这些羊肉请你们一定带走。"

"真的不行,会违反纪律的!"

"不,你们一定要理解我们的心意。况且,这是被狼咬死的几只羊,我们也吃不完。"

库尔波娃拉着塔依娜朝迩戈走过来,站在迩戈身旁,指指塔依娜提着的口袋,说:

"这是今早刚烤的馕,你带回去吃。"

今天的塔依娜,上穿紫红色平绒短夹衫,上面缀着数不清的银色珠子,珠子如麦粒大小,闪闪发光。配着花布拉吉,恰到好处。头上的小辫子不见了,两条粗壮的大辫子直直垂到臀下。没等迩戈回话,塔依娜上前就拉住了他的手,说:

"你要回部队了,这件东西是我妈让我给你的。"

她从口袋里掏出用红绳穿着的一个小物件,白白的,长长的,他不知道是什么。

"这是一颗狼牙,妈妈说,带上它可以辟邪,免除灾难,保人平安。"

迩戈刚要用手去接,她却用双手把那根红绳撑成圆圈,踮着脚,套在他的脖子上,然后含情脉脉地看着他。

"谢谢你,美丽善良的塔依娜。"

"你们还会来这里放马吗?"

"不,不知道,也许,可能还会来,也许不来了。"

迭戈言不由衷地说着话。不知道为什么,一向说话利索的他,这时却口吃起来。塔依娜听后,显出了害羞的样子。

库尔波娃走到他俩身旁,一手搂着塔依娜,一手拉着迭戈的手,说:

"你为保护我们的羊群受了伤,我们特别感激你。"

"没有什么,这是应该做的事,不用谢。"

"我姑娘很喜欢你,她以后可以叫你哥哥吗?"

"嗯,可以,这么漂亮的姑娘当我的妹妹,我很高兴。"

塔依娜害羞地笑了起来,然后说:

"我抽空会和妈妈到部队看望你,还有班长。"

"欢迎,欢迎!"

"надеюсь,ты береги себя。"(望你保重身体。)

"Спасибо,до свидания。"(谢谢你的关心,再见。)

班长和文书已经骑在马背上,迭戈赶紧和母女俩道别,紧走几步翻身上了自己的坐骑。

与众人互道珍重之后,三人带着几十匹战马踏上归途,马蹄声打破了戈壁的平静。老马识途,战马更有灵性,都顺着来时的路欢快地奔跑着。

今天的天气格外晴朗,阳光照在大地上,悄悄带走了严寒,万物似乎都在暖风的吹拂下醒来了。路边的芨芨草一丛又一丛,露出了细嫩的尖儿。一棵棵白杨已经开始发青,枝条儿在微风中来回摇摆，装点着空旷的世界。

战马跑累了，速度渐渐慢下来。班长一声口哨，马儿停了下来，嘴里吐着白气。班长说：

"下马休息一会儿！"

三人坐在树下休息，文书拿出三个馕来，分别递给班长和迩戈。班长摇摇手，背靠树干坐在地上，把帽子盖在脸上，枕着双臂晒太阳，也不知他在想什么。

迩戈吃了几口馕，觉得有点儿热，顺手解开了纽扣。

坐在他旁侧的文书似乎发现了新大陆，伸手抓住迩戈脖子上的红绳，往上一提，那颗狼牙就露了出来。

"好漂亮的狼牙，哪儿来的？"

"库尔波娃大婶送的。"

"不会吧，是不是她姑娘送的？"

"你不要胡说。"

迩戈轻轻打了一下文书抓着狼牙的手，然后把红绳收进衣服里。

"两年前，我也在这儿牧过马，司迪克一家对我们可照顾了，他的那个姑娘当时就这么高。"文书用手比画着，说，"现在她已长成大姑娘了，都不敢认了，长得也更漂亮了。"

"女大十八变，越变越好看嘛。"

迩戈立即转移了话题，问起文书的老家，问他在老家有没有相好的。

文书"嗨"了一声，打开了话匣子。

吴胜利的老家在陕西米脂，家里有爷爷奶奶、父亲母亲，还有一个弟弟。家里很穷，住着两孔窑洞。吴胜利说，老家遍地黄土和丘陵，土地贫瘠，打下的粮食填不饱肚子，老百姓就在荒地上栽枣树，用枣儿换钱贴补生活。吴胜利的父亲识得几个字，头脑灵活，就学着当了大枣经纪人，从中挣个价差。吴胜利初中毕业后，没有考上高中，就回家帮着父亲做红枣生意。有个和父亲做同样生意的冯大爷，没有儿子，只有一个女儿，冯大爷看吴胜利本分、能干，就托人找吴胜利的父亲商量，自家想跟吴家结亲，不仅不要彩礼，办婚事的钱也可由女方出，前提条件是吴胜利要入赘冯家当上门女婿。父亲眼看儿子一天天长大，家里实在拿不出钱给他定亲，就同意了，可是吴胜利不同意。正当相持不下时，征兵的来了，吴胜利就当兵来到新疆。前些日子，父亲来信说，冯家女子还是愿意嫁过来，说可以不入赘，只等胜利复员回去结婚。

迩戈问，你见过这个女子没有？

吴胜利说见过，人长得美呢。又说："也只是见过一面，那时候害羞呢，没说过话，不了解她。婚姻是人一辈子的大事，答应冯家吧，咱是真不了解那女子，不知她品行、性情是甚样。不答应吧，咱退伍了说不定还真找不上这么漂亮的老婆。对了，迩戈老弟，你考虑问题周全，帮我出出主意嘛。"

迩戈想了想，小声说："你是文书，天天和连长、指导员打交道，完全可以摸清首长的想法。如果想重用你，你就能提干，那样的话，真不如在新疆找对象成家。如果没有提干的可能，建议你就和她定下来吧。你不了解她，但你家人了解她，家人是不会坑你的。目前，我们面临着部队撤编，你是超期服役，存在着复员的可能。真回了老家，找对象可就不太容易了。我的话仅供你参考，你自己要多多斟酌，考虑清楚。"

文书点点头，说，你老弟说得对，我再多多斟酌斟酌。

班长在树下迷糊了一会儿，站起来示意出发。

走了一会儿，班长说："迩戈，你唱个歌吧，唱一支威武、雄壮的！"

迩戈想了想，张口唱起来：

> 我离别故土来到祖国的边疆，
> 我的魂萦绕在遥远的故乡，
> 让战争远离人间，
> 去迎接和平的曙光，
> 骑着战马走在草原上，
> 走向为祖国而战的地方。
> 跨上战马，
> 举起战刀，
> 勇猛冲向前方，
> 勇猛冲向前方。
> ……………

# 第七章　最后的检阅

## 整编

全营干部战士, 集合在营部操场上开会。

队伍的前面摆着几张长条桌, 桌上铺着绿色军毯, 桌后坐着营长、教导员、政治处主任, 以及上面来的首长王副团长、司令部军务股股长和政治处组织股股长、宣传股股长。王副团长的面前竖着一只麦克风。

主席台的背景是鲜艳的八一军旗。

台上的七位首长个个正襟危坐, 表情严肃, 双唇紧闭, 目视着坐在地上的官兵们。

台下更是鸦雀无声。

会场静得令人窒息, 空气似乎凝固了。

坐在前排的连长, 转身对坐在身后的迏戈使个眼色。迏戈会意, 站起来走到队伍前面, 抬起双臂, 做了个唱歌打拍子的

预备动作:

“向前向前向前——预备——唱!”

向前向前向前!
我们的队伍向太阳,
脚踏着祖国的大地,
背负着民族的希望,
我们是一支不可战胜的力量。
我们是工农的子弟,
我们是人民的武装,
从无畏惧,决不屈服,英勇战斗,
直到把反动派消灭干净,
毛泽东的旗帜高高飘扬。

唱到这里,迩戈急速用手指向右半边,猛然抬起手,示意接着唱的意思。用左手做了个下压动作,然后猛然抬起,于是合唱变换成了轮唱:

听!
风在呼啸军号响。
听!
革命歌声多嘹亮!
同志们整齐步伐奔向解放的战场,

同志们整齐步伐奔赴祖国的边疆，

向前向前！

我们的队伍向太阳，

向最后的胜利，

向全国的解放！


　　轮唱的歌声，重叠而不紊乱；齐唱的歌声，整齐且铿锵有力。歌声中，迮戈仿佛看到一个旗手手执军旗，骑兵们身挎骑枪，挥舞着战刀，车轮滚滚、万马奔腾的场面。

　　一曲歌罢，大家的情绪高涨起来。迮戈对着战友们敬了军礼，然后回到原地坐下。连长扭过头来，对迮戈伸出了大拇指，还说了句什么，迮戈没有听清楚。

　　迮戈抬头看看主席台，正好看见政治处刘主任指了他一下，然后歪着头和教导员小声说起话来。

　　台上几位首长相互使个眼色，刘主任斜对着王副团长面前的麦克风大声地说：

　　"同志们，静一静！"

　　然后，用双手做了个下压手势，接着说：

　　"现在请王副团长作重要讲话！"

　　会场上立刻响起热烈的掌声。

　　"一营的同志们！今天我传达一个重要会议的精神！"王副团长说到这儿，脸色严肃起来。

　　大家都在期待他下面的讲话内容。王副团长却不急着说重点，而是深入浅出地从国外军队编制、装备，讲到人民解放军的编制与装备，又根据国家的具体情况，大讲军队整编的必要性，讲了半天，才话题一转，说："根据军委决定暨军区会议精神，从现在起，中国人民解放军骑兵第一师就要撤销了，正式改编为摩托化步兵师，部队的番号是……"

面对下面的小声议论，王副团长敲敲麦克风。待下面重新鸦雀无声之后，他就整编的具体事宜作了部署。

接着，是政治处刘主任讲话，他要求全体同志提高认识，端正态度，积极配合，顺利完成整编任务。

这个决定，犹如重磅炸弹，震撼着所有人的心灵。散会后，营区内一片议论声，有人惊讶，有人无奈，有人则是无所谓的态度。连长说，对这事儿虽然早有耳闻，但没料到会这么快。

全团各营，都迅速拉开了整编工作的序幕。

连长、指导员让文书把迩戈叫到连部，要他准备发言材料，代表全连在全营大会上发言谈对整编工作的认识和体会，目的是引导大家正确认识整编工作，统一思想，统一行动，积极配合，顺利完成整编任务。指导员说，这是对你的一次重要考验，希望你积极准备，做好工作。

迩戈说声保证完成任务，就回去准备了。

回去后，他先向班长史大印汇报了连长、指导员布置的任务、提出的要求，班长说："现在战士们的思想很复杂，是得好好讲讲，好好引导一番。这样吧，稿子你抓紧写，全班都全力配合你。"

在迩戈建议下, 全班召开了针对撤编工作的"谈思想、谈认识、谈态度"的"三谈"座谈会。而后, 迩戈又在指导员带领下, 去各排参加了讨论会。

用了三天时间, 迩戈写成了自己的发言材料。

全营整编动员大会在营部操场上举行。当营长点名请迩戈上台发言时, 他心里真有几分紧张。他站起来走向主席台, 在心里反复提醒自己一定要镇静、再镇静, 不要慌张, 就当下面坐着的是自己当教师时的小学生。

行过军礼, 他有条不紊地发起言来。他先从骑兵的发展历史讲起, 然后情真意切地回顾了骑一师的光荣传统和辉煌荣誉, 然后用手指着台下的战友们, 说: "你们这些老同志, 继承和发扬了我们师光荣的革命传统和大无畏的革命英雄主义精神, 不论我们的部队今后发展成什么摸样, 不论我们今后干什么工作, 你们都永远是我们新兵学习的榜样! 请允许我向你们致敬! "

说着, 迩戈起身立正, 敬了个标准的军礼。

台下的掌声经久不息。

迩戈端起杯子喝口水, 话锋一转, 说到了撤编的必要性、合理性、紧迫性。他说, 随着社会的发展与进步, 人类有了机枪和大炮, 有了汽车和坦克, 有了飞机和战舰等先进武器, 骑兵部队的作战方式、作战能力明显落伍了, 越来越不适应现代化战争的需要。冷兵器时代已经成为过去, 靠着战马和战刀打胜仗的概率可以说太低了。然后，他用一辆解放牌汽车和一个班的十多匹战马，要去百多公里远的战场上执行战斗任务做了对比，有数据，有案例，语言形象、生动，严谨、清晰地论证了彼此的优劣。下面的听众，一会儿是笑声，一会儿是掌声。

迱戈看了看营长，说，上级的决定是十分正确的，将骑兵兵种改建成摩托化部队，是时代的需要，是国防现代化的需要。上级领导忍痛割爱，撤销骑兵，是着眼于大局大势，为的是人民军队攻无不克、战无不胜。请各位骑兵老前辈带领我们这些新兵，提高认识，端正态度，积极参与，密切配合，切切实实完成这次整编任务。

营长、教导员带头鼓起掌来。掌声中，迱戈走到营长跟前，耳语了几句。待掌声停止，营长大声下达了口令：

"史大印同志，请站到前边来！"

迱戈指着史班长的腿让大家看，说：

"很多骑兵老前辈，由于常年骑在马背上，直直的两条腿已经变成了罗圈腿！"

大家哈哈哈笑起来。迱戈继续说：

"就是这样，史班长这些老同志每天还抢着铡草、喂马、饮马、刷马、遛马、打扫马厩，很辛苦，但都是任劳任怨的……"

台下，有人在擦眼泪，有的低头不语。

"再闻闻咱们的衣服，全是一股马粪味儿，整个营区也全是这种味道！"

这句话又引来哈哈哈的笑声。迩戈看大家的情绪高涨起来，则故意做出发愁的样子，说：

"都说军装英俊威武，但是我们骑兵如果穿着军装去相亲，一定会把人家姑娘熏跑的。"

台下的战友，发出响亮的笑声和掌声。

迩戈最后说：

"凡是当过骑兵打过仗的前辈，你们的功劳首长不会忘记、人民不会忘记、国家不会忘记！我们新兵更是永远牢记、永远学习！最后，请允许我代表全营所有的新兵，向你们致以崇高的敬礼！"

他正正军帽，敬了个标准的军礼。

会场上爆发出热烈的掌声……

会后，迩戈被叫到营长办公室。营长、教导员、连长、指导员都坐在那里，连长示意他坐下。营长说：

"你刚才在动员大会上讲得很好，有启发性，有说服力。"

不等迩戈说话，教导员说：

"小伙子，好好干。"

迩戈心里十分高兴，但只是腼腆地笑了一下，敬了个军礼。

## 阅兵式

清早起来，天气阴沉沉的，阴沉得使人心情郁闷。新疆本是少雨地区，今天这种气候却是降雨的征兆。

大家都在准备受阅。迩戈有些凄楚，因为他知道，这是这支骑兵部队最后一次参加阅兵式。

为了以最好的状态接受检阅，全营上下做了精心准备。马匹被洗刷得干干净净，带着白手套摸遍马的躯体，也摸不到一点灰尘。马尾被战士们梳理得像爱美姑娘的发辫一样顺畅。蹄掌统统换成了新的，马具也做了认真清洗和整修。大家好像是在打扮新嫁娘一样，认真、精心，又处处透着爱意。

三个连的骑兵组成六路纵队，朝训练场前进。骑兵们骑在马上，显得精神饱满，斗志昂扬，大声地唱着歌：

> 快快骑上战马，
>
> 举起刀枪。
>
> 带着复仇的心，
>
> 勇猛冲向前。
>
> 翻过高山，
>
> 越过平原，
>
> 挺进最前方。
>
> …………

歌声高亢激昂，马蹄嗒嗒作响，惊飞了树上的鸟儿，打破了原野的寂静。

阅兵场四周，彩旗在微风中猎猎作响。

阅兵场外围，挤满了前来观看的群众。从衣着看，有维吾尔族的，有哈萨克族的，有塔吉克族的，也有少数汉族和蒙古族群众。大家穿着各式各样的新衣服，像欢庆节日一样期待着这支骑兵最后的阅兵式。

训练场北面，团、营首长站在临时搭建的高高的检阅台上。

两位旗语兵站在检阅台右边，两手各执一面小旗。

三百多匹战马在军旗引导下，成六路纵队从检阅台右方进入场内。

威武的马队齐刷刷地站在那里。马背上的骑兵，左手执缰，静静等待着口令。

"出刀！"

营长大声吼道，声如洪钟般的威严口令声响彻全场。

骑兵们用右手"唰"地从鞘内抽出长长的马刀，声音整齐划一。马刀在空中闪耀着寒光，直指前方，战旗被风吹得呼呼作响。

三百多匹战马紧随战旗的引导奔驰着，马蹄带出的草叶子紧贴地面飞舞，形成了一层低低的草雾。

观看阅兵的群众在欢呼在跳跃，响亮的口哨声此起彼伏。还有人举着色彩斑斓的头巾，拼命摇摆着。

骑兵队伍绕场一周后，遵照营长的口令站在了原地。

骑兵分列式开始了。

执着军旗的骑兵战士走在队列最前面的中间位置，随后是营长和三个连长，后面是大队人马。

战马像踩着鼓点似的，踏着整齐的步伐前进着。

"执刀！向右看——齐！"

战马背上的骑兵向首长行着注目礼，从检阅台前走过。

分列式结束后，是马术表演。

几十个芨芨草扎成的人形靶竖立在场地中央。骑兵队伍变成一路纵队，个个手举闪着寒光的马刀，朝着靶子砍劈过去。刀落靶断，赢得人们阵阵喝彩。一个接着一个斩劈，一阵接着一阵喝彩。

然后，几位战士把几十条毛巾随意扔在场地上，只见马背上的骑兵左手执缰，右脚踩镫，来了个镫里藏身，右手轻松地把毛巾抓起来。随着几十条毛巾全部被高高举起，雷鸣般的掌声震耳欲聋，口哨声响成一片。

乘马射击表演开始了。观礼台正前方围观的群众急速向两边散开，十多个胸靶出现了。十多匹战马向前奔跑，马背上的骑兵手托骑枪，随着一阵"叭叭"的枪声，十多个胸靶应声倒在地上，又是一阵欢呼声。

最后是最惊险、刺激的表演。

两匹战马上面对面站着两位骑兵战士，一根单杠横架在两人肩上。史班长骑着战马，行进到这两马中间时他突然伸出双手，抓住单杠，先做了个引身向上，然后用力摆动做了一串车轮翻滚，这时他的坐骑回头跑过来，只见史班长一跃，稳稳坐到了马鞍上。

整个表演一气呵成，看得大家瞠目结舌，围观的人群欢呼着，坐在观礼台上的首长都站了起来，用劲地鼓着掌。

太阳从云层中钻了出来。受阅完毕的骑兵们唱着雄壮的歌儿走在大道上：

向前向前向前！

我们的队伍向太阳，

脚踏着祖国的大地，

背负着民族的希望，

我们是一支不可战胜的力量。

我们是工农的子弟，

我们是人民的武装，

从无畏惧，决不屈服，英勇战斗，

直到把反动派消灭干净，

毛泽东的旗帜高高飘扬。

听！

风在呼啸军号响。

听！

革命歌声多嘹亮！

同志们整齐步伐奔向解放的战场，

同志们整齐步伐奔赴祖国的边疆，

向前向前！

我们的队伍向太阳，

向最后的胜利，

向全国的解放！

## 班长的婚礼

夕阳西沉，暮色洒满营区。

今晚是战士们自由活动的时间。有的在洗衣服，有的在写家书，有的在看书报。

史班长坐在桌旁，又在翻看他的那些书信。

迩戈来到院子里，站一会儿，又不由自主地从后门走出，来到额敏河岸边。

对岸的不远处，有袅袅炊烟在慢慢扩散开来。那炊烟，似乎勾起了他的乡愁。低头看看缓缓东流的河水，抬头仰望密密麻麻的星空，迩戈思念年迈的姥姥，想念父亲、母亲和哥哥、妹妹。

一颗流星从他的头顶上划过，那短暂的光亮在苍穹中顿时消失得无影无踪。触景生情，他想起牺牲的阿尤木班长，不由流下泪水。

窸窸窣窣的声音打断了他的思绪，他站起来。见史班长已经来到身旁，他赶紧擦了擦眼泪。

"迩戈你怎么哭了？"

"我想起了阿尤木班长。"

"阿尤木同志，确实是个好班长。他牺牲后，连长让我来担任班长，说实在的，我比不上阿尤木班长。"

"不，你和阿尤木班长一样棒，都是好班长。你找我有事吗？"

"迤戈，我刚才接到了前方兵站来的电话。"

"班长，是谁来的电话？"

"是团里王参谋打的，说是我的未婚妻到了。"

"班长，这是好事啊！要赶紧报告连长，想办法接她呀。"

"不要紧。她到乌鲁木齐兵站时，正好碰上王参谋跟着参谋长在那里出差。王参谋跟我是老乡，就让她顺便坐上领导的车来了。"

"她来部队，是要和你结婚吗？"

"肯定是。"

"班长，你见过她吗？"

"没有见过。"

"她长得啥样，你知道吗？"

"就是这个样子。"班长从上衣口袋内掏出一个信封，从信封里取出一张照片，递给迤戈。

迤戈接过去看，照片上的女子圆脸盘，大眼睛，挺顺眼。

"班长，我看嫂子长得挺好看的。"

"凑合吧。"

"你俩是怎么认识的？"

"从通信中认识的。"

"班长，怪不得你闲下来就看信，原来是嫂子给你写的。"

"我看的信，也不全是她写的，还有我妹妹写的信，村里发小写的信。"

"班长，你挺浪漫的啊！讲讲你们的故事呗……"

班长说，她叫李大英，她家距班长家有五里路，属于同一个人民公社。她在娘家是妇女队长，长得人高马大，身体壮实，性情直爽，敢作敢为，遇到不平之事敢于仗义执言，在村里口碑很好。是家里唯一的女孩，父母也总是宠着她。

她家村子里，有几个不务正业的坏小子，专做偷鸡摸狗、恃强凌弱的坏事，二狗是这几个坏小子的头。这几个小子也懂兔子不吃窝边草的道理，对本村人还算老实，对外村人，尤其是见到别村年轻的姑娘、媳妇，总想占点儿便宜，动手动脚的。一天，班长的妹妹春红赶集路过这个村，正好遇上二狗他们几个。几个坏小子非说春红踩了地里的禾苗，拉住不让走。李大英下工回来正好看见，就让他们放了春红，说不要欺负外村人。二狗见李大英要管闲事，说："平时不愿意理你，今天你要坏老子的好事，就不要怪老子了！"说着，就要动手。李大英早就看不惯这几个坏小子，二狗又是骂又是打的，她不由得怒从心头起，举起手里的铁锹迎了上去。铁锹把扫在二狗腿上，二狗痛得跪在了地上。几个帮手想上前帮忙，她抢起铁锹，呼呼生风，说："再不滚蛋，姑奶奶今天放你们的血。"二狗挣扎着爬起来，招招手说："好男不跟女斗，走走走，咱不搭理这个疯子!"话音未落,几个人就一溜烟儿跑了。大英把春红带回自己家,让她吃了饭,骑着自行车把她送回了家。

史家父母感动得不知说什么好,赶紧张罗着要给大英包饺子吃。

大英走不脱,只好坐在史家堂屋里等吃饭。一抬眼,看到了墙上挂的镜框,里边有不少照片,一张放大了的照片放在镜框中央。照片上,一个穿着军装的年轻人骑着高头大马,身挎马刀,两眼目视前方,显得是那样英俊和威武。

大英被这个英俊的骑兵战士吸引住了。她虽然才二十出头,但在有早婚早嫁习俗的农村也算大龄姑娘了,之所以一直没有定亲,主要是眼界太高。亲友邻居给她介绍过很多对象,她全看不上,总觉得这些人猥琐庸俗,没有大志向。今天冷不丁看到的这个骑兵,长得是那样顺眼。她听人说,部队最能培养人,能当上解放军的一定是个好后生。

她不动声色地问起了春红家里的情况。得知这个解放军战士是春红的哥哥,叫史大印,在骑兵部队当班长。关键是,他还没有婚配。

她又问了史大印的很多情况。可能是觉得自己太唐突了,脸一下子红了起来,低头不再说话。

班长的母亲是个精明人,隐约明白了什么,对大英更热情、更客气,拿出儿子写来的家书,说,大印常在信中说部队的事儿,你要有兴趣可以看看。

班长的字很让大英欣赏,她悄悄记下了部队的通信地址。

吃完饭，班长的母亲从柜子里翻出一包葡萄干，说是大印从新疆寄来的，请大英带回家给父母尝尝鲜。大英客套几句，就收下了。

几天后，班长的父母托亲戚打听清楚了大英的家世：父母都是本分人，姑娘的人品、性格、能力更是没得挑。母亲喜出望外，赶紧托人去提亲。

大英的父母仔细看看媒人带去的照片，心里先有几分中意，于是说："现在政府提倡婚姻自由，俺们老两口全听大英的！"

大英说：

"天南海北的，一时见不到面，我俩先通信联系着吧。"

又红着脸说：

"成不成，还得看缘分。"

从此以后，二人就开始了通信交流。在信中越说越热乎，亲事就算定下了。

去年，大英被抽到公社妇联帮助工作，办公室就在公社武装部隔壁。有回闲聊，大英给武装部长说了自己和大印的事儿。部长甚是高兴，说：

"大印是经我手送出去的兵，在部队立了功，当了标兵，我脸上有光啊！你俩能成一对，真是再好不过！"

从此，对大英格外照顾。

上个月，部长悄悄告诉大英，上级已同意给公社武装部增添一个人手,要部长物色一个优秀的复员军人作为人选。部长说,大印是党员,又是立过功的人,完全符合条件,"你征求一下大印的意见,如能今年复员,可直接来武装部工作。"

大英认为这是个难得的机会,对部长千恩万谢的。给大印写了信,就开了结婚介绍信,要来部队和他结婚。结婚后,就让他打复员报告。

大英还在来驻地的路上,连长就命令十几个战士帮着班长布置新房。

房子是现成的,清扫一新后,搬来两张单人床并在一起,文书从库房内取出两套新被褥铺在床上。

文书手巧,剪了几张大红喜字,把新房内外点缀得喜气洋洋的。想想库房里还有彩纸,他又制作了几串五颜六色的小彩旗,横一道竖一道地扯拉在新房里。门上贴着迩戈写的对联,上联是"恩爱夫妻天长地久",下联是"一对新人洞房花烛",横批是"早生贵子"。

连长的爱人是前年随的军,从自家端来糖果、瓜子、葡萄干。

指导员走进屋内,摸摸床铺,看看屋内的布置,点了点头,然后招呼迩戈去炊事班帮厨。

厨房内,两口大锅里煮着猪肉、羊肉,咕嘟嘟冒着热气。案板上,刚烤熟的馕放满了两个竹筐。迩戈的任务是清洗大摞的盘子,喜宴上要用。

部队女性少,连长的爱人、指导员的爱人既要帮着筹备婚礼，还得负责接亲。

晚霞染红天空时，一辆吉普车开到连部大院门口，一行人忙跑去迎接，迩戈适时点燃了大串的鞭炮。

噼里啪啦的鞭炮声中，新娘子由连长的爱人、指导员的爱人左右虚扶着走进大院。

身后，有人吹响嘹亮的军号。

大家把李大英让进连队活动室，看着她喝下一杯奶茶，连长用商量的口吻说：

"大英同志一路辛苦了，今天是个好日子，一切都已准备就绪，我看一会儿就举行个革命化的结婚仪式吧！"

李大英点点头，红着脸说了声谢谢，让首长费心了！

婚礼安排在连队的饭堂。十多只大瓦数的灯泡吊在屋顶，饭堂内灯火辉煌，一派喜庆。

班长穿着崭新的军装，大英也换上了自己带来的红上衣。两人在连长的爱人、指导员的爱人引导下走上用木板临时搭成的小舞台上，掌声、笑声、起哄声响成一片。班长和大英，对着台下恭恭敬敬地鞠了个躬。

作为婚礼司仪的指导员，穿着新军装站在台口。等大家笑得差不多了，他挥挥手，用洪亮的嗓音说：

"今天，是我们连在连部第一次举行婚礼，请大家用最热烈的掌声，再次祝福一对新人……"

下面的话，被掌声、笑声、起哄声淹没了。

指导员说："史大印、刘大英同志的婚礼，是革命婚礼的形式与传统婚礼的礼仪相结合。新郎新娘请注意，听我口令。"

大家盯着指导员，看他如何调度下面的程序。

"新郎新娘首先向毛主席像鞠躬！"

班长和大英对着墙上的毛主席像，深深鞠了一躬。

"新郎新娘一拜天地！"

掌声又一次响起。

"二拜爹娘！"

班长和大英转身，朝着故乡的方向鞠了个躬。

"三拜连长！"

连长慌忙从座位上站起来，连连摇手，对着指导员连声说"你呀，你呀"，台下哄堂大笑。

班长和大英恭恭敬敬地给连长鞠了一躬，连长红着脸不知如何是好。

指导员不动声色，继续喊道：

"夫妻对拜！"

饭堂内响起了更热烈的掌声，笑声、起哄声夹杂其间。

婚宴很丰盛，每张桌上放着两个大瓷盆，一盆是猪肉，一盆是羊肉。周围放着猪肝、羊肝、猪头肉、羊头肉以及几盘蔬菜，把桌子放得满满的。

而且，还上了新疆特产——伊犁大曲。班长夫妇在指导员、迩戈等的簇拥下，开始挨着桌儿敬酒。

# 第八章　峥嵘青春

## 机关文书

迩戈坐在办公室，双手捧着一杯热茶，身上仍觉得有点儿冷。

昨晚，为写《简报》，他从七点一直忙到凌晨三点。干完之后，他躺在床上和衣就睡着了。

部队整编后，他被分配到团后勤处当文书，顶头上司是老熟人马处长。在团后勤处，迩戈的主要任务是起草各种公文，半个月编辑一期《简报》。公文按照领导的布置，根据需要随时起草。《简报》则要平时多留心团里的情况，配合中心工作的需要搜集素材、撰写文稿。稿子经马处长签批后，迩戈还要用横平竖直、一笔一画的仿宋体刻成蜡板，油印装订后上报师部、下发全团各单位。

后勤处能干文字工作的人手比较少，马处长要求严格，迩戈整日忙得不可开交。

现在是秋末，部队正忙着冬储物资，储备了大量的煤炭、粮油及各种蔬菜。这项工作，关乎全团上下在漫长冬季的后勤保障水平，马处长带着后勤处的主要人马忙里忙外的，处里只留下迩戈、通信员申健值班。

昨天虽然睡得晚，但迩戈还是按时起了床，第一件事是和申健到几位处首长的办公室兼住室整理内务。

进屋后，先拾掇火炉，再将水壶坐到炉子上，然后是扫地、抹桌椅、叠被子、扫床铺。这些活干完，水也烧沸了，灌满保温瓶，再烧上一壶。

首长下操回屋前，迩戈要将温水倒入脸盆，把牙膏挤上牙刷放到刷牙杯上。

这些工作干完后，衬衣也就湿透了。

这些活看起来简单，想做好却绝非易事。拾掇火炉就需要很多窍门，否则第二天早上就会熄灭，重新生火既费劲，又会弄得满屋都是烟尘，惹得首长不高兴。往脸盆内倒洗脸水，需要按照每个首长的习惯区别去做，比如，马处长喜欢用热点的水，等他用时盆里的水应保持五六十摄氏度的水温；王副处长认为热水伤害皮肤，给他备下的水就不能高于四十摄氏度，但也不能低于这个温度。所有这些，作为文书的迩戈都必须保证做好，否则首长就不满意。迩戈刚来时，因做不好这些而受到过王副处长的批评。

马处长极为严肃，他交代下的任务，下属必须按质按量按时完成。对身边的人，他说话从不留情面。

马处长有个习惯，给下级下达命令、布置任务时只讲一遍，说完后要求下属必须复诵一遍。

马处长是河北张家口人，虽然会说不太标准的普通话，但平时主要是讲一口难懂的方言。

迮戈刚调来时，马处长说的话，他大约只能听懂一半，为此挨过不少批评。

有一次，在外开会的马处长打来电话，是迮戈接的。马处长让他去自己宿舍办公桌抽屉里拿五元钱，这一句迮戈听懂了。第二句话很短，迮戈只听懂了"黄金龙""团部"等字眼，处长那边已挂断了电话。

迮戈从马处长抽屉里拿到钱，却不知下面该怎么做。问申健，申健也说不出所以然。正一筹莫展时，申健突然笑了，说：

"我想起来了，团部干部小灶有个炊事员叫王金龙，是不是处长借了老王五元钱，让你替他去还账？"

迮戈想想有道理，赶紧骑上自行车去找王金龙。

迮戈满头大汗地找到王金龙，王金龙一口否定马处长欠自己钱，也说不清马处长为什么要让人带着钱来找自己。

就在这时，申健也满头大汗赶来了，把迮戈拉到一边说：

"错了，错了，我们都领会错了！"

"咋错了？"

"处长刚才又打电话来，问你搞什么名堂，香烟为什么还不送来！"

"香烟？"

"有种黄金龙牌子的香烟，处长让你买一条给他送到团部去……"

"哎呀，这，这……"

"快去军人服务社买吧！"

等把烟送去，马处长虽然没有发火，但黑着脸没说一句话，迻戈敬过军礼走出大门后，心还紧张得乱跳。

有了几次教训，迻戈下定决心，一定要基本掌握马处长说的方言，以免耽误工作。从此以后，迻戈认真留意马处长说的每句话、每个音，认真揣摩这种方言与普通话、豫北话之间的关联与区别，并向团里的张家口籍战友请教。大约两个月后，他不仅能够基本准确地听懂马处长的方言，还能惟妙惟肖地学上几句。有一次趁马处长高兴，迻戈学着马处长的音调、语气朗诵了一段毛主席诗词，逗得马处长哈哈大笑，说："你小子行啊，还真是那个味儿！"然后又说：

"干工作，就得勤琢磨！"

马处长对下级要求严格，甚至有时候是不近人情的苛刻，但在政治上、生活上则十分关心下级。等迻戈熟悉了后勤处的工作，掌握了规矩和规律，马处长对他工作中的表现越来越满意，甚至几次当众表扬迻戈的文字干净、准确，说他是"能写大材料的好苗子"。

迻戈心里清楚，从入伍体检开始，马处长都是欣赏、关怀自己的。迻戈是同批兵中第一批由列兵晋升为上等兵的，表现确实优秀，但是按照惯例，团部机关的文书起码应是上士军衔，自己能担任这项工作，跟马处长的提携有直接关系。在迩戈心目中，马处长就像善良而严厉的长辈，时刻关心关怀着自己欣赏的晚辈，又时刻严厉地要求、鞭策着他。迩戈从内心尊重这位首长、感谢这位首长，视马处长的严肃批评与严格要求为激励和督促。他平时加班加点、任劳任怨地工作，真心不是做给大家看的，而是想用百倍的努力和工作成绩，实实在在地感谢马处长对自己的培养，报答这位可敬可亲的首长。

迩戈和日常有接触的战友们关系都很好，尤其是和通信员申键相处得亲如兄弟。申键是城市兵，老家在西安，其实家里已在西安市公路系统给他安排好了工作，他却有割舍不掉的绿色军营梦，硬是舍弃每月几十元的工资，当了每月八元津贴的战士。申键对工作认真负责、勤勤恳恳，团里上下都说他是革命的小黄牛。

申健比迩戈大一岁，总把迩戈视为自己的弟弟。两人一起干工作，申健总是抢着干脏活、累活。生活中，帮他理发、洗衣服、补袜子、拆被褥。对迩戈工作中、思想上遇到的问题，会及时、善意地指出来，鼓励他积极靠近党组织。

借着冬储去乌鲁木齐采购物资，团里新进一批图书，由迩戈负责登记造册。登记到小说《钢铁是怎样炼成的》时，虽然迩戈中学时就读过这部小说，能背诵其中的精彩段落，但由于太喜欢的缘故，他决定利用星期天再读一遍。

迩戈认为，《钢铁是怎样炼成的》写的是一位少年的成长史，讲述了保尔·柯察金从贫穷青年成长为共产主义战士的奋斗历程。保尔有崇高的理想，有执着的追求，有钢铁般的毅力和斗志，不怕任何艰难险阻，勇于奋斗和拼搏，遭受失明、瘫痪等病痛，依然不放弃自己的理想。重读这本书，迩戈再次为保尔的坎坷命运落泪，为保尔的英勇顽强感动，决心要像保尔那样树立崇高的革命理想，永葆坚强的革命斗志，做一个理想远大、斗志昂扬的革命战士，为崇高的、神圣的共产主义事业奉献一生。

对于《钢铁是怎样炼成的》，迩戈最最喜欢其中的这段话：

> 人最宝贵的是生命。生命给予人只有一次。应当这样度过人生：回首往事，不会因虚度年华而悔恨，也不会因碌碌无为而羞愧；临终的时候能够说：我的整个生命和全部精力，都已献给世界上最壮丽的事业——为人类的解放而斗争。

每次回味这段名言，迩戈都有心潮澎湃的感觉。此时，看看案头的白纸和墨汁，他铺开一张大纸，挽起袖子从笔筒内抽出一支大号毛笔，定了定神，蘸饱笔锋，用苍劲秀丽的大字一气呵成地写出了这段话。

写完后，迩戈正站在桌前欣赏、品味，申健走了进来。申健认真看了看，竖起大拇指，然后帮着迩戈用图钉将其张贴在床头上方的墙壁上。

两人聊了几句闲话，申健说："马处长让你到他家去一趟。"

"我一个人去?"

"对。"

"大概是什么事?"

"他没说。"

迩戈没再说什么,马上就出了门。

迩戈出了机关大院,脚上穿的羊皮大头鞋在积雪上发出嘎吱嘎吱的响声。

太阳快要落山了,湛蓝的天空中放牧着几朵白羊般的云彩,这个边陲县城显得神秘与宁静。

街上行人稀少,偶尔可看到几个穿民族服装的男女在匆匆赶路。

迩戈一边走一边想,马处长让自己到家里去,会是什么事呢? 他和申健到马处长家去过几次。马处长的爱人是个文化人,在小学里教书,长得白白净净的,待人热情、和蔼,说话逻辑性强。她说一口普通话,偶尔也带儿点新疆腔,可能是在新疆待久了的缘故吧。

马处长有一儿两女。长女在师部通信营当排长,次女在县中读书,最小的孩子是男孩儿,叫小明,就在母亲任教的小学里读书。小明特别顽皮,有时到机关去找爸爸,往往要到迩戈办公室里闹腾一番。

一路想着,就到了马处长家。

敲了几下门,门开了,马处长把他让到客厅的凳子上,说:

"今天是星期日,让你来家里吃个饭。"

从内心讲，迩戈不想在马处长家吃饭，因为这会让他很紧张，但同时，他又感受到了领导的关怀和器重。他站起来，支支吾吾不知说什么好。

马处长挥挥手，说："坐吧，一顿家常便饭，客气什么！"

说话间，马处长的爱人把一盆水饺端上了桌。马处长先让迩戈坐下，然后自家四口人也坐到了饭桌前。

马处长的爱人给每个人面前摆上一个小碗，先在碗里放些醋、小磨油，又放几个尖辣椒，说："迩戈，请吃吧，辣椒要是不够，一会儿再加。大家都吃吧。"

说完话，她用筷子夹起一个饺子放到自己的小碗里，蘸一下，就着小尖椒吃起来。

迩戈还从未这样斯文地吃过饺子，往常都是将饺子和汤盛到一起大口扒拉着吃。见处长一家这样吃饺子，他有样学样，也斯文地吃起来。

饺子是大肉白菜馅儿的，肉很多，小磨油很香，尖椒很辣，迩戈内心也很紧张。

看小明放下筷子说吃饱了，迩戈也说自己吃饱了。其实并没有饱，只是和首长一家在一起吃饭觉得很不自在，怕给首长及家人留下不好的印象。

马处长没有客气，自己紧吃几口，放下筷子说："你跟我来。"

迩戈随马处长来到书房，马处长收拾着桌上的报纸，突然说：

"文书,明天你就去运输队报到,仍做文书工作。"

迩戈一下子怔在那里,心想这个消息太突然了,之前怎么没有一点风声呢?

马处长说话语气平和,表情如平时一样严肃。迩戈不敢问自己工作调动的原因,更不敢问为什么把自己调到基层。

"怎么,有想法?"

"是,明天就去运输队报到。"

走在回机关的路上,迩戈脑子里搜索着来团部以后所做的工作。自己干了许多工作,从没出过大的纰漏啊,处长、副处长应当是基本满意的。思来想去,找不出"下放"的原因来。

见到申健,说出原委,请他帮助分析这回调动是福是祸。申健说:

"依我看,这是让你去基层锻炼,将来好重用你,这是好事啊。"

"不会吧?老哥,请你帮我回忆一下,我在哪方面做得不好,或者做过什么错事。"

"你让我想想。"申健坐在凳子上沉思,迩戈一声不响地站在旁边。

十几分钟后,申健开口说话了:

"我想来想去,自从咱们搭班在一起,你没有做过什么错事。"

"我也想不起来哪些工作做得不好。"

"再往前推,你我不在一个部队,那时的情况我不了解。

对了，部队整编后，你是马处长亲自挑选的先遣人员，随他第一批来整理营房，处长对你那段工作满意不满意？"

"不知道。"

"你们当时都干了些什么？"

"我的任务主要是储备燃料，和几个战友每天忙着从汽车上卸煤炭。"

"我们来时，那堆小山式的煤都是你们卸下的？"

"对呀，那个时候载煤的汽车一来就是几辆，人手又少，忙的时候一个人一天要卸二三十吨。弄得浑身上下尽是煤灰，由于出汗多，内衣从没有干过。"

"当时的伙食咋样？"

"伙食还算可以。师部搬走后，菜地里种的蔬菜全留下了，我们渴了就随手摘几个西红柿吃，结果拉起肚子来了。"

"你没有去医院？"

"去了，还给做了化验。医生让住院，我看任务重就没住，拿了药回来坚持干。活儿重，身体又有病，早晨都不想起床，但硬是坚持着，十多天后才算好起来。"

"你有病一事，当时处长知道吗？"

"不会知道，不敢给处长讲，任务太重工作也没落下，他应该不知道我当时有病。"

"处长对你那段工作，当时是啥态度？"

"当时，当时还表扬了我们。"

申健站了起来，说："啥事没有，这回应当是正常的工作

调动, 你就轻装上阵吧。到了运输队, 好好干, 首长不会看不见的, 处长更不会忘了你!" 想了想, 申健又说:

"文书, 我突然想起一件事: 前几天, 高司令在散布你的坏话。"

申健说的"高司令", 指的是机关炊事班的一个炊事员, 和迩戈是同一批兵, 因为长相酷似电影《地道战》里的皇协军高司令, 就得了这么个绰号。

"他都说了些什么?"

"说你没有当过班长, 就当了文书, 不合部队的规矩。说你是高中生, 他也是高中生, 让他当文书一定比你干得好。"

"由他说去吧。"

"碰上这嘴不积德的主儿, 确实也没有啥好办法, 又不能真跟他急, 还是自己多防备吧。"

迩戈认真地点点头, 然后说:

"不想了, 休息吧, 明天还要报到去。"

夜已深, 迩戈迷迷糊糊地睡着了。这一夜, 他梦见了马处长那严肃的表情和微微的笑容。

## 运输队

迩戈到运输队报到已经两天了。运输队的房子很特别, 当地人称之为"地窝子", 一半在地上一半在地下, 在新疆很多地方都较常见。

运输队大院的左边是三排地窝子,办公室、宿舍、饭堂、仓库等都设在其中。右边停放着两排解放牌大卡车、几十辆马车,靠墙是几大垛苜蓿草,角落里建着马厩。

在编制上,运输队是后勤处的直属连队,担负着全团武器、弹药、装备、被装、生活资料和其他物资的运输任务,工作繁重而复杂。

迩戈在后勤处担任过文书,在这里做文书工作是轻车熟路,只不过是比较复杂和琐碎罢了。

运输队战士们的文化程度普遍偏低,至少有三分之一处于半文盲状态,驾驶、修理技术都是靠老兵带徒弟的方法传授。执行重要运输任务时,如果司机、驭手是文盲,则需配一名识字的战士陪同。作为队上的文书,迩戈除完成本职工作,大量的时间用在了帮助战友读家中来信、代写书信上面。运输队里有很多甘肃籍、宁夏籍战士,参军前大多是放羊娃,识字少,知识面窄,见识也少,有的连步枪瞄准标尺上的阿拉伯数字都认不全。迩戈识文断字,脾气好,因此这些战士碰到什么事都去问他。

据连通信员讲,七班有个新兵叫段十六,连人民币上的面值都认不得。一次,段十六去军人服务社买洗衣皂,售货员说一条两角钱。他不识字,不知哪张票子是两角的,于是将口袋内的钱全掏出来放到柜台上,让售货员自己拿。售货员从中取出一元,然后找回四张两角的。他拿着洗衣皂和找回的钱回到班里,高兴地对班长说:"军人服务社态度真好,真正是为军人服务的,我给了一张钱,人家又退回四张。"大家弄清原委,笑得前仰后合的。

迩戈觉得,通信员讲的这事也许有加工、夸张的成分,但很多新兵文化程度低确是事实。毛主席说,没有文化的军队是愚蠢的军队。文盲半文盲,别说干好工作了,就连自己生活中的许多小困难、小问题都难以得心应手地处理。迩戈认识到,应该对新兵加强文化知识教育。怎样才能尽快提高大家的文化素质呢?对了,何不发挥自己的专长,利用业余时间开办文化补习速成班?

想好方案之后,迩戈去找指导员。

指导员、队长正在指导员的办公室里说话,指导员问他:

"文书,有事吗?"

"有件事,想给领导请示。"

"什么事?正好队长也在这里,你就讲吧。"

"我想在咱队里办个文化速成班。"

队长和指导员听到这里,忙让他坐下详细谈谈想法。

迩戈说:"我来咱们队上之后,了解到咱们的战士文化程度普遍低。我统计过,有三分之一的士兵入伍前没有上过学。"

"是的。"指导员点点头。

"因为战士们文化低,给我们的工作带来了很多不便。"队长说。

指导员接过队长的话说:"你讲得对,有时一个人能完成的运输任务，我们得派两人同去，窝工，成本还高。"

队长站起来给迩戈倒杯水，说：

"迩戈同志，喝口水，说说你的打算。"

"我对办文化班，拟了个方案，请二位领导过目，看看是否行得通。"

迩戈把事先起草好的方案拿出来，双手递给指导员。

指导员详细地看了一遍，递给队长。队长看后，脸上露出笑容，说：

"这个方案我看很好，我支持。指导员，说说你的看法。"

"队长，我同意文书的方案。如何实施，我建议由文书具体负责。有什么困难，直接找我。我解决不了的，咱们一起找队长。"

迩戈啪地敬个军礼，说："是，我马上行动。"

队长说：

"文书，你是从机关调来的，素质高，今后就看你的具体行动了，好好干吧！"


迩戈立即行动。他到各班征求了班长的意见，又把方案讲给战士们听，大家都拥护。他在马厩旁边找到两间屋子做教室，请一个会干木工活的战士将队上存下的旧桌子、坏凳子加以修理，还做了一块黑板。大家一起动手粉刷了教室，摆好了桌子板凳，像模像样的"文化速成班"开学了。

星期天举行的开课仪式上，指导员做了动员报告，号召全队上下努力学习文化知识，争做有文化的革命战士。

迻戈自编教材，从拼音、认字、写字开始，规定了学习进度，制定了学习任务，出台有考试、评比、奖励等制度。迻戈把平时积攒的津贴费拿出来，到县城书店里买了五本《新华字典》供大家使用。还买来铅笔、笔记本等文具，要作为奖品奖给战友们。

几个月后，迻戈和指导员一起组织了"文化速成班"的第一次考试。考试成绩让队长、指导员大为高兴，队长说：

"文书，快把成绩张榜公布。段十六这个瞪眼瞎，这回居然考了第一，能写请假条了，文书你功劳不小啊！"

迻戈把大家的成绩贴进宣传栏，脸上露出自豪。早操解散后，战士们纷纷围上来看自己的名次和分数。一班长站在最前面，大声读着：

"段十六第一名，九十分。第二名李满仓，八十五分……"

早饭时间到了，"立正、稍息"口令之后，指导员站在了队列前面，说：

"同志们！刚才你们都看到了文化速成班的成绩榜。通过几个月的学习，许多同志取得了好成绩，没有一个不及格的，我向大家表示祝贺！"

掌声响起来。特别是参加学习班的战士们，都猛劲鼓着掌，脸上绽开了笑容。

"同志们请安静，你们虽然取得了较好的成绩，会认字了，会读报纸了，也会写家信了，但是，这只是个开端。在这里，要对段十六等五名同志予以队前嘉奖，记入个人档案……希望你们戒骄戒躁，再接再厉，争取在两年内，全部达到小学毕业生的文化水平。"

掌声在营区里回荡。

寒冬已经过去，春天到了，去年栽种的杨树苗已经发绿，鸟儿站在枝头"喳喳"歌唱着。

迩戈站在院子里，脸上露出了笑容。自己多日的辛勤付出终于得到了回报，他感到十分欣慰，从内心感谢这些战士的刻苦努力，更感谢队长、指导员的信任和支持。

## 神鞭马

晨曦里，两匹马拉着车出了运输队。马车上装着几十个鼓鼓的麻包，用绳索捆绑在车厢中。

马车前分左右坐着两个士兵。右边手持长鞭的驭手是运输队三班班长马功德，左边坐着的则是迩戈，他们的目的地是独山子市。

马功德长得人高马大，头脑十分聪明且爱钻研，又肯于吃苦、乐于助人，在运输队是个顶呱呱的人物。在运输队大车排，钉马掌是个技术活，马功德的钉掌技术全队第一。鞭技更让人叹为观止，练到了炉火纯青的境界，你指哪儿他就可以打到哪儿。迩戈曾亲见他给新战士做演示，让新战士用长长的竹竿指定树上的某片叶子，他扬起两米长的鞭杆，长长的鞭绳在空中甩出美丽的半弧形，只听“啪”一声响，牛皮鞭鞘儿就准确地把那片树叶打了下来。一连几次，鞭鞭中的，无一失手。从此，就得了个“神鞭马”的称号。

独山子菜市场到了，他俩在众多菜摊之间选了一块空地，从车上卸下几个麻包整齐地码在地上。

这些麻包内装的是青椒、大蒜和洋葱，是队里战士们利用业余时间种的。运输队菜地的土壤十分肥沃，加上今年风调雨顺，收下的蔬菜除了自用，还剩余不少，司务长就让去市场上卖掉，好给战士们换回些日用品，算是对大家的鼓励。

迩戈从没卖过菜，不好意思吆喝。马班长则不然，站在街边大声吆喝起来：

“大家都往这里看，蔬菜不论斤两卖！”

“辣椒个头大，一元一筐！”

“洋葱如馒头，两元一筐！”

“大蒜赛鸭蛋，三元一筐！”

马班长的喊声吸引了不少人，大家见是两个当兵的在卖菜，纷纷围拢过来。再看他们的蔬菜又好又便宜，于是你一筐我一筐地争相购买。不到两个小时，几十个麻包里的菜就卖完了。剩下半筐土豆，迩戈给了一个维吾尔族老大娘，大娘连连感谢。

马班长将马车停在一家商场门口，二人走进去按着司务长开的单子采买商品。不一会儿，十多个装满东西的纸箱被搬到马车上，用篷布盖好用绳索捆绑牢固，马班长拿起鞭子正要吆喝马儿起程，忽然听到一阵吵闹声。

迩戈站在车上向吵闹处望去，只见六七个男青年围着两个姑娘，嘴里在喊着什么。看那几个男青年流里流气的，迩戈觉得有情况，就跟马班长打声招呼，向人群走去。

他刚到跟前，就见一个戴花帽的男青年抬手打了其中一个姑娘两耳光，另几个男青年抓住另一位姑娘的手，骂骂咧咧地拖拽着往前走。迩戈明白了，这绝对不是熟人之间在开玩笑，或者伴侣之间拌嘴生气，他伸手拦住一行人，大喊一声：

"住手，为何打人？"

"哎哟哟，来了个傻大兵，快滚开！多管闲事，小心老子放你的血！"戴花帽那小子可能是这几个坏小子的头儿，说话间居然拔出了匕首。

迩戈不急不躁，问刚才挨打那姑娘："不用怕，你对我说说是怎么回事。"

姑娘哭着说："他们耍流氓！"

"光天化日，你们欺负两个姑娘是何道理？"迩戈挺着胸膛，义正词严地呵斥道。

"呦呵，臭大兵敢管老子的事，不要命了？"

"今天我是管定了，快把姑娘放了！"

"说得真好听，她俩是你什么人？是你的亲妹妹吗？"戴花帽那小子吹吹手上的匕首，斜着眼问，其余同伙都轻佻地笑起来。一个高个子笑得最夸张，然后说：

"当兵的，你孙子赶快走吧，少管闲事为妙。别说她俩不是你妹妹。就算是，今天也得跟我们走！"

迩戈想，这伙人仗着人多，看来是不会听劝的，只有来个硬碰硬。只见他快速后退一步，怒吼起来：

"别管她俩是我什么人，当我的面欺负人就是不行！"

"看来你是活腻了，还想英雄救美，老子送你去见阎王爷！"戴花帽那小子嘴上骂着，手上的匕首已直直地朝迩戈的胸部刺来。迩戈猛转身，匕首未能刺中他的胸部，但刺到了他的左臂上。迩戈顾不得这些，上前做了个侧踹横踢动作，将对方踹倒在地。

个子最高那小子一边去扶"花帽"，一边恶狠狠地叫嚣"打死他"！另一个同伙应声往前冲，朝迩戈扑来。迩戈定定神，转体、弯腰、下拉、蹬腿，来了个抱臂背摔，那小子被重重摔倒在地。接着又来了个小个子，迩戈用了个格挡弹踢，小个子瞬间就倒在地上。

迩戈心软，刚才并没有用全力，几个歹毒却起了杀心，从地上爬起来后纷纷亮出匕首、长刀等凶器，挥舞着向迩戈杀将过来。

眼看迩戈就要吃亏，只听"啪"一声脆响，"花帽"的匕首落在了地上。接着又是"叭叭"几声，几个坏小子手上的凶器都不见了，而且纷纷抱着手在那儿呻吟。迩戈再看，只见马班长拎着赶车鞭子，器宇轩昂地走过来，又是"啪"一声脆响，一顶小花帽飞上了天。

刚才还不可一世的这帮小子，顿时草鸡了，站在那里大气不敢出。马班长朝地上吐口痰，大声说：

"都他妈的跪下，向受害者、向人民群众谢罪！"

几个小子起初不想跪，马班长扬起鞭子，打得小个子上衣的五个扣子唰唰落了地。几个小子顿时瘫成了泥，跪在地上磕头如捣蒜。

围观的群众先是鼓掌，接着就是大骂这帮小痞子。

迩戈捂着臂上的伤口走过来，催促两位姑娘快走。两人说了感谢话，消失在大街尽头。

这时，一位维吾尔族妇女走到他俩身旁，从头上拽下围巾帮迩戈缠住伤口，说着"快跟我来，我带你去医院"，拉起他就跑。

医院在几百米外的胡同里，医生得知解放军同志是因为救人而负伤，赶紧过来处理伤口。

消毒后，医生在伤口处缝了五针，上药包扎后，用带子把他的左臂吊在脖子上。又注射了破伤风疫苗，开了口服药，交代了注意事项。

马班长、那位维吾尔族妇女争着要交医疗费，医生喊来院长，院长说："解放军同志是为救群众负的伤，就让我们医院表表心意吧！"说什么也不肯收钱。

马班长无奈，只好作罢。

谢过医生，走出医院，马班长、迩戈感谢那位维吾尔族妇女带他们来医院。对方说，自己是市政府干部，刚才一直在路边看着那几个小子欺负两位姑娘，正急得没有办法，多亏两位解放军同志挺身而出、见义勇为，她说："应该是谢谢你们才对。"

迟戈说："这是我们应该做的！"

对方说："送你来医院，也是我应该做的呀！"

马班长赶着马车，把她送到单位，大家互道珍重，各自走了。

这一耽误，他们就晚归了两个小时。马车刚出城，天就黄昏了。迟戈斜躺在车厢里，看马班长手持长鞭驾车前行，说：

"马班长，你的鞭技太好了。"

"小菜一碟，对付这几个小痞子不在话下。"

"你打得真准，几鞭子下来，算是让这几个小子长了记性。"

"文书，不是我吹牛，我要是打他们的鼻子，几鞭下去就能将他们全变成哈迷蚩，准头不比医生的手术刀差多少。"

"得亏你来得快、鞭子准，不然我就惨了。"

"好了，文书你也不差！擒敌术练得不错，要是再加点儿力，今天非有伤筋动骨的不可。"

"我不行，练得不够扎实。当时被围攻，心里真有些害怕。论拳术，队里的高手还得数你。"

"文书，不是我吹牛，论拳术，当年我在全师军事大比武中也是拿过名次的。"

眼看天色已晚，马班长扬鞭催马，鞭声、马蹄声与夜的脚步声，落满归途。

## 助理员

迩戈站在营房后的土丘上凝视着天空。

蓝色天空中镶嵌着美丽的彩霞。玫瑰红、橘子黄、葡萄紫，汇成一片彩色的海洋，各种色彩交织在一起，翻滚着，流荡着。那是生命的色彩、青春的色彩，装点着祖国大地，装点着西北边陲。

迩戈自调到运输队做文书工作，队里的领导在政治上关心爱护他，在工作上信任支持他，为他能大胆、顺利地开展工作创造了良好条件。战友们都尊重和拥护他，彼此之间的关系极为融洽。

很快，迩戈光荣地加入了中国共产党，队长和一个老班长是他的介绍人。支部大会表决时，他的入党申请全票通过，使他很受感动和鼓舞。

迩戈在队里受到两次书面嘉奖。指导员几次找他谈话，说他能及时、主动给领导提建议、出主意。队长也对他能积极、创新地开展工作给予高度评价，说运输队之所以能被评为后勤直属单位的先进集体，与他的努力工作密不可分。

想起在部队的生活，他想起马处长的知遇之恩。马处长调他到基层工作，是政治上对他的极大关心和爱护。现在看来,申健大哥的说法是对的,是马处长有意将他调至基层单位加以磨炼和培养。

今天的天气特别好,蓝天白云,晴空万里。路边白杨树上,有几只喜鹊在叽叽喳喳叫着。

迩戈小时候听母亲讲过,门前喜鹊叫,必有喜事到。难道说今天有什么喜事吗?他是无神论者,但也能理解民间对美好生活的希望。

回到屋里,队部通信员推门进来,说申健送来一包东西。打开后,是红枣,个个如核桃般大小。

早饭后,迩戈正准备去被装股送报告,迎面走来后勤处政治协理员,通知他不要外出,一会儿有事找他。

军号响了,是集合的号音。迩戈赶紧跑过去,站在队列里。

"下面,协理员要宣布命令!"队长大声说。

协理员拿着红头文件,大声宣读:

"经团党委研究决定,任命迩戈同志为后勤处军械股助理员……"

迩戈只觉得头"嗡"地一下响了起来,后面的内容没有听到一句,只听到一阵掌声。

队伍解散了,大家围上来争着和他握手,说着祝贺的话。

队长走过来,握住他的手,说:

"文书,不,助理员,我真舍不得你走。"

"我也舍不得你,可是,工作调动是常有的事,命令下来了，不得不走。"

"你到机关后，一定要常到队里来啊。"

"队长，以后您还是称我文书吧。"

"你在咱队一年了，这里各方面条件差，一些方面照顾不周，请谅解。"

"我在这里受到了锻炼，入了党，提了干，我一辈子也不会忘记的。"

"我和指导员商量好了，你把工作交接后，休息几天再走。"

队长给他倒了杯水，这时指导员进来了，说是刚从机关开会回来，和迩戈握了握手，说：

"文书，你的任职命令已经下达了，有个事可以给你讲了。我和队长原本是让你直接担任副队长，但处长不同意，执意要将你调到机关工作，我俩只好忍痛割爱了。"

队长说："处长考虑到你的文化程度高，文字功底好，又有创新精神，到机关去更能发挥你的优势，因此，我和指导员也不好再坚持了。"

"谢谢队长、指导员对我的关怀。"

"你在咱这里工作太累了，本想让你休息几天再去机关报到，可是刚才处长讲，让你后天就去报到。"

"我坚决服从命令，按时去报到。"

晚饭是在队长办公室吃的，干部们都参加了。饭菜比较丰盛，桌上放着两瓶西凤酒，红色的酒标是那样喜庆，酒标上那只栩栩如生的凤凰，在展翅飞翔。

迩戈第一次喝了这么多酒，回来后躺下就睡着了，做了许许多多的梦。

迩戈刚任助理员时，对工作十分陌生，可以说是一窍不通。为尽快熟悉业务，他认真翻阅这方面的文件、资料，虚心请教股长及同志们。经常下连队查看武器、装备配发情况，还到军械股下辖的军械修理所了解武器装备损坏、耗费及修理等情况。几个月后，他就成了行家里手。

这天，迩戈拿着起草好的《关于我团武器、装备的现状及配发意见》向马处长办公室走去。

"报告！"他的声音有点儿沙哑。

马处长喊声进来，请他坐下。

"这是经股长签字后的《报告》，请首长审阅。"他望着处长。处长也看着他，说：

"是不是又熬夜了？"

"加了几个小时的班。"

"先把这个放在这里，我看看再说。"

他敬了个礼，随手把门带上。

因为没有什么重要的事，他想去看看申健。调回机关之后，他和申健也时常相遇，但都是匆忙打个招呼。

申健已调到被装股仓库做保管员。那是个琐碎、繁杂的工作，负责全团的被服进出库和发放事宜。

仓库门前，几个军人正在领取被褥、服装，申健在那里复

查数量。等那些人走了，他上前打了招呼，申健把他引进一间
办公室。

二人坐在那里，相互笑了一下，申健倒杯水放到他面前。

两位亲密战友，喝着水聊着天。

## 焦小凤

部队整编后，骑兵连文书吴胜利提了干，被任命为营部书
记，跟迩戈一直保持着友谊。这天他打来电话，说在一营营部
门口等迩戈，有事相商。

迩戈想问问是什么事，对方已挂断了电话。迩戈骑上自行
车，向一营营部驶去。

到了约定地点，吴胜利拉着他就走，手里还提着两瓶酒和
一包东西。

"去什么地方？"

"你只管跟着我就是了。"

迩戈跟着吴胜利，走进家属院。吴胜利敲敲门，一营的焦
营长站在那里，笑呵呵地说：

"稀客稀客，欢迎欢迎，请里边坐。"

迩戈说：

"营长，您还记得我？"

"怎么会忘记，你是咱团最年轻的军官。"

刚坐下，一个肩披长发、身穿裙子的姑娘从里屋走了出

来。她一手提着茶壶，一手拿着两个茶杯，给客人沏上茶。迩戈觉得这个姑娘似曾相识，但想不起在哪里见过。姑娘对着迩戈一笑，嗔怪道：

"你不认识我了？真是贵人多忘事。"

"啊？你好！"迩戈真记不得在哪里见过这个漂亮的姑娘，不好意思地笑了笑。

"我可记得你。"姑娘说完，大方地伸出手来和他握了握。迩戈看看她，只觉一双火辣辣的眼睛在盯着他。他不敢正视，不好意思地点点头。

吴胜利赶紧介绍说："这是营长的千金焦小凤，是野战医院的护士。"

"啊，是你啊。在医院时，你总是穿着白大褂，戴着护士帽、大口罩，今天换上便装，披肩发遮住半边脸，这一打扮，我还以为是天女下凡呢。"

小凤笑眯眯地看着迩戈，说：

"你太会恭维人了，真是伶牙俐齿。"

在座的都笑起来。

正在这时，一位中年妇女走过来，将两盘菜肴放在桌上，小凤对迩戈介绍道："这是我妈。"

迩戈赶紧站起来，毕恭毕敬地打招呼："阿姨好！"

吴胜利小声告诉迩戈，小凤的妈妈姓刘，在县医院当大夫。

"都快坐下！"刘医生笑眯眯地说完话，又返回厨房去端菜。

桌子上放着四盘菜：辣椒炒肉片、葱爆羊肉、水煮花生米、酸辣土豆丝。

小凤给每人面前放上一只小酒盅，斟满酒，大大咧咧地说："大家共饮一杯吧！"说完，只听"吱"的一声，她将酒一饮而尽，并将酒盅口朝下，亮给大家看。

"都是你爸惯坏的。"刘医生笑着说。

"大姑娘了，没一点儿规矩，还这么疯，都是你妈宠的。"焦营长举起杯子跟吴胜利、迩戈碰着杯，嘴里数落着女儿。

大家都哈哈大笑。

喝完酒，就开始吃饭。

饭后，营长陪着吴胜利在客厅聊天，刘医生请迩戈到里屋，说有事。

迩戈听吴胜利说过，刘医生的故乡在浙江仙居，她个头高挑，皮肤白皙，看起来很年轻，说话温柔可亲，有大家闺秀之风度。她对迩戈讲，自己就小凤这一个闺女，从小娇生惯养。姑娘今年22岁，性格大胆泼辣，秉性和父亲一样。营长看上了吴胜利的品德和为人，觉得给小凤找个可靠的人能迁就她，就撮合吴胜利和小凤谈恋爱。开始时，小凤说什么也不愿意，说吴胜利老家在山沟里，长得又胖，还是个罗圈腿。吴胜利一直猛追死缠地讨好她，她又要看父亲的面子，只好将就着应承下来。两人相处一段，小凤似乎接受了吴胜利。但是上个月的一个星期天，她回家说不想和吴胜利谈了。问其原因，她说自己看上了一个军官。焦营长赶紧打听，才知道女儿看上的这个人是�戈。

听到这里，�戈不知道说什么好。前些日子，他因感冒住了几天院，自己的主管护士就是小凤。两人当时虽有交道，但�戈并没有把她放在心上。

刘医生说："你给她留下了很好的印象，这姑娘自从见了你，思想上就起了变化，硬缠着她爸，非要把你请到家里来，要当面给你讲出自己的心事。"

"我真没有小凤想的那么优秀！"

刘医生说：

"我们侧面了解过，今天又见了面，我看你各方面都很优秀，是个有前途的军人。小凤自小娇生惯养，大小姐脾气，对你很不合适，会耽误你的前程。况且胜利对她有了一定的感情，请你给小凤做一做思想工作，拜托了。"

"明白，请放心，我一定完成任务。"

刘医生出了门，小凤进来了。她顺手把门关上，走到他面前，两只胳膊突然搂住他的脖子，眼里噙着泪水，直直盯着他。

�戈被这举动惊呆了，不知如何是好，只能两只手垂着，呆呆站着。

空气似乎凝固了，足有几分钟时间。�戈平静下情绪，说：

"请不要这样，坐下来说话。"

小凤慢慢放开手，整理一下头发，坐在他对面，说：

"你真是个书呆子，抱一下都不敢吗？我又吃不了你。"

"不，不，我不敢，请谅解。"

"你太军人了。"

"军人就应该这样，特别是军队干部。"

"你太傻了，迩戈，我们俩不能交朋友吗？我特别喜欢你……"

"不，你已有了男朋友。吴胜利是我的朋友，常言道，朋友妻不可欺！他对你那么好，你家家长也满意，你俩应该继续交往下去，不要心猿意马，将来——"

"将来怎么样？自从见到你，我对他那点儿火苗全熄灭了，我又没和他登记结婚。"

"我不适合你，我是一个有原则的人。"

"那你以后不会不理我吧？你讨厌我吗？"

"不会的，你是个军人，我又特别尊重女军人。"

"你是不是我父亲请来做说客的？"

"你想听真话还是假话？"

"当然是真话了。"

"那我就实话告诉你，是你父母让我来的。"

"你一来，我就猜想是这么回事。"

"我对你说了实情，你可不要把我卖了。"

她听了迩戈的话，立刻像泄了气的皮球，瘫坐在沙发里。眼里噙着泪水，胸脯一起一伏，似乎很生气。

"小凤，你不能再任性了，听父母的话吧！"

"我不甘心，为何婚姻不能自己做主？"

"你还年轻，父母有他们的打算，也自有他们的道理。"

"什么道理？"

"你想，他们就你这么一个女儿，将来老了还要靠你照顾的。"

"我和别人结了婚，就不能照顾他们了？"

"你说得对，但你仔细想一想，你和胜利将来结了婚，他就是上门女婿，他会死心塌地地为你家服务的。"

"难道说你我结了婚，你就不会照顾我父母了？"

"我提干时间不长，想在部队长期干。"

"我知道我父亲到了转业的年龄，只要你愿意，我留在新疆。"

"我老家是河南的，家有父母，终有一天会转业回河南的。"

"那我随你一起转业，你去哪里我就到哪里，这叫夫唱妇随。"

"我知道你是个孝顺的乖乖女，将来你能撇下父母不管？我看不会的。"

"按你的说法，我只好选择吴胜利了？"

"不，不是现在马上和他结婚。你要对他多多考察，他若只是看上了你，不是真心爱你的父母，你当然应该放弃和他交往。"

"你说得有道理。"

"你今后对待父母不要太任性，他们也不容易。"

"我懂了，谢谢你。你真是个足智多谋的人。"

"你不要给我戴高帽子了，我又不是大学生。"

"大学生怎么啦，我父亲说你比大学生的水平还高呢。"

"不能这么讲。"

"我以后可以去找你玩吗？"

"当然可以，你又不是坏人，你能把我吃了？"

她笑了，笑得那样甜。从谈话中，他感到她真是一个天真烂漫的姑娘。

"好咧，不说了，以后见。"小凤从沙发上站起来，迓戈站起来要为她开门，她突然在他脸上亲了一口，笑着拉开屋门走了出去。

迓戈赶紧擦擦脸，整理好军容走出了屋门。

营长夫妇对迓戈的表现很满意，临走时非要送给他一包上好的茶叶。

第二天，股长通知迓戈去基层连队调研。整整六天，迓戈跟着股长深入基层，跑了十多个连队。回来后，股长要迓戈根据调研中发现的问题，尽快写一份《情况反映》。迓戈已经养成领导交办的文字材料一般不过夜的习惯，所以他一直忙到凌晨，写完了这份材料。

星期天，有家属的干部都回家团圆去了，机关大院显得清静多了。迓戈吃过早饭，从洗漱室提来一桶水，洗起衣服来。

自从提干后，迩戈的心情格外好，今天心情更放松，他坐在马扎上，一边洗衣服一边唱着歌：

田野静悄悄，
四周没有声响，
只有忧郁的歌声，
在远处荡漾。

牧童在歌唱，
声音多悠扬，
歌儿里回忆起心爱的姑娘。

我是多不幸，
痛苦又悲伤，
黑眼睛的姑娘，
她把我遗忘。
…………

"唱得真好听。黑眼睛姑娘是谁呀，她怎么把你遗忘了？"

迩戈抬头一看，是焦小凤站在门口，用手指着他，哈哈笑着。

"你是怎么进来的？"

"我是直接进来的，门口的哨兵没有拦我。"

"不可能，你没穿军装，哨兵会让你进？"

"骗你的，我让他看了证件。哨兵告诉我，你住在这里。"

迩戈忙站起来，用毛巾擦擦手，拖把椅子让她坐下，问：

"你怎么有时间到这里来？"

"吴胜利的父亲在老家有病住院了，他要回老家探亲，我去汽车站送他，返回时正好路过这里。"

说着话，她突然从挎包里掏出一把水果糖放在桌子上，随即剥出一粒塞进他的嘴里，弄得他猝不及防。她哈哈笑了一阵，说：

"堂堂大军官，还会洗衣服？"

"我不洗，谁给我洗？总不能穿脏衣服吧。"

"我给你洗。"

说着，她脱下外衣，挽起袖子，又把长发盘在头上，坐在马扎上伸手就要洗。他立即拉住她的胳膊，说：

"不行，有内裤，不能让一个姑娘给我洗。"

"看你，满脑子封建意识，我们护士姐妹还经常给病员擦屎端尿呢。"

迩戈无奈，只好由着她。他从抽屉里取出香烟点燃一支，坐在椅子上看着小凤。

小凤那浓密乌黑的青丝盘在头上，弯月似的细眉，长长的睫毛，大而亮的眼睛，高高的鼻梁，粉红的嘴唇，瓜子形的脸庞，丰满的胸脯，还有那双细腻如玉脂的手，确实是一位典型的南方美女。

他又想到了那个吴胜利，粗壮的身材，明显的罗圈腿，初中文化程度，又是山沟里来的，能找上这么个家境好、长相好的对象，真是高攀了，当然要费尽心机穷追死缠了。

"文书在吗？"是马处长的声音。

迤戈立即站起来，刚走到门口，处长就来到了跟前。

"处长，您有何指示？"

"这丫头是谁？"

处长看看小凤，小凤马上放下衣服站起来，两手在衬衣下摆上蹭一下，说：

"首长好，焦忠民是我爸，我叫焦小凤，野战医院的护士。"

"你是老焦的千金？你小的时候我见过，现在出落成大姑娘了。"

"我和助理员是在他住院时认识的，今天路过这里，顺便来看看。"

"文书，这是你写的那份报告，处务会已研究通过，明日就拿着它出差去师部，上级要听取详细情况。"

"是，首长。"

"好，你们玩吧。"

处长扭头就走，迤戈跟在后面去送他。在院子里，马处长对他交代了去师部汇报工作的注意事项。

等迖戈回来，小凤已把衣服晾好，正坐在椅子上休息。

室内飘着淡淡的清香，是上个星期天在营长家曾经闻过的气味。看看小凤，脸色更显嫩白。迖戈明白了，这姑娘洗完衣服后又洗了脸，抹上了雪花膏之类的润肤品。

"刚才处长为何叫你文书，你不已是助理员了吗？"

"我原先跟着他当文书，叫习惯了。"

"啊，原来如此，看来处长很喜欢你。"

"你这个丫头鬼得很哪。"

"刚才我跟处长说的话不对吗？"

"你刚才对领导很有礼貌，话也周全，但为什么专门强调是刚认识我？"

"一来，咱们确实是认识不久。二来，我不知道处长家有没有姑娘，怕误会才这么说。"

"小聪明，你脑子里净想些古怪事。"

"我这不是为你好吗？你还对我讽刺带挖苦的，哼！"

"我的意思是你很聪明，是褒奖而无贬义。"

"好吧，你的好意我心领了。我问你，你进屋后没有感觉到什么？"

"没有啊。"

"你不诚实，你仔细闻闻，香吧？"

说着，小凤就伸出双手举到他面前。那双细嫩的手上，散发出股股清香。

"这是我小姨从老家仙居寄来的。"

"啊,你指的是这个,香,淡淡的清香,好闻。"

迣戈装着陶醉的样子,微微笑着。小凤目不转睛地看着他,似乎想说什么。

小凤看看书桌,说:

"字体秀美端庄,文字简练,逻辑性强,真是文如其人。"

"你刚才看了文件? 这是部队的机密。"

迣戈说到这里,顺手拿起处长刚才送来的文件,放进抽斗里。

"我也学过保密条例,放心吧。你不要忘记我也是军人。"

"能得到你的夸奖,甚感欣慰。对不起。"

他随即看了看小凤,只见她眼里噙着晶莹的泪珠,脸上没有一丝笑容。

屋内的空气似乎凝固了,迣戈不知道她为何伤心落泪,也不知如何安慰她,想了想,说:

"我没有什么事了,我请你吃饭好吗? "

小凤从盆架上取下毛巾,擦擦泪痕,然后从床上拿起外衣穿在身上,又将盘着的头发散下来,说:

"不用了,我要回去了。"

"我送你。"

迣戈和小凤并排走到大门外,她说:

"你回吧,我以后还会来找你的!"

　　说完扭头就走，而且不再回头。走出十几步，她两手举过头顶，交叉摇摆着，算是向他挥手告别。

# 第九章 陇西接兵

## 出疆

迩戈接到任务,协助焦营长去陇西开展今年的征兵工作。

迩戈所在的这支征兵工作团由二十多位干部、战士组成,焦营长为总负责人,迩戈是参谋。按惯例,大家在征兵工作期间都称呼焦营长为焦团长。

一行人在深夜上了火车,闲聊几句,陆陆续续就有人打起鼾来。

迩戈睡得正香,被焦团长推醒,说是火车到了吐鲁番。迩戈站起来伸了个懒腰,列车已稳稳停在站内。

打开车窗,小贩们的叫卖声立即涌进车厢。不少维吾尔族姑娘提着篮子,兜售哈密瓜、西瓜、葡萄等水果。迩戈走下火车,买了一篮水果提上车,招呼大家品尝吐鲁番特产。

吃了水果，大家有了精神，有人问焦团长这次出差的行程安排。焦团长告诉大家，他们这次要去甘肃省的武威地区征兵。团部驻地是武威市，部分同志要分别到凉州、民勤、古浪和天祝等县区完成征兵任务。

火车奔驰在河西走廊上，鄯善、哈密、嘉峪关、张掖、金昌等被火车一一抛在身后。三十多个小时后，终于到达了目的地——武威。

他们住进了当地条件最好的招待所。说是条件最好，其实比大车店好不了多少，设施简陋，卫生状况也不理想。

迩戈没有跟着几个同伴抱怨，而是放下行李后，赶紧带着地图去了焦团长的房间，向他汇报武威的地形地貌、交通路线和日程安排。

第二天，武威军分区的尤参谋开着吉普车来到招待所，先把焦团长接到军分区，又拐回来找迩戈，说，焦团长正和军区副司令员研究工作，焦团长要他陪着迩戈、冯连长去民勤县。

从武威去民勤，道路破破烂烂的。迩戈坐在吉普车里，只见风沙扑面而来，汽车在风沙中左右摇晃。远远望去，沙丘一个接着一个，看不见庄稼，看不到树木，看不见行人，犹如进入了荒漠世界。

汽车上下颠簸着，一路上谁也没有说话。迩戈发现，虽然是坐在门窗紧闭的车子里，自己的帽子上、脸上和衣服上却全是沙土，嘴里似乎也有了沙子，用牙咬咬，发出"咯吱咯吱"的响声。

吉普车发出粗粗的喘气声，晃了几下，不动了。司机下车查看，说是水箱开锅了，需要停一会儿再走。

几个人站在沙梁上，相互看看，笑了起来。个个灰头土脸，只露着黑黑的眼珠和白白的牙齿。

水箱加水后，汽车继续前行。道路两旁开始出现树木，路面也渐渐平坦了，估计离县城不远了。

汽车进了县城，原来的沙土路变成了三合土路面，显得平整多了。

街道两旁几乎全是矮矮的房子，墙面有的是砖、有的是土坯，房顶多是蓝瓦，偶尔也有几间平顶的房屋。街上的很多行人，都穿着缀有补丁的衣服，连年轻的姑娘、媳妇也不例外。迩戈在心里叹口气，看来这里真是一处穷得掉底儿的地方。

从武威到民勤县城，距离不过百公里，吉普车却跑了四个小时。县武装部部长站在县政府门口等他们，见面第一句话就是：

“算着你们的汽车早该到了，我们在这里已等了一个多小时。真担心你们在路上发生情况……”

大家正在院子里寒暄，一个穿军装的男子推着自行车，叫着迩戈的名字。

啊！是史班长，迩戈立即跑上前，紧紧握住老班长的手。

“班长啊，你怎么知道我在这里？”

“昨天，公社的武装部长通知我，说老部队的战友要来。

真没想到，来的是你！”

“对了，你老家就是这个县的。家离县城有多远？”

“没多远，是东坝镇的。”

“走，请屋里坐，我给你介绍几位新朋友。”

县武装部部长把他们让进县政府食堂，迩戈拉着老班长的手，给他介绍了冯连长、尤参谋等人。

简单吃了午饭，县里派人陪着冯连长、尤参谋去泉山镇，留下迩戈和史大印，让他俩先在县招待所叙话，县武装部部长说：“等你们叙够了战友情，大印你领着迩戈参谋在县城内外转一转，请他熟悉一下当地的情况。”

## 老班长

两人坐在房间里，迩戈倒上茶水，感慨地说：“老班长，这真是他乡遇故知呀！”

“迩戈咱们分别两年了，你现在部队干什么？”

“后勤处助理员。”

“大有作为呀，这么快就提干了。”

“老班长你还好吗，工作顺心吗？”

“一切都好，现在在公社武装部工作，工作顺心、满意。”

迩戈发现，这位当年在部队里那么精干的班长，现在已经有老相了，脸黑了，人瘦了。迩戈心想，老班长的变老变黑，可能是跟当地的生活条件太艰苦有关。

当年部队整编后，史大印就复员了。回到家乡，真被安排进了公社武装部工作。部长本就中意他，加上他能吃苦、肯干活，所以始终很器重他，去年还评上了全县武装部门的先进个人。

迤戈问，家里情况咋样。

史大印说，父母亲身体健康，妹妹出嫁了，弟弟初中毕业后在生产队当羊倌。又说自己已经有了儿子，小家伙健康活泼，全家一切都好。

两人说了一会儿话，决定出去转转。

县城很小，说着话就转到了城外。

两人走在乡间的小路上，眼前的沙漠一望无际。

史大印说，这个县是贫困县，下辖二十多个公社，沙漠、戈壁和盐碱滩占全县土地总面积的百分之九十以上。这里严重缺水，生态十分脆弱，风大沙多，八级以上的风每年有三十来天，沙尘暴有四十多天，是全国乃至全世界最干旱、荒漠化最严重的地区之一。由于严重缺水，当地几乎不产棉花，所以家家户户普遍存在穿衣困难问题；困难家庭，四五口人只有一条破被子。这里夏天很热，冬天很冷，春秋两季男人们都是光着膀子，能穿上件缀补丁的衣服就算不错了。

"老班长，你家生活还好吧？"

"你看我穿的这身军装，在这里算是很体面了。我家还行，但吃水、用水也不方便，天旱时要跑很远去拉水。衣服基本不洗，洗脸也只是用水湿湿毛巾擦一擦。"

"粮食够不够吃？"

"粮食，有多少算是够？我们这边，一年四季除有少量的小麦和玉米，余下的主要靠土豆。县里、公社的干部不能说不关心群众，但条件就是这么个条件，也没有多少好办法。这两年主要是发动群众种瓜、种甘草，由于日照时间长、昼夜温差大，种出来的蜜瓜糖分高，能卖上好价钱。再加上挖甘草也能换点钱，群众生活基本上还能过得去。"

迗戈听到这里，心里一阵酸楚。

史大印接着说："青年人都很想到外面看一看、闯一闯，都不想再过这样贫困的生活。征兵任务下来后，青年人的积极性很高，报名很踊跃。这里兵源充裕，保证你们这次一定能完成任务。"

迗戈点点头，老班长又说：

"咱家弟弟史小庆是初中毕业生，身体条件好，符合当兵条件，希望你能助一臂之力，让他去部队磨炼磨炼。"

迗戈应承下来，说只要体检没问题，一定向焦团长大力推荐，完成班长交给的任务。

他俩返回招待所时正赶上开晚饭，他领老班长来到食堂，要了大肉炒土豆片、酸辣绿豆芽，半斤白酒，外加几个白面馒头，想让老班长改善下生活。

接下来几天，迗戈一直陪着军分区楚副司令员和焦团长，先后到古浪、天祝和凉州等县区检查督促征兵工作。从摸上来的情况看，此地兵源十分充足，工作进展比较顺利，马上就要进入体检阶段了。

这次征兵，团里要求既要重视体检、政审，又要尽量招收文化程度较高的青年入伍。这是迓戈给团首长的建议，团首长对这一建议很认可，在出发前的会上反复强调了好几次。

这天，迓戈建议焦团长，去民勤县看看情况，也顺便去看看"苏武牧羊"这个景点。

焦团长当即同意，说："大家都忙，今天你开车吧，咱俩一起去。"

迓戈的驾车技术是在运输队当文书时学会的，在汽车老兵的指点下，只用了三天时间就能开得像模像样了。运输队管车，他练习的机会很多，所以其驾车技术虽然不出众，但对付一般情况还是绰绰有余的。

今天没有风，路况也比较好，几十公里的路程两个多小时就到了。迓戈把车开到苏武乡羊路学校的校园内，校长一看是两位军官，甚是热情，说要派一位教师做讲解员，迓戈婉言谢绝了，说随便看看，谢谢校长的热情。

这里有独特的大漠风光，是有名的"沙井文化"发源地，也是甘肃著名的文化之乡、礼仪之乡。公元前121年，大将霍去病率兵西征，安定河西。从此以后，历朝历代都在民勤建郡设县，移民开发农业。特别在明清两代，此地人文蔚起，科举取士于河西，文人墨客风流垄上，有"人在长城外，文居诸夏之先"的美誉。当地名胜古迹很多，苏武牧羊的故事使这个县充满传奇色彩。

迮戈指着远处的苏武山，介绍说，当年苏武牧羊，传说就在这座山下。

焦团长点点头，说："有点儿意思，你给讲讲这段故事。"

迮戈给焦团长点着烟，说，苏武和李陵都是皇帝信任的官员。苏武出使匈奴第二年，李陵叛变了，力劝苏武投降单于，遭到苏武严词拒绝。苏武被匈奴扣押后，匈奴贵族用荣华富贵引诱他，用死刑恐吓他，用流放北海牧羊折磨他，他经历了贫困、寂寞的长期折磨，却始终不改节操，充分表现出"富贵不能淫，贫贱不能移，威武不能屈"的高风亮节。他是那个时代的英雄，是中华民族的楷模，激励着一代又一代人。

焦团长说："苏武不简单，不过我看你也不简单，历史、地理啥都懂。"

迮戈不好意思地笑了笑。

焦团长说："有文化，又能干，是部队最需要的人。好好干吧小伙子，将来前途无量啊。"

两人到县武装部谈完工作，安排焦团长住下，迮戈请假说想去看看老班长史大印。

焦团长挥挥手，说，去吧，应该的!

迮戈见是个机会，就说了史大印的弟弟想当兵的事儿，焦团长想了想，说："初中生，当然好。只要身体合格，我看问题不大。哥哥刚给国防做完贡献，弟弟又想接着上，是好事啊!"又叮嘱迮戈，去了史家别把话说死，只要没有大问题，届时自己一定出面说话。

迒戈开着车, 先去公社大院接上史大印, 然后沿着乡间土路到他家去。

一家人见了迒戈, 都很高兴。彼此打了招呼, 聊了一会儿天, 迒戈说了焦团长的答复情况, 史大印谢了迒戈, 又对弟弟史小庆说: "你要一颗红心两种准备。验上了, 到部队一定要多学习, 多吃苦, 干出个样子来; 验不上, 就在老家好好务农, 或者明年再争取。"

老班长两口都在外工作, 家境确实强过乡邻们, 这天给迒戈做了丰盛的饭菜, 一盆清炖老母鸡, 一碗辣椒炒鸡蛋, 一碗凉拌豆腐, 一碗蒜泥茄子, 外加一小筐白面馍。

吃完饭, 迒戈告辞时, 从车上拿出一件军上衣, 又从口袋里掏出五十斤全国粮票, 说是平时省下的, 是自己的一点心意, 请老班长一定收下。史大印没有推辞, 紧紧握着他的手说了两声谢谢。

几天后, 传来好消息, 史小庆体检、政审都合格, 已被列入入伍名单。焦团长笑嘻嘻地对迒戈说: "这样最好, 既不违反原则, 又帮老战友的亲属圆了心愿。"

今年的新兵仍然是乘坐闷罐车厢去部队, 军列于黎明时分驶出武威车站, 踏上进疆的旅途。

## 事故

傍晚, 满载新兵的列车停靠在一个小站的岔道上。

列车长、站长过来报告说，由于车头出了故障，需要检修，停靠时间可能要长一些。

焦团长决定让大家下车活动活动，并要求连排长管束好队伍，防止发生问题。

军列在这个小站停留了四个小时，机车故障仍未排除。为防止意外，各连每隔半小时就会点名一次。

晚十点多钟，三连长气喘吁吁地跑来报告说，连里一个叫贾大学的新兵不见了，派人找了半个小时，仍不见踪影。焦团长大为光火，怒气冲冲地说：

"三连长，你是干啥吃的！为何不管束好自己的队伍？"

三连长低着头，苦着脸，战战兢兢地无言以对。三连长在部队时是焦营长手下的排长，知道老首长的脾气。作为老首长的嫡系，自己扒了这么大的豁子，他确实是无法直面首长的责问。

焦团长对着三连长说了句粗话，然后大声下达命令：

"你在这里愣着干什么！快通知连排长跑步到这里来！"

迩戈催着三连长抓紧执行命令，又劝焦团长别着急。

连排长到齐后，你看看我，我看看你，低声议论着，谁也说不出主意来。

"三连长，你讲一下贾大学的情况。"

大家一听这个名字，想笑又不敢笑，叫"大学"本就够滑稽了，正好又姓贾，这名字就透着古怪。

三连长打着立正，大声报告说：

"贾大学，十八岁，从小放羊，没上过一天学，文盲，一字不识，不过看起来怪聪明的。"

"还有什么情况？"

"就这些。"

迮戈分析说，贾大学是个文盲，从小没有出过远门。这次停车时间过长，他可能是转悠到了车站外，迷失了方向。本人不傻，如果找不到车站，会顺着铁路走。

焦团长点点头，命令连排长分为两个组，分别顺着钢轨向前后两头寻找。然后朝向迮戈说："你守在步话机前，两组各带一部步话机，保持联络畅通，立即出发！"

迮戈守在步话机前，半个小时过去了仍无消息。焦团长急得在站台上来回踱步。

又过了半个小时，步话机传来呼叫声：

"天山！天山！我是塔河，我是塔河。"

"塔河！塔河！我是天山，我是天山。"

"天山！天山！找到了贾大学，找到了贾大学。"

"塔河！塔河！立即归队，立即归队。"

"天山！天山！明白，明白。"

焦团长露出了笑容，迮戈悬着的心也落进了肚子里。他让团长坐下，团长猛劲吸着烟，一句话也没说。

午夜时分，三连长跑步找到焦团长，上气不接下气地报告着情况。

还真让迻戈估计对了。原来，贾大学在站内左等右等不见火车出发，自认为今晚火车不会走了，于是就跑出了车站。此时天已黑透，火车站内外有灯火，距离车站稍远就到处是黑灯瞎火了。当兵之前，他从没有去过县城，见识非常有限。现在在黑暗之中，他特别想家，想念亲人，挂念自己平时管理的那十几只羊……天黑加上满腹心事，一下子就迷了路，找不到火车站了。小城的晚上，街上人烟稀少，他也没地方打问。后来他灵机一动，想着只要能找到铁路，顺着钢轨走就一定能找到部队。这种想法是对的，铁轨找到了，他却走错了方向，越走距离车站越远。好在他步子慢，寻找他的队伍却是打着手电跑步搜索，加上他走累后坐在路基下休息，最后大家终于在距离车站十几公里处的荒野上找到了他。

人找到了，焦团长没有责备贾大学，却连夜召开临时党支部会，一是就今后如何带好新兵队伍提出更严格的要求，二是研究要给贾大学所在连排的主官报请处分。

讲到最后，焦团长动了感情，红着眼圈说：

"不是我对大家要求苛刻，你们想一想，从贫困地区征来的新兵，这次虽然一再强调文化，但是仍有三成的文盲。这些孩子并不傻，但文化程度低，目不识丁，见识、眼界都不行。他们到了部队，我们各级干部要下更大的功夫才能把他们带出来。路上出了问题，我们对得起谁？如果我们连把全部新兵平平安安带到部队的能力都不具备，今后能训练好、管理好他们吗？"

三连长站起来，语调哽咽着说："首长，您处分我吧，是我工作没有做好！"

有惊无险的"丢兵"事故之后，一路再无节外生枝，军列顺利抵达乌鲁木齐。

到站前，焦团长把迩戈叫到一边，说：

"迩戈，回去后，要尽快把这次征兵工作的总结起草出来。"

"是。"

"还要起草一份加强新兵文化教育的实施方案，我要在汇报会上给团首长提这一建议。"

"好。"

"上述两项任务要在三天内完成。"

"保证按时完成。"

# 第十章　山脚下的坟冢

## 噩耗

一匹白色的战马在旷野中飞奔，迷戈骑在马背上，耳边的风声呼呼直响。

昨天，吴胜利转交给迷戈一封信，是库尔波娃写的。库尔波娃在信中说，女儿塔依娜已去世，请迷戈方便时来家一趟，自己有事相告。

初闻噩耗，迷戈不敢相信这是真的。年轻漂亮的塔依娜，怎么会英年早逝呢?

星期天一大早，他就出发向库尔波娃家赶去。

## 天人永隔

几年不见，司迪克和库尔波娃夫妇一下子老了很多。

简单寒暄后，库尔波娃给迩戈讲起塔依娜的事儿……

塔依娜是在马背上长大的，八岁时才被送到县城读书。她是个听话的女孩，自小冰雪聪明，学习成绩一直很好。

学校里有位维吾尔族音乐教师，叫古丽，对塔依娜喜爱有加。古丽常把她带回自己家和女儿一块做作业和玩耍，并辅导两个孩子学唱歌练舞蹈。塔依娜从小就喜爱歌舞，古丽又特别擅长开发孩子的艺术天赋，所以塔依娜很快就掌握了维吾尔族、哈萨克族、塔吉克族、蒙古族和藏族等民族舞蹈的基本要领。

塔依娜上初中后，自然而然成了学校的文艺骨干。初中毕业后，她回到故乡和父母一块放牧，始终没有丢弃对歌舞的兴趣和爱好。

库尔波娃说，自从史班长、迩戈上次来放牧，塔依娜就像变了个人似的，说不能跟牛羊打一辈子交道，要凭自己的努力走出牧场，开始新的生活。从那时起她就四处拜师学艺，歌舞水平大有长进。

听到这里，迩戈隐隐觉得接下来的故事将和自己大有干系。

库尔波娃的眼睛湿润了，她哽咽着说："有一次，我去塔依娜的房间叫她吃饭，看见她全神贯注地凝视着一张照片。见我进来了，她立即慌张地将照片压在书本下。我问是谁的照片，她红着脸不说话。我从书本下拿出一看，是吴胜利和你的合影照。问是怎么回事，她说是从吴胜利那里要来的。我说，这不是当年来放牧的迭戈，还有那个来去匆匆的文书吗，她害羞地点点头……"说到这里，库尔波娃从抽屉内拿出那张照片。

这张照片，是骑兵部队转制前，下连队采访的师宣传干事给两人照的。

库尔波娃说："前年，地区歌舞团招演员，塔依娜被录取了，先是当学员，去乌鲁木齐参加会演时她的节目获了奖，团里开始重视她，要把她培养成台柱子……"讲到这里，库尔波娃脸上露出了笑容。

去年年底，塔依娜随地区歌舞团来家乡演出，大获成功，团长放假让塔依娜回家和父母团聚半天。这天晚上，塔依娜和母亲睡在一张床上，悄声对母亲说出了自己的心事，库尔波娃说：

"她说她一直忘不了你，给你写了好多信，但都没有寄出去。因为她听人讲，部队有规定，战士严禁谈恋爱，她怕耽误了你的前程啊。那天她对我说，想抽时间去部队找你，要把心里话讲出来……当时我有点儿吃惊，但仔细想想，你是个好小伙，符合我们的心意。况且姑娘大了，她的想法应该是成熟的。当时我对她讲，尊重你的选择，不过要征求一下你父亲的意见。第二天，我对你大叔说了这事儿，他很是高兴，说完全尊重女儿的意见，还烫了一壶酒，我们又说又笑地吃了一顿饭。塔依娜说，她要准备一些东西，一有时间就去部队找你……"

说到这里，库尔波娃又哭了起来，抽泣好久才平静下情绪,说出了塔依娜出事的经过:地区歌舞团这次是在牧区巡回演出,日程排得很紧,塔依娜那天告别父母后就随同伴去了演出的下一站,谁知几天后歌舞团的大卡车就在路上翻了车,这趟车上的五六位演员全部受伤,塔依娜伤势最重,送到医院后不治身亡。

库尔波娃说:

"我们在清理塔依娜留下来的东西时,发现了她的一个日记本,还有一沓未寄出的信,我和你大叔商量了几次,认为应当请你来一趟……"

## 痴情成追忆

这天晚上,迩戈住在塔依娜生前住的那间帐篷里,读着她给自己写的信。

这些信用一根红丝带绑扎在一起,是按先后顺序排列的。

迩戈先看了第一封:

迩戈:

你好。

我是塔依娜,就是你在冬牧场里认识的塔依娜。我现在已是地区歌舞团的演员,由于团里排练和演出繁忙,因此没有时间给你写信,请原谅。

我和你相比,差很远很远,你学问大,又是光荣的解放军。你的歌儿唱得好，舞也跳得好，长得又那么帅气，那么潇洒，那么威武。你心地善良，很勇敢，为保护我们的羊群而受了伤，我内心敬佩你，我父母感谢你。

我心里清楚，与你相比差距很大，知道配不上你，但我要努力，要用自己的行动迎头赶上你，你以后看我的实际行动吧!

你腿上的伤，没有留下后遗症吧? 你在部队训练和执勤时，一定要注意身体。祝你一切好，并代问史班长和吴文书好。

排练马上开始，就此搁笔吧。

迩戈又看了第二封:

迩戈:

你好! 今天是我第一次演出，虽然已经排练过多次，但上场后心里还是觉得紧张。

我是群舞里的一员，不是主舞者，我们的演出博得了观众阵阵掌声。演出结束后，回到宿舍翻看你和吴胜利的合影，这时导演走了进来，我立即把照片塞到被子底下。导演对我说，我的舞姿不错，但和其他演员配合不够默契，影响了演出效果。要求我以后在下面认真排练，下一次绝不允许再出现这种状况。

这是我第一次受到领导的批评，心里很委屈，因为我已经尽力了。我哭了。

迻戈，如果你在身边就好了，一定会安慰我的。

你就看我的实际行动吧！我有决心改正自己的缺点。

另外，从你们两人的合影中，看你比以前瘦了，望你多多注意身体，多吃一点。

没什么可说的了，望多保重。

## 第三封：

迻戈：

你好，工作一定忙吧？

告诉你一件事，我已经参加了多场演出，领导对我很满意，多次表扬我，说我舞蹈好，歌也好。

今晚有一个歌舞节目，演的是苏联红军的故事，我是领唱者，唱的歌曲里有你唱过的那首《小路》。不知何时能实现歌词中唱的那样——我要沿着这条细长的小路，跟着我的爱人上战场。

不说了，休息了。

祝你做个好梦。

## 第四封：

迻戈：

我感觉好久没有给你写信了。

我们今天到边防线的一个连去演出了。那里特别荒凉、艰苦，解放军住的都是地窝子。我们到时，正好赶上吃午饭，十几个人围成一个圈蹲在地上吃。人家为招待我们，拿出了牛肉罐头。筐子里放着两样馍，一种是白馍，一种是玉米面馍，再有就是一大盘咸菜、一大盆青菜汤。听说，他们连长要让炊事班给我们做好的饭菜，我们团长不让，让我们和战士们一块儿吃。

牛肉罐头不好打开，是一个战士帮我打开的。牛肉罐头吃到嘴里，像嚼木材似的，很难下咽，我只好吃咸菜。我看到有的战士吃白馍，有的吃黄馍。一问才知道，部队上的粮食也不宽裕，两种馍要搭配着吃，不能光吃白的。我吃了半个白馍，喝了半碗略带温气的菜汤。吃下后，肚子很不好受。

你们也是这样的伙食吧，太艰苦了，我要写信给妈妈，让她给你送点肉干和奶疙瘩，可好吃呢。

你那么瘦，原来是部队上伙食差的缘故。

没有什么可写的了，下次再叙吧。


迩戈看了前几封，把中间的跳过去，直接看最后一封：


迩戈：

中午饭吃了一碗羊肉和一个馕，把我撑坏了。

我现在已长高了，也变了样子，我在团里成了正式演员，前几天还在乌鲁木齐的汇报演出中得了奖，领导表扬了我，又说我以后的演出会很忙，让我做好思想准备。

这些天，我们团的演出任务确实很重，忙过这一阵子，我要请假去部队找你。

今天我和姐妹们去照相馆取照片，大家都说我照得最好看。我在想，我这照片，是寄给你，还是不寄给你呢? 等见面时再给你看吧。

见了面，我有个要求，也是爸妈的意见，你一定要答应，不答应不行，还有好多话要给你讲。

亲爱的，我太幸福了，我不久就要成为你的心上人了……

不写了，到时再详谈。

看了塔依娜的几封信，他又看了她留下的日记，才知道她对自己爱慕已久。从这沓信落款的时间看，几乎是每月两三封。从日记内容看，她是纯真与炽热交织的深情女孩，对自己一往情深。

迩戈叹了口气，他从未想过要和塔依娜建立恋爱关系，自己也不真正了解这位姑娘，但还是为她对自己的深情而感动，为她的不幸去世而唏嘘。

第二天早上，司迪克、库尔波娃领着迩戈去塔依娜的墓地。

晨曦中，塔依娜的坟冢淹没在草丛中，显得荒凉与凄楚。司迪克扒开草丛，坟前竖着一块又厚又高的木板，像是天山松做的。由于风雪的侵蚀，整块木板已变成了灰褐色，但字迹清晰可见，上面用维、汉、俄三种文字写着"爱女塔依娜之墓"。

坟冢上长满野花和野草。高的是新疆地界常见的芨芨草，足足四尺有余，在萧瑟秋风中摇摆着，好像是向着苍天和大地、向着戈壁和草原，讲述塔依娜的故事，也好像是在诉说少女无法言表的情思。

迩戈在坟前清理出一小片平地，铺上库尔波娃带来的小块地毯，摆上几个盘子，分别放入瓜干、杏干、葡萄干、羊肉、馕等祭品，还有一壶奶茶。然后，库尔波娃燃起三炷香，迩戈则拿出塔依娜送的那条穿着狼牙的红色丝带，摆放在坟前。

司迪克、库尔波娃坐在草地上，脸上挂着晶莹的泪珠。迩戈站在后面，脸色苍白，满怀悲哀。

一堆纸钱燃烧着，司迪克在火堆边慢慢倾倒着壶中的奶茶，嘴里喃喃讲着什么。库尔波娃号啕大哭，哭声悲痛欲绝，哭声令人心酸……

司迪克擦了擦脸上的泪水，拉住库尔波娃的手劝说着。迩戈也蹲下去，拉住她的胳膊劝慰她别再伤心难过了。

纸钱仍在燃烧，火苗在微风中摇摆，缕缕青烟飘向远方。

司迪克劝住了库尔波娃，又拉住迩戈的胳膊，说："孩子，咱们回吧。"

迩戈正正军装，望着眼前的坟墓，默默地想：

"塔依娜，安息吧，以后有时间我还会来看你的。"

迩戈和司迪克夫妇牵着马往回走，时不时回头望望。

等再也看不见塔依娜的坟墓时，迩戈突然泪流满面。

# 第十一章　菊花台

团政治处刘主任打来电话, 说要给迏戈派个美差, 请他马上到自己办公室来。

刘主任是晋南人, 老家县里主管工业的副县长老梅最近来出差, 办完公事, 想看看新疆的美景和风土人情。

刘主任跟迏戈说完这些背景, 用商量的口气说:

"我已经和咱们驻地这边的阿布都拉同志说妥, 他也是主管工业的副县长, 算是对口接待。咱部队出辆车, 你辛苦一下, 陪着去转转, 明天一早就出发!"

迏戈说了声是, 表态保证完成好任务。

第二天一早, 迏戈带车接上两位副县长, 一行人出发去菊花台。

阿布都拉是地道的新疆人, 哈萨克族, 年龄四十来岁。他身材高大, 衣着朴素, 面色红润, 属于既彪悍又干练的少数民族干部。

路上，阿布都拉操着新疆味儿的普通话，说起了菊花台的由来。

他说，很久很久以前，准格尔盆地是一望无垠的浩瀚戈壁。有一年秋天，西天王母下到凡尘，来到这块不毛之地。她迷了路，在戈壁滩上走啊走啊，走得她口干舌燥、心慌意乱，于是她发怒了，从地上抓起一把沙石抛向远方，须臾间，一座雪山出现了。她又拔下头上的一枚菊花簪扔在地上，顷刻间菊花开满大地。从此，这块戈壁滩就被天山的冰雪融水经久滋润着。日复一日，年复一年，形成了这片面积达五百多公顷的菊花世界。

阿布都拉说完故事，自己先笑起来，说，这只是一个传说，是新疆各族人民的一种精神寄托。

满车人都笑了起来。

阿布都拉说，凡是外地来我县的客人，我们都会请他们到菊花台看一看，他们看后都感叹这里很美。今天我们有幸陪同梅县长游览菊花台，既要看风景，又要体验新疆少数民族的风土人情，顺便品尝一下我们的特色瓜果和饭菜。

梅县长连声感谢阿布都拉的热情好客，并说，请他有机会也去内地看一看，到自己家做客。

阿布都拉高兴地笑起来，说，只要我们各族人民团结起来，我们的祖国一定会更美更好。

坐在副驾驶位置上的迩戈听到这里，觉得阿布都拉是一个有高度政治觉悟的民族干部，开始从心眼里敬佩、喜欢他。

到了甘沟菊花台，阿布都拉把他们带到一个帐篷内。

帐篷里，地上铺着厚厚的地毯，家具、物品收拾得整洁有序。

阿布都拉用民族语言和一个妇女说了几句话，对方立即上来热情地和大家打了招呼，不一会儿就从隔壁帐篷端来切好的哈密瓜、西瓜，接着又端来一盘葡萄，请他们吃。

梅县长吃着瓜，赞叹着，说自己从来没有吃过这么甜的瓜。尤其是西瓜，别处的都不能和这里的比，他笑嘻嘻地说："太甜了，甜得牙痛。"吃过西瓜又吃葡萄，说："在新疆吃葡萄省事多了，不用吐籽。"

惹得大家都笑起来。

大家正说笑着，从外面进来一个大个子男人。阿布都拉站了起来，二人来了个拥抱，相互拍打着对方的后背，说是好长时间没有见面了，十分想念。

阿布都拉对梅县长介绍说，大汉是这家的男主人，是自己的老朋友，又向对方介绍了梅县长、迩戈。

男主人弄清来意，说，下午可先看看菊花，今天晚上就请几位住在家里，明天正好有"叼羊"比赛，他是负责人之一，届时请梅县长他们坐在观礼台上看比赛。

梅县长说，这样安排好，这样安排好，就是太麻烦你们了。

吃过饭，在阿布都拉带领下，大家顺着小路，向山的方向走去。

山脚下，迩戈觉得刚才的炎热消失了，迎面扑来雪山的寒气，仿佛是到了初冬季节。迩戈抬头仰望，层峦叠嶂，蔚蓝的天空映衬着高耸的雪峰。山上融下的雪水，在山脚下形成无数条蜿蜒的小溪，奔流在鹅卵石和花草之间。银白色的浪花，犹如千百朵盛开的雪莲。

一行人都有些气喘吁吁时，终于爬到了高处。站在那里向远方眺望，宽广无垠的牧场展现在眼前，满眼金黄，看不到边缘，望不见尽头。

阿布都拉指着北面的密林，告诉他们，密林间常有马鹿出没，雨后树下会长出好多蘑菇。

稍事休息，大家开始漫步在菊花丛中。簇簇菊花竞相绽放，黄色的居多，白色的、紫色的掺杂其间，偶尔能见黑色的菊花。眼前的世界五彩缤纷，像天边的彩霞那般耀眼，像天上的云朵那般奇幻。迩戈觉得，这大片的菊花，好像是一块没有边际的多色地毯，铺满了神奇的大地。迩戈阅读过古人描写菊花的诗文，此时自己也有了写写菊花的冲动。

当晚，因为累，也因为喝多了主人的敬酒，一行人都睡得很沉。迩戈醒来时，日头已从东方升起，主人已经准备好奶茶和烤馕。

吃完早饭走出帐篷，菊花台沐浴在金色霞光中，那些蘑菇似的帐篷显得格外醒目。

马儿的嘶鸣声惊走了草原的寂静，人渐渐多起来。从服装上看，有哈萨克族，有维吾尔族，有塔吉克族，也有蒙古族。

男的，女的，老的，少的，有的徒步，有的骑马，流向插着彩旗的"叼羊"赛场。

阿布都拉带着大家坐在观礼台上，介绍说，新疆的很多民族群众最擅马术，喜欢用马术表现勇敢与彪悍。

前方，几十匹骏马在嘶鸣，骑手乘坐在披着彩带的马背上。

发令枪响，几十匹马儿腾空跃起，箭一般向前射去。

几十匹马儿追赶着前面那匹白马。白马上的那个骑手，拎着一只羊拼命地跑在最前面。人欢马叫，响彻铺满菊花的大地。

几个回合之后，白马骑手拎着的羊，被一个哈萨克女骑手夺了过去，只见她扬鞭催马直奔观礼台。

人们涌过来，将敬佩的目光投向女骑手。大家扬起的马鞭"叭叭"作响，这是在向她表达致敬和钦佩。

人们欢呼着，跳跃着。

热瓦普弹起来了，乐声高亢激昂，人们跳起了欢乐的民族舞蹈……

中午，他们被邀请到一顶帐篷内，主人端出羊肉抓饭，又端来奶茶。

饭后，按计划他们要踏上归程了。逯戈想多看几眼菊花，就先走出了帐篷。

菊花在阳光的照射下显得更加艳丽。逯戈想，很多花都很娇贵，这些野菊花却生长在空旷荒凉的边疆，生长在戈壁沙滩环境，不赶时髦，不凑热闹，没有半点娇气，是那样朴素，如同哈萨克姑娘那样纯真、朴实。野菊花不仅看着美，而且有实用价值，花可酿蜜，入药可治病。茎叶可作饲料。她的一生一世，只有奉献和赋予。

归期已到，不忍离去，终要离去。

菊花台之游，给他留下深刻而美好的记忆。新疆啊，不仅山好、水好、树好、花好，而且人更好。这里的山，雄伟多姿，巍峨磅礴；这里的水，清澈透明，纯净甜美；这里的松，翠绿欲滴，高大挺拔；这里的菊花，朴素大方，气质高洁；这里的人民，善良勤劳，热情好客。

很多年过去了，迩戈始终不能忘怀菊花台的菊花，更难忘边疆各族同胞的情谊。

# 第十二章　战友情

## 风波

　　焦营长打电话，请迻戈马上到自己家来，语气中满是焦急，好像出了什么大事。

　　迻戈没有多问，骑上自行车就往焦家赶。

　　他到了焦营长家门口，还未敲门，门已经开了。刘医生把他拉进屋内，只见焦营长坐在沙发上，表情很复杂。

　　迻戈敬了礼，问：

　　"有什么急事，焦营长？"

　　"让她妈给你说吧。"焦营长起身去了别的屋。

　　刘医生让他坐下，眼里噙着泪，轻声说了家里的不幸遭遇：

　　"上个星期天，我去医院值班，老焦在营部开会，家里只剩下小凤一人。吴胜利来了，对小凤说想尽快结婚，小凤不同意，说心理上还没有准备好，两人话不投机就争了起来。吴胜利知道家里就小凤一个人，就抱住小凤要亲嘴。小凤不同意，谁知这个吴胜利，他，他胆大包天，最后把小凤摁在床上，扯掉衣服，给，给……强奸了。我下班回来，看她趴在床上痛哭，问了半天，她才道出实情。三四天了，小凤把自己关在房间里，不吃不喝，不见人。我和老焦现在都没了主意，怕影响小凤的后半生，又怕这孩子寻短见，不知如何是好。无奈中想到了你，老焦只好打电话让你来家。"

刘医生擦了擦眼泪，继续说："我们知道小凤崇拜你、信任你，你说话她会听的。今天请你来，想让你劝劝她，开导开导她，让她先吃饭，以后的事以后再说，真是麻烦你了。"

迓戈十分震惊，他同情小凤的遭遇，又憎恨吴胜利，表面上看着老实憨厚，心底却这样龌龊，完全不念焦营长对他的栽培和信任，不顾姑娘的反抗和名誉，竟干出这等伤天害理的事情。现在看来，吴胜利这人真不可交。这对自己也是个提醒，以后待人接物，万不可仅凭牝牡骊黄来判断人的本质、事的真相。

眼前情形不容迓戈他想，他悄声对刘医生说："眼前最要紧的，是劝小凤开门吃饭，别再难过，以免发生意外。然后，您和营长还要为将来计议个对策。"

刘医生点点头。

迓戈走到小凤所在的房间前，轻轻敲了几下门，说：

"小凤，我是迓戈，你开开门！"

他将耳朵贴在门上，静静听着，屋内没有任何声响。焦营长夫妇焦急地站在他身旁。他又敲了几下门，说：

"小凤，请把门打开，我有话要对你说。"

停了一会儿，迩戈听到门锁轻微的转动声。他向焦营长夫妇摆摆手，示意他们后退。

门慢慢开了，他进到屋内。抬眼望去，小凤脸上满是泪痕，人也瘦了。他握住她的手，她慢慢靠住他的肩膀，"哇"一声大哭起来。哭得是那样委屈与伤心。刘医生立即进到屋内，将两人抱住，也流下了伤心的泪水。

迩戈让小凤哭一会儿，说：

"我顾不得吃饭就来了，也饿了，咱们一块儿吃饭吧。"

刘医生搀着女儿来到客厅，把她扶到椅子上，用毛巾给她擦了擦泪。

很快，饭桌上摆上了一盆稀面条，焦营长给每人盛了一碗。小凤看了看，没有任何动作。迩戈赶紧拿起筷子递到小凤手中，说：

"面条是你爸爸刚煮的，很香。你先喝口汤，再慢慢吃点儿面条……"

见她仍然未动，迩戈拿起汤匙，舀上汤递到她嘴边。她看着他，微微张开小嘴，喝了下去。刘医生立即把碗端起，用筷子挑起一绺面条喂到女儿嘴里。可能是饿坏了，她从母亲手中接过碗，呼噜呼噜吃了起来。

迩戈从桌上拿起几块饼干，递到她手里，示意她就着面汤慢慢吃。

吃完饭，小凤让迡戈到自己的房间里去。

看她又要掉泪，迡戈安慰她、劝导她，让她彻底忘掉噩梦，振作起来。他对她谈爱情，谈婚姻，谈美好的现在，谈光明的未来……

他也说到了吴胜利，建议她下决心远离他，和他一刀两断，切不要去吵去闹，这种龌龊的人配不上她。也不要和别人谈这个事，包括对最好的姐妹也要保守秘密。忘掉这件事，振作起来努力工作，明天依然是灿烂的阳光，今后一定会找到真正爱她的人……

小凤沉默着，表情慢慢发生着变化。看她神情平静了，迡戈站起来要走。临别时，要拥抱她一次。她拒绝了，说自己配不上他的拥抱。

迡戈没有理会小凤的拒绝，上前紧紧把她抱住。这个结结实实的拥抱与爱情无关，是兄妹之间的拥抱，是友谊的拥抱。不是欲望，不是占有，而是鼓励和信任。他的拥抱，自然、坦诚而潇洒。

迡戈拉着她来到焦营长夫妇的房间，看着一家三口紧紧抱在一起，他拉上门走了出来。

## 调动

迡戈坐在通信员的办公室里已经半个多小时了，还未听见隔壁马处长办公室的开门声。

是通信员打电话把迩戈叫来的，说处长有事和他讲，让在这里等。

等迩戈灌了一肚皮茶水，处长办公室里的会议终于结束了。

马处长推门进来，向他招招手。

走进处长办公室，他正要收拾刚才开会留下的痕迹，处长摇摇手，说：

"等会儿让他们收拾，你请坐下吧。"

马处长说着话，拉开办公桌的抽屉，取出一个精致的茶叶桶，捏出一撮茶叶，放在水杯内，然后倒上水放在他面前，说：

"助理员，我这是上好的西湖龙井，请你喝一杯。"

迩戈想，自从到后勤处任文书那天起，马处长一直称自己为文书，即便是被提为助理员后仍是如此。今天是怎么啦，第一次称他为助理员，还亲自沏茶，这让他十分纳闷。处长坐下后，表情又恢复了一贯的严肃，开门见山地问他：

"助理员，你想不想调离后勤处？"

突然听到处长的这句问话，他一时语塞，不知该怎么回答，但必须回答"是"或"否"，因为这是处长对部下的一贯要求。

"不，在处长手下干工作，我十分满意，从来没有过调走的想法。"

处长笑了，说：

"你看看，这是团党委的命令。"

迩戈站起来，看完马处长递过来的命令，他愕然了。

马处长说："自你被任命为后勤处军械股助理员后，处领导，几个部门的股长，还有团部的很多同志，对你的工作表现都很满意，评价比较高。按照我原先的想法，要让你多锻炼几年，再担当重任。迩戈同志啊，是你的表现打乱了我的计划，你自己可能也知道，你起草的几份调查报告、对策建议，实施后效果很好，受到师后勤部的重视。团政治处的刘主任，几次要挖我的墙脚，软的硬的都来过，都被我顶回去了。前天的团党委会上，做了决定，调你到政治处任干事，并要求尽快去报到。这一回，我不能跟党委顶牛啊！"

迩戈想，看来不走也不行了。马处长给他三天时间，交接好工作就去政治处报到。

此时，全国各地正轰轰烈烈地开展"文革"。迩戈所在这个团属野战部队，担负保卫边疆的重任，中央规定部队系统一律不参与"文革"，严禁各派群众组织到人民军队串联。不过，在政治挂帅的大形势下，团党委也开始更加注重政治工作。迩戈调政治处工作后，立即被派到基层蹲点、调研，前前后后忙活了几个月。这天他刚回到处里，就接到开会的通知。

会上，政治处刘主任给大家讲了全国和新疆目前的政治形势，说，按照上级要求，要抽调部分干部组成工作队，去充实准葛尔市的军事管制委员会，要求三天后出发。然后宣布工作队成员名单，其中就有迻戈。

## 郜友金

政治处的会议一连开了四个小时，迻戈草草吃了几口饭，到办公室刚坐下，友金就推门进来了。

友金是在骑兵师整编后调到一营的，因为所在的连队驻地远离团部，迻戈和他主要靠书信来往，见面的机会并不多。友金很会来事，现在是连里的给养员，听说有当司务长的希望。

迻戈来办公室本想要加班整理下午的会议纪要，但战友、老乡来了，也只能先放下工作，笑脸相迎。

迻戈给友金倒杯水，问：

"有什么事吗友金，你怎么晚上来了？"

"我出大事了。"友金直截了当地说。

"什么大事？"

"我挪用了连里三百元钱的伙食费。"

"啊？你为什么要挪用公款？"

"先是我弟弟要定亲，接着是我母亲患了急病要开刀，家里来信要钱，情急之下，就动了连队的伙食费……"

"是不是被上级发现了？"

"营里查账组查出来的。"

"你有困难大家可以帮你想办法，你咋能动伙食费的脑筋呢？”

“我以为连队发现不了，以后每月发了津贴，慢慢补上就行了。”

“你太天真了，你每月八元钱的津贴费，多长时间才能补上这个大窟窿？”

“我当时没细想，头脑一热就取出钱寄走了。”

“这可不是个小数目，挪用连队伙食费就是贪污，你不知道这是大事？”

“现在知道了。”

“知道也晚了，这是要受制裁的呀。”

友金听到这里慌了神，趴在桌上哭起来。

友金、大山和迩戈从小就是朋友，又是一天当的兵，一趟闷罐子拉倒部队来的。现在，大山已调到军区给副司令员当警卫员，迩戈提成了干部。要说友金在部队表现也不错，他聪明能干，又能吃苦，当上给养员之后，带着大家开荒种菜、喂猪养羊，连里的伙食在全营搞得最好，多次受到表扬。听焦营长说，领导上已将他作为司务长的苗子加以培养，可在这关键时刻，因家庭经济困难，他脑子一热，捅出这么个窟窿来，实在是糊涂，实在是可惜。迩戈想，就他的行为而论，不但提干毫无希望，还很有可能被追究刑事责任。

迩戈递过一条毛巾，让他擦擦脸，说：

“不要哭了，哭不能解决问题。”

友金止住眼泪，面无表情地看着他。

迩戈为他惋惜，当务之急是抓紧退赔，争取宽大处理，于是问道：

"你手上还有多少钱？"

"没什么钱了，只有五元钱。"

迩戈犯难了，三百元可不是小数目，对当兵的来说相当于天文数字，自己提干不久，没有攒下什么钱，上个月买了手表，前几天又因为老家修房子寄回去一百元，现在手里只有五十多元钱。怎么办？他犯难了。沉默一会儿，他问友金：

"当时，检查组的同志是怎么给你讲的？"

"说要主动说清楚钱的去处，在一周内把窟窿填平。此事已报告给团政治处保卫股。"

"好了，什么也不用说了，回去后立刻写出深刻检查，把事情的原委如实交代清楚，态度一定要诚恳。"

"那钱怎么办？"

"钱的问题我来想办法，回去吧。"

友金拉开屋门要走，迩戈叫住他，顺手把手表摘下来，递给友金，说：

"这表，我戴了不到两个月，明天把表卖了，估计能卖一百元。"

送走友金，迩戈去了焦营长家。

焦营长两口子都在，刘医生客气地请他坐下。

迩戈说："今天有事想跟首长汇报，打搅首长了，麻烦阿姨了。"

刘医生听说他有事要谈，立即站起来要回里屋，迩戈让她不要走："您请坐，不是军事上的事，你也坐下听听。"

焦营长说："迩戈，不要这么客气，有事尽管讲。"

迩戈把郜友金挪用连队伙食费为母亲寄钱治病的事说了一遍，刘医生说了句"是个孝子"，焦营长沉吟片刻，说：

"你说的这个事，营党委已讨论过，郜友金的问题一定要严肃处理。"

迩戈顿时紧张起来，目不转睛地看着焦营长。

焦营长说：

"我也是为人子、为人父的人，看在他是孝子的分儿上，如果一周内能把钱还上，我可以建议营党委不按贪污论处，但给养员这个工作他是不能再干下去了，可做提前退伍处理。"

迩戈听到这里，心里轻松许多。但又想，如果让友金提前退伍回家，一定会影响今后的前途。他思考着，默不作声。

"你有何想法，说来听听。"

他干咳两声，告诉焦营长，是他把同村的友金和大山动员到部队的。他已提干，大山调到军区做了首长的警卫员，迩戈说：

"如果让友金提前退伍回家乡，他无法见乡亲们啊。我建议，让他服役期满后正常复员。这段时间，可安排他到炊事班当炊事员，喂猪也可以。这个建议请首长能否考虑一下，这也是给友金改正错误的一个机会。"

焦营长问："让他去炊事班，让他去喂猪，他愿意干？"

　　迩戈说，这个不劳首长费心，我去说服他，并保证两天内一定让友金如数把钱还上。

　　"好吧！不过，政治处保卫股长的工作由你来做。"

　　迩戈高兴地答应了。然后，又把自己要去准葛尔市军管会的事说了，焦营长两口子都鼓励他到了新岗位要好好干，刘医生说：

　　"到了新地方、新岗位，你有什么困难，一定要和我们说，大家一起想办法解决。"

　　看刘医生两口子很真诚，迩戈对刘医生说，还真要麻烦您一件事，说自己的手表已经卖了，但还差二百块钱，能否暂借给自己一百元，自己再找别人筹借一些，也好让友金明天就把钱交到连里。

　　刘医生满口答应，说刚领的工资，家里正好有钱。说着话，她去里屋取出钱，递到迩戈手里。

　　迩戈说："这个钱，我保证在三个月内还给您。"

　　"你真是个热心肠的男子汉。你不要着急还钱，到准葛尔后不要省吃俭用，这钱我们也用不着。"刘医生看着迩戈说，迩戈感到了话语中的语重心长，感到了亲人般的关爱。

　　刘医生把他送到门外。

　　"谢谢！谢谢您！"迩戈说。

　　"你以后要多给小凤写信，多多鼓励她，因为她最听你的话。"

　　"我一定像亲哥哥那样对待小凤妹妹，请放心就是了。"

# 告别

迳戈提着的心总算放下了，友金把钱如数还上，又愉快地去做了饲养员，一场风波到此为止。马上就要出发去准葛尔，傍晚，迳戈正收拾行装，焦小凤来了。

小凤已恢复欢快的性格，进门就和他开玩笑，然后说：

"我是专门来给你送行的。"

"你咋知道我要走？"

"听我妈妈说的，她让我给你带点东西。"

她边说边打开挎包，从里面掏出一件白衬衫、两双袜子、两块肥皂和一包水果糖，放在桌子上。

"我用不着这些，我有部队上发的。"

"的确良衬衫、水果糖，部队也发？我们医院怎么没发给我？"

她说完，咯咯咯笑起来，等着他回答。

看他无言以对，小凤说：

"这是我妈买的，说你马上就要走，说是感谢你的。"

迳戈听后，觉得有了反击机会，装着生气的样子看着她，说：

"要是你妈买的，你就拿回去，谢谢她了。"

小凤正喝着水，"扑哧"一笑，水从口中喷出，喷了他一脸。她站起来，掏出手帕，要帮他擦脸。迳戈挡开她，说：

"好了，快坐下，我的小妹。"

"听说为了战友，你把手表都卖了？"

"手表无多大用处，还是战友之情更珍贵。"

"你出门在外，手表还是需要的。这是我今天给你买的上海牌手表，送给你。"

"不，这份礼物太重了，我承受不起。"

"我们是兄妹，可以说比亲兄妹还亲，这是妹妹送给哥哥的礼物，我是用自己的钱买的，父母并不知道，就是知道了他们也会赞同的。"

迩戈能说什么呢，他对着她微微点了一下头。小凤把手表慢慢戴在他的手腕上，又从口袋里拿出一沓钱，放在他手中。

"不！不！这些钱我绝不能收。"

"我们是不是战友？"

"是战友。"

"你能为战友担当，难道我不可以吗？"

"可是——"

"我知道你现在困难，这些钱算是我借给你的，你不要着急还；但是，等以后有了，也不要忘记还我呀！"

她说完这句话后目视着他，他无言以对。他不能拒绝她的好意与善良，不能拒绝一个既是妹妹又是战友的真心实意。他的眼睛湿润了，他确实需要钱，这真是雪中送炭啊！

他看着她明亮的眸子，凝脂般白皙的面孔和完美的曲线。她静静地站在那里，一动不动，笑眯眯地看着他。

他情不自禁地上前一步，展开双臂，紧紧抱住既是妹妹又是战友的她。

他嗅到了她的气息，嗅到了她青春的体香。

她紧紧埋在他那宽大的胸膛上，眼睛微微闭着，俏丽的脸上挂着晶莹的泪珠，觉着空气已经凝固。

他慢慢松开双臂，用手擦掉她脸上的泪，说：

"好了，天晚了，你该回去了。"

她如同梦中醒来，用手理了理头发，笑得十分勉强。

他送她走出机关大院。

"以后多多通信！"她说完这句话，跨上自行车，头也不回地走了。

迩戈站在那里，望着她渐远的身影。

送走小凤，看时间还不算太晚，他决定还是按原计划去马处长家一趟。

他去马处长家，从来没有带过礼物。想着这回要分别了，他决定把上次库尔波娃送自己的特产带一些给马处长尝尝。

是马处长的儿子给他开的门，马处长的爱人客气地请他坐下。

"我来看看处长，我明天就要去军管会报到，跟你们告个别。"

"老马到军区出差去了，快要回来了。"

"那我走了，我从牧场带回点儿东西。"说着，他从提包里掏出牛肉干、奶疙瘩、瓜干、杏干、葡萄干，放了半个桌子面。

这时，一个年轻的女军人走了过来，处长爱人介绍说：

"这是我家大丫头，叫蓉蓉，今天刚到家。"

"你好。"

"请坐下喝茶。"她示意迩戈坐下，然后挨着母亲坐在旁边的沙发上，看着迩戈。

明明手里拿着几根牛肉干，边吃边看姐姐。

"刚吃过饭还吃，不怕撑破肚子？"

"太好吃了，姐姐你尝尝……"

"一边儿去，大人在说话。"

"你也不大啊！"明明说着话回了里屋，处长爱人、蓉蓉、迩戈都笑了起来。

迩戈以前没有见过蓉蓉，但知道她是初中毕业后当的兵，现在在师通信营当排长，来这里出差，办完了事顺便到家看看。

迩戈站起来要走，处长爱人示意蓉蓉去送送。

他俩走出大院，站在人行道上。

"蓉蓉，你回去吧，不要送了。"

"我爸爸出差马上就要回来了，可惜这次你没法当面跟他告别了。"

"来日方长，以后会有机会见到首长的。"

"听我爸爸讲，你是个很有作为的青年人。"

"不能那样讲，我只是在努力地完成首长交给的任务而已，一个极普通的军人。"

"迄戈,今天见到你我很高兴,好像我们似曾相识。"

"我也有同感。"

"今后有需要我帮忙的,尽管直说就是了,不要客气,因为我们是战友。"

"谢谢你,蓉蓉。"

"你以后有机会去师部出差,可以去找我。"

"只要你不怕麻烦,以后一定会有机会。"

"我差点忘了,我有一件小礼物送给你。"

"什么?"

蓉蓉没有说话,只见她从口袋里掏出一个硬纸盒,递到迄戈手里。迄戈打开这个长形盒子,看见一支钢笔躺在里面,是一支崭新的PARKER(派克)笔。

"这个礼物太珍贵了,我不能收。"说着他把盒子扣上,要还给蓉蓉。

她赶紧摁住他的手,说:

"这是在北京工作的舅舅送给我的生日礼物,我一直没舍得用,今天送给你。

"这是你的心爱之物,我不能夺人之爱。"

"拿着吧。"

"这——"

"你们骑兵不是常说好马配好鞍吗? 我看给你用最为合适。"

"这不好吧。"

"我看过你写的文章，非常精彩。"

"你怎么会看到？"

"爸爸常夸你，那是你还没调到政治处之前的事。"

"怎样回事？"

"你在后勤处任助理员时，我在爸爸的书房里看过你写的材料，真是妙笔生辉啊。"

"没有你讲的那么好，况且写材料也用不着这么高档的笔。"

"这笔不是让你写材料用的。"

"啊？"

"是让你写信时用的，希望今后我能常看到你的来信。快回吧。"

"好。"

"这是我的地址，给你，不要弄丢了。"

"谢谢。"

蓉蓉微笑着，主动伸出手来，和迩戈握了握。

迩戈走在路上，小声地唱起了歌……

# 第十三章 军管会

## 军代表

从部队驻地去准葛尔市，一行十几人乘坐的是长途客车。

迩戈坐在车厢里，身上感觉有点冷。他裹了裹大衣，又望望战友，几乎每个人都把头缩在大衣领内，有的似乎已经睡着了。

看看手表，已接近中午时分。车厢里没人说话，显得十分安静，偶尔能听到轻微的鼾声。

他向车窗外望去，刚才还晴空万里，现在却变得阴沉沉的。

很快，雪花纷纷扬扬地从空中飘洒下来，像家乡的蒲公英，又像一片一片的碎纸屑，轻轻盈盈，飘飘悠悠，慢慢落在地面上。

汽车减慢速度,停靠在路边小站。司机招呼大家下车,说中午就在这里吃饭。

排排高大的白杨树,直挺挺地站在路旁,如一列站岗的士兵。树冠上有黄叶不时飘落下来,落在地上,经风儿一吹,又忽地在地上打着旋儿。

丛丛野草多已枯黄,被风儿吹得左右摇摆。

这情这景,不免使人心头涌起阵阵悲凉。

祖国边疆的冬天将要来临了。

迓戈随人群往里走,几间低矮的土屋出现在眼前,土墙上用白灰歪歪扭扭地写着"交通食堂"几个大字。食堂只供应羊汤和馕,没有桌子板凳,大家一手端着热气腾腾的羊汤,一手拿着馕,在食堂门外,或站或蹲,大口大口吃喝着。

新疆的天气变化无常,一顿饭的工夫,不仅雪停了,天边似乎还钻出了太阳。看着天色放晴,迓戈的心情好了些许。

乘客们陆陆续续钻进车内,坐到各自的位置上。迓戈觉得身上暖和多了,脱下大衣盖在膝盖上。

路旁的房子渐渐多起来,陆续有楼房从眼前掠过。汽车越往前走,楼房越多,车辆、行人也多起来,看来准葛尔市快要到了。

客车渐渐驶入市区的繁华街道,街边墙上的大字报多起来。迓戈仔细打量着这些在军营中不曾见过的新事物,发现凡是临街的、面积稍大的墙面,大字报都贴得一层摞着一层,横七竖八的,阅读的人却不多。

客车进站后，刘主任招呼大家下车列队，出站后领着队伍走了一段大街，然后拐进一条小街，最后停在一个大门前。大门前有两个背着冲锋枪站岗的士兵，刘主任上前和一个士兵嘀咕几句话，那位士兵钻进岗楼打起了电话。

很快，两位军官来到大门口，和刘主任寒暄几句，招呼大家进了院内的一栋大楼，年龄较大的那位军官说：

"辛苦了，同志们路上辛苦了。房间已安排好，请同志们先到屋子里休息片刻，二十分钟后饭堂见。"

晚餐比较丰盛，两荤两素加一汤，主食是大米饭。

坐了一天的车，大家又累又饿，分坐三张餐桌，风卷残云般吃了起来。

吃完饭，刘主任说自己在三楼办公，说了房间号，要求大家明天八点准时来开会。

因为累，迩戈回到房间就睡了。

第二天，迩戈早早起床，洗漱完毕，想出门熟悉一下这个新驻地。

看样子，这是一座宾馆，走廊很长，铺着红色的木地板，每层有三十多个房间。迩戈顺着楼梯下到一楼，在大厅看看，走到了院子里。

院子很大，停着几辆汽车。他们住的这栋楼，大门口挂着"准葛尔军分区军事管制委员会"的木牌。看来，军区军管会总部就设在这里。

早饭后，迩戈随大家来到刘主任的办公室。

办公室很大，摆着粗大的沙发、会议桌椅、办公桌椅。

会议开始了，刘主任讲了整整三个小时。从国际、国内形势讲到自治区的形势，又讲大家的工作任务和注意事项。最后强调，大家要按照分配名单，下午分头到单位去报到。

刘主任带的这支工作队，主要负责文教系统、财贸系统的军管，迩戈被分配到文化局做军代表。

午饭后，迩戈走出军管会，直奔文化局。

他步行在大街上。街上行人不多，贴大字报、刷标语的却不少。他看了看这些大字报、标语，"打倒""砸烂狗头""必须老老实实向革命群众低头认罪"等字眼让人触目惊心。

走过解放路，就到了四里桥。迩戈以前听马处长说过，四里桥是准葛尔市最繁华的商业区。今天看来，四里桥人不少，多是佩戴红袖章的年轻人。

迩戈边走边看，冷不防一个小伙子猛地撞到了他怀里。迩戈回过神，赶紧说了声"对不起"，只见小伙子一脸愤怒，但上下打量几眼迩戈的军装，没说话就走了。

再往前走，则看到上百个年轻人分成两拨，秩序混乱、声音嘈杂地争论着什么，隐约能听到"保皇狗""走资派"之类的字眼。迩戈想起刘主任在会上说过的"大辩论"，心想，这也许就是群众之间的"大辩论"，只是这场面也太混乱了。

按照地图的指引，迩戈走过一个十字路口，准备左拐去找文化局。

刚拐过路口，就看见一面高大的墙壁上，糊满了大字报，一群人正站在大字报前激烈辩论，场面火爆，有人在呼口号，有人在起哄、骂娘，有人准备动武。

迓戈抬眼，看见文化局的牌子就挂在前面大院的门上。

从军管会驻地到这来，距离不长，但给他的印象是深刻的、复杂的。前年他跟马处长出差，在准葛尔市待过几天，当时这座城市马路宽阔、环境整洁、秩序井然，现在却是另一番景象，大街上垃圾一堆接一堆，临街墙面上全是大字报，环境显得肮脏、混乱。尤其是那些怒目圆睁、如临大敌的辩论者，让迓戈觉得好笑，又觉得不安。

一阵风过，煤灰、落叶和掉落的大字报搅在一起，吹得行人睁不开眼睛。迓戈拍打一下衣服上的灰尘，正了正军帽，走进文化局大门。

有几个人站在院子里聊天，经其指点，迓戈找到了李川夫的办公室

办公室的门虚掩着，迓戈没有敲门，径直走了进去。

室内光线不足，迓戈影影绰绰看见窗下放着一张桌子，桌后坐着一个人。

迓戈清清嗓子，问："李川夫同志在吗？"

室内那人站起来，说：

"我就是李川夫，您是……"

迓戈做了自我介绍，掏出介绍信递过去。

李川夫接过介绍信，扶扶眼镜。

趁李川夫认真地看介绍信，迓戈打量着他。李川夫有四十

多岁，戴一副金边眼镜，身上的衣服看上去有点旧。此人个头不高，头顶上头发稀疏，瓜子脸，小眼睛，上衣口袋里插支钢笔，颇有学者风度。

"欢迎你啊，迩戈同志，你来了，太好了。"说过这话，李川夫上前和迩戈握了手，请他坐下，随手拎起暖水瓶，从桌上拿起一个玻璃杯，倒上水涮了涮泼在地上，然后倒上多半杯水，放到迩戈面前，说：

"迩戈同志，请喝水。我是浙江人，你是……?"

"我是河南人。"

"啊，我们还算老乡呢。听我父亲讲，我家祖籍河南洛阳，我是客家人。"

"真是老乡见老乡，两眼泪汪汪。"

老李哈哈大笑，又让他喝水：

"请喝水，我这里没有茶叶了，请见谅。"

"不客气，我喜欢喝白开。"

"前几天就听说，上面要给派个军代表，今天总算盼来了。"

"欢迎吗?"

迩戈开了个玩笑，想看看文化局这边的态度。

"欢迎欢迎，热烈欢迎啊。我正愁工作上的事呢，你来了我就轻松了。"

"我对这里的情况两眼一抹黑，又是第一次做军代表，你以后要多多关照啊。"

"哪里话，军代表客气了，今后我多多汇报就是了。"

"您不要谦虚，咱们今后配合着搞工作。局里的情况你了解，以后的工作还指望你呢。"

"一定，一定效——"

"你不要说效劳。"迮戈笑了。

"你的住处已经安排好了，就在后院，我领你去。"

迮戈点点头，随老李出门往后院走。

后院安静、整洁，一排白杨树下建了一溜儿平房。老李打开靠墙那间房子的门，请迮戈进去，介绍说："这排平房是局里的客房，这间条件最好，您看看还缺什么……"

迮戈快速扫了一眼，说挺好挺好。

老李说：

"文化局原先有食堂，现在没有了。就餐可到离这里不远的歌舞话剧院食堂，一会儿我带你去认认地方。"

迮戈请老李坐在沙发上，说：

"谢谢，吃饭的时候咱一块去。"

又给老李让了一支烟。老李抽着烟，打开了话匣子。


## 老李


李川夫四十七岁，浙江大学中文系毕业，原先在上海工作，后来组织上一声令下就调到了新疆，一晃十几年就过去了。

迩戈问："您在新疆，生活适应不适应？家眷来了吗？"

老李叹口气，说，老婆孩子都在杭州，老婆是医生。老李觉得自己这辈子是要在新疆扎根了，几次动员老婆调过来。新疆缺医生，国家对援疆干部又有政策照顾，这边一说就成，可老婆那边死活不同意，这一拖就是好几年。后来，老婆终于答应了，说带孩子先来看看。谁知一到准葛尔市，母子俩就病倒了。住了十几天医院，总算痊愈了，出院后却不敢出屋门，因为她一出屋门就有感冒迹象，孩子捂上皮袄、戴上棉帽、抱着热水袋还是觉得浑身冷。老婆说："这才是阳历十月，到了寒冬腊月还不得冻死人！"她带着孩子回到杭州后，母子俩又是一场大病。等年底老李回杭探亲时，她斩钉截铁地说："这辈子，我是不会再去新疆了！"

为了家庭团圆，老李年年给组织打请调报告，上面就是不批。后来好不容易松口了，"文革"却开始了，当初答应他的人成了"走资派"，市委组织部、人事局、文化局几乎瘫痪了，他调动的事儿又挂了起来。

老李看了看迩戈放在桌上的军帽，情绪明显好转，说：

"军代表，告诉你，我也是军属呢！"

"您家谁是军人？"

"我儿子呀！他高中毕业入伍，也许是我家真与新疆有缘分，他最后竟也来了新疆，现在就在新疆军区工作，是个排级干部。"

迩戈说："父子俩都在新疆，也挺好！"

老李说："儿子还年轻，将来去哪里，一是服从组织，二是个人努力。至于我，都这般年纪了，再弄几年，准备申请病退，回杭州养老去！"

然后，老李压低声音，给迷戈说了单位的情况：

"'造反派'说文化系统'庙小妖风大，水浅王八多'，这后半句是骂人的，前半句我看不全无道理。文化系统，满地真真假假、大大小小的知识分子，闲话多，是非多，历史积怨多。大家之所以对我争议少，运动中不纠缠我，主要是我从不参与人事纠葛，上班干好本职工作，下班就闷在家里看书。运动来了，哪一派也不参加，对政治没有看法和观点。谁也不得罪，谁也不敢惹……呀，我们是老乡，又都跟部队有关系，你看我是不是说得太多了？"

"老乡啊，您对我说的都是肺腑之言，我感激还来不及呢！"

老李点上烟，又说，群众给我起个外号，叫"老中"，一是因为我祖上是河南人，河南人满嘴的"中中中"，二是因为我不参加派别不掺和是非，没有态度没有观点，算是居中而站的闲人吧。"文革"开始后，原先的领导成了"走资派"；"造反派"很快分成了好几派，争来争去，相持不下，后来都觉得我没有对立面，都拉我出来工作，都说我是他们推荐的人……我再缩头就要得罪人，我就出来应对上头的开会，负责一下迎来送往吧。

老李说：

"我不爱抛头露面，充其量就是个业务干部。现在的政治环境，我也不了解，所以每次去上头听会、回来传达，都战战兢兢的。军代表同志，你来了，我也可以轻松轻松了。"然后指指腕上的手表，说开饭时间到了，要领迩戈去食堂。

"好，咱们一块去。"

李川夫和迩戈边说边走，不一会儿就到了歌舞话剧院食堂。吃了羊汤和馕，迩戈请老李通知机关所有人员，明天八点钟准时到会议室听文件传达。然后说今天不在局里住，要去军管会取行李。

两人分手后，迩戈回到军管会直奔刘主任办公室，汇报了去文化局报到的经过和摸到的一些情况，借了两份明天要用的文件，就回房间准备去了。

第二天，迩戈早早到了文化局，到宿舍放下行李，看看表，已是七点四十分，他直奔会议室。

会议室里只有老李一个人，正满头大汗地打扫卫生。两人打了招呼，老李说：

"所有的人，昨天晚上之前已经全部通知到。"

迩戈说了声辛苦，要帮他一起打扫。老李拦住说："我全弄好了，您帮我把这块黑板搬到台上，就行了！"

摆好黑板，两人坐在主席台上，说了几句闲话。七点五十五分，迩戈拿出文件，只等大家来开会。

八点十分，陆续进来几个人，悄悄坐在会议室的后排。

再看表，已是八点四十分，前排的大多座位仍空着。

九点了，才有成群结队的人走进来。一些人大声说笑着，噼噼啪啪挪动着椅子。坐下后，几个人互相让着香烟，也有人在卷莫合烟。不一会儿，前排七八个人都叼上了烟，一边吞云吐雾，一边旁若无人地说笑。

老李小声对迩戈说："人基本上到齐了。"然后站起来，清清嗓子说：

"我向大家介绍一下，这是军管会派来的军代表，迩戈同志。大家欢迎！"

老李带头鼓掌，迩戈只听见几声参差不齐的掌声。

老李看看他，没有作声。

八点开会九点到，来了以后站没站相、坐没坐相，一些人的表现早已经让迩戈满腹怒火。此时，他站在台上一声不吭，眼睛盯着下面，足足有两分钟。

下面有人窃窃私语，前排几个抽烟的扔掉了烟头。

"起立！"他大声喊着口令，表情十分严肃。台下，椅子、桌子等的碰撞声"砰砰"作响。

"坐下！"

迩戈看到，一些人还是懒洋洋的，满不在乎地坐了下去，于是又喊了一声"起立"，声音很大，透着威严，也透着怒火。这次比上次强多了，下面的人齐刷刷地站了起来。

迩戈从上衣口袋中掏出《毛主席语录》，举在手上，说：

"请大家大声地跟着我学习毛主席的指示。"

"军队向前进，生产长一寸。加强纪律性，革命无不胜!"

"军队向前进,生产长一寸。加强纪律性,革命无不胜!"

下边的声音基本整齐,更重要的是每个人的神情都严肃、认真起来了。

读完语录,迓戈大声说:

"请坐下!"

这回没有听到碰撞声、说话声,会议室静多了。

迓戈从桌上拿起粉笔,在黑板上写出两个潇洒飘逸的大字——"迓戈",说:

"我叫迓戈,是军管会派来的军代表!"说完,敬了一个标准的军礼。下面响起掌声,比刚才热烈多了。

迓戈没有再说别的,坐下来开始宣讲文件。他时而宣读文件原文,时而解读、举例,一气儿讲了两个多小时。

下面没人说话,没人离席,都在静静听着。文件讲完了,他请大家休息十分钟,然后讲了五个问题。他说,一是,在座的大多受过高等教育,还有一些军转干部,都是党培养起来的干部。无论在思想觉悟上、工作能力上,都是表现不错的。希望大家继续发扬成绩,修正错误。自己要看得起自己,不要低估自己的政治觉悟和工作能力。二是,要遵照伟大领袖毛主席的教导和中央文件的要求,规范言行,端正思想。不管是哪一派,无论是什么观点,对一些问题有不同看法,可以争论、可以辩论,但绝对不能自由主义满天飞,想说什么就说什么,想干什么就干什么，老子天下第一，谁也管不了。三是大家都拿着国家的工资，端着社会主义的饭碗，要时刻听从党中央号召，抓革命、促生产，时刻以大局为重，关心国家大事，关心局里的事，做好自己的本职工作。对分内事儿要负起责来，积极去干，必须干好。要上对得起国家，下对得起人民，中间对得起一起共事的同志。从今天开始，都要按时上下班，不允许无政府状态、自由主义存在下去。四是，在座的来自五湖四海，为了一个共同的革命目标走到一起来，能在一起工作是缘分、是幸运。不要因为有不同的看法就相互指责，不要因为观点不同就老死不相往来。不要因为观点不同、看法不同就闹别扭，甚至兄弟反目、夫妻离婚，同志们要相互理解和忍让。五是对军代表本人有什么意见可以当面说，也可以当面批评。无论言辞多么激烈，我保证不记仇、不记恨，更不会打击报复、秋后算账。我没有受过高等教育，工作资历浅，经验不足，今后会虚心向同志们学习，虚心接受大家的意见。大家在思想上不要有什么顾虑，我愿意接受同志们的监督。另外，同志们工作上、家庭中有什么困难，也可以提出来，咱们共同想办法去解决……

迩戈讲话条理分明，掷地有声。他看看表，已是十二点一刻。他站起来，说：

"同志们，上午就讲到这里，下午及今后几天各部门要组织讨论。现在散会，大家赶快'喂脑袋'去吧！"

说完，他给大家敬个军礼，走下主席台。

台下一阵嗡嗡声，不少人主动和他握手。

## 调研

下午，迩戈到几个科室转了转，大家都在讨论上午传达的文件。

最后，他来到文艺科，悄悄坐在一旁听大家讨论。

大家发言积极，言之有物，紧扣文件、紧扣单位的实际。迩戈想，真不愧是知识分子聚集的单位，个个能说会道，发言逻辑性强。要想把这个单位的工作搞好，关键在于正确引导，如果能将存在的问题解决好，群众的积极性就会大大提高，工作面貌就会发生大的改变。

文艺科最后发言的，是个叫王红的女同志，她约莫五十来岁，胖胖的。王红讲得不错，她的发言结束后，迩戈带头鼓起了掌。大家见军代表鼓掌，也跟着鼓起掌来。

王红走过来跟他握手，问他：

“军代表，您上午的讲话我认真听了。听口音，您是河南人？”

“对，我是河南人，您了解我们河南？”

“说不上了解，我在科里负责戏剧工作，以前喜欢听豫剧。”

“想不到我们的家乡戏，在新疆还有知音。”

“包龙图打坐在开封府，尊一呀声驸马爷细听端的……”王红惟妙惟肖地学了一句，自己先笑了。

迩戈说：“你唱得还真有味道。豫剧唱腔丰富，感染力强，我们今后可以多研究用传统戏剧的优点、长处排练现代戏。"

见迩戈懂戏剧，科里几位同志围上来你一言我一语地聊起来。

坐在墙角的，是个三十岁出头的男同志。他静静坐着，不过来，也不说话。

迩戈发现他之后，说："这位同志，过来认识一下嘛。"

对方慌慌张张地站起来，说："我，我……"

王红说："'陈世美'，你真傻得话都说不囫囵了吗？"

满屋响起笑声。

王红说："军代表，您还不了解，'陈世美'碰上了冤枉事儿，您这个包龙图可要想方设法给他找回公道。"

陈世美？这人怎么叫这名字？迩戈感到莫名其妙。他看看大家，大家只是在那里笑。"陈世美"脸上红一阵白一阵，显得十分尴尬。

迩戈看出其中必有隐情，就对对方点点头，说："你有时间了，可以找我聊聊！公道自在人心，组织、群众会给你公正结论的！"

对方勉强笑笑，又坐在墙角那把破藤椅上。

迩戈说，大家不要闲聊了，剩下的时间还是要认真讨论上午传达的文件精神，从灵魂深处提高认识、端正态度。

说完，他走出文艺科，随手带上了门。

晚上，迩戈正在宿舍里看小说《红楼梦》，老李来了。

老李带来一袋茶叶,说是爱人刚从杭州寄来的。迩戈推辞着不要,老李态度坚决地说:"她寄来四袋,这一袋请你务必收下!"

迩戈推迟不掉,只好说:"行,咱现在就尝尝您的好茶。"

然后拎着水壶出门提水,要重新烧一壶开水。

等他提水回来,老李指着他刚才放在桌上的书,说:

"军代表,您喜欢古典文学?"

"闲来无事,消磨消磨时间。"

"这是名著,听说毛主席也爱读《红楼梦》。说实话,《红楼梦》写得真好。我们读大学时,先生要求每个人至少读一遍,我读了三遍半,确实好。"

"我念高中时读过一遍,在运输队当文书时读过一遍。现在手边没有什么书,就翻出来再看看,不承想,又读进去了。"

老李哈哈大笑,说:

"好书确实能让人上瘾。"

迩戈烧上水,两人就读书聊了好半天。老李说:"没想到,军代表是能文能武,读过的书真是不少。"想了想,他小声说:"你喜欢看书,我那儿有一些,抽时间你可到我那儿去选几本。"

"那我先谢谢你了。"

"不用谢,好书共分享嘛。不过,你要悄悄地看,就连看《红楼梦》,也不要让其他人知晓,不然会招来麻烦的。别有用心的人，会说你喜欢封资修的东西。"

水开了，迩戈洗净杯子，沏上茶，老李说起今天上午的大会、今天下午的讨论，根据自己摸到的情况，说：

"大家的情绪被你初步调动起来了，但阻力、矛盾还是不少。"

"怎么个意思？"

"多数同志都想把工作搞好，但又认为，现在局里乱哄哄的，两派的观点分歧很大，捏合不到一块儿去。"

"依您看，下一步该怎么办？"

"我个人的意见，当然，不少同志跟我看法一致，就是要想方设法让观点不同的各派能坐在一起，平心静气地谈问题。说是派别，其实过去都是同事，有的以前还是走动亲密的朋友。长此以往闹下去，不是办法。我，还有不少同志，建议军代表多做两派群众的工作，让两派能联合起来，要在思想认识上真正联合起来。"

迩戈说：

"分歧、矛盾既然出来了，想化解、想缓和就需要时间。这不是一朝一夕之功，事缓则圆，不要着急，慢慢来，我们一步一个脚印地做好两派的思想工作。我相信，广大群众是通情达理的，是有水平有觉悟的，坏人毕竟是极少数。老李啊，我看您很有水平很有威信，下来咱们一起做大家的思想工作，光靠军代表是不行的。"

老李同意他的看法，愿意一起努力。

喝了几口水，老李说，文化局原先的领导班子成员，有的被打成"走资派"，有的靠边站了。军代表到来后，他们本人或者家属，要求面见军代表，有情况、有想法要谈，老李问："你看，你是见还是不见？"

迩戈表态说可以见，各方的要求和意见不妨都听听。

老李说："见是对的。"

说完工作，迩戈问起"陈世美"的情况。

老李哈哈一笑，说："他呀，大学里学的是艺术，中国画、书法、篆刻都有几下子，就给自己改名叫陈思墨，墨水的墨。新疆这边，很多人普通话不标准，于是有人叫他'陈思mo'，也有人叫他'陈思mei'，不过，这会儿还跟包公戏中那个负心汉没有关系。此人你见过，年轻时比现在还英俊，不仅会画画，吹拉弹唱的水平也不低，深受年轻女子的喜欢。他后来选中了文化艺术学校的女教师小杨，小杨漂亮，也是很多男性的追求对象。俊男靓女结婚啊，也好也不好。说好，是因为至少在长相上谁也不高攀谁，都没有吃亏。说不好，是因为容易出风流韵事、桃色新闻。两人结婚两三年吧，就传出这个杨老师和同教研组的王老师有了新闻，王老师的老婆到学校闹过，据说曾经抓奸在床……"

"这，这，真是可惜。"迩戈应承着，其实也不知道在为谁可惜。

"是很可惜，开始是闹剧，后来就成悲剧了。王老师的老婆闹，小陈这边也闹。小杨死不承认，说是别人栽赃陷害，小陈哪里肯信，两口子隔三岔五就得吵一架、打一场。小陈要离婚，小杨不同意，后来找到咱们文化局局长，一把鼻涕一把泪地说小陈变心了，是现代陈世美……一哭一闹，局长把小陈喊过来，拍桌子训了一顿，说再敢提离婚就处分他！"

"压下去了？"

"屁！这局长的工作方法太简单了，两口子矛盾这么深，你不分析不调解不做思想工作，拍拍桌子就能解决？好了没几天，两口子照样吵照样打，小杨又来闹两次，局长恼羞成怒，就真给小陈来个警告处分，家庭里那些事儿、'陈世美'这个外号也尽人皆知了！"

婚没离成，名声也坏了，还背个处分，小陈恨死了老婆，也恨死了局长。"文革"开始后，准葛尔市总体上分成两大派，一派叫"红总"，一派叫"准葛尔革命公社"，双方针锋相对、处处对立。小杨这人吧，说好听点儿是追求进步，积极参加组织活动，说难听点儿是个人来疯，政治运动少不了她，这回她就加入了"红总"，负责搞宣传；小陈本是艺术家范儿，不关心政治，这次为了跟小杨做对，就故意加入了"准葛尔革命公社"，也是负责宣传工作。小陈能写会画，口才也好，很快就成了"准葛尔革命公社"的重要骨干，后来还进了市革委会。他掌权以后，因为记恨当初给他的处分，文化系统可就倒了霉了，那几个领导被斗得最厉害，戴高帽、坐喷气式、触及灵魂、惩罚肉体。局里一些人听见他的名字，就忍不住两腿战栗。

李川夫喝口水，小声说："现在呀，有些人升得快，倒霉得也快。这个小陈就应了这话，有一回他刻印传单，把'伟大领袖和导师'印成了'大领袖和导师'，掉了个'伟'字，被对方抓住把柄，群众基础又不好，立马把他打成了现行反革命。他的那些战友啊，到了这时没有一个说话的。批斗了几个月，把他交给文化局劳动改造。我看小陈吧，虽然张狂，但也不是十恶不赦之人，就让他负责打扫卫生，算是劳动改造。"

迩戈听后，觉得滑稽可笑，但又无法表态，于是转移话题，说：

"老李，文艺科的王红，表现怎么样？"

"她念过大学，但出身不好。这个人很好事，也是个表现积极的'造反派'。她年纪大了，没有做过出格的事，但爱说场面话，表里不一，你要多加提防。"

"好，谢谢你的提醒。老李，明天上班后，您把这几首歌曲让陈思墨刻印出来，人手一份发给大家，就说是我安排的。"

老李看了一下，是《领导我们事业的核心力量》《下定决心》《三大纪律八项注意》《歌唱祖国》等歌曲，他点点头，说保证完成任务。

迩戈说："您刚才说局里原先的领导班子成员要见我，我可以见他们，但你事先不要和他们打招呼，我抽出时间后直接去见！"

老李沉默片刻，说："我明白了。你也该休息了，我走了。"

迩戈在部队养成的习惯，早上必定跑步。第二天早早起床后，发现地上已积了厚厚一层雪，走在上面发出咯吱咯吱的响声。满院树木，一夜之间仿佛开满了白花。屋顶白了，大地白了，天地之间一片苍茫。

迩戈拿上门口的扫帚，扫起雪来。等他从后院扫到前院，就看见陈思墨也在挥着扫帚扫雪。两人打了招呼，陈思墨说扫雪是自己的劳动任务，请军代表回去休息。迩戈挥挥手，继续扫雪。

老李跑过来，指指东跨院，悄声对迩戈说："这边是'牛棚'，关着几个人，不许回家，也不许生火。大雪之后必定降温，您是不是去看看？"

迩戈点点头，随老李去了东跨院。

东跨院破破烂烂的，一股寒意扑面而来。老李看看几个扫雪的人，问一个穿军装、扎武装带的小伙子："小赖，咋不见老马？"

"她说自己病了，屋里躺着呢。"

"什么病？"

"她说是感冒，我刚才去看看，正发烧呢。"

"看医生了吗？吃药了吗？"

"她是历史反革命，还看什么医生，吃什么药？"

迩戈没有说话，随老李走进屋里。

屋里冷得似冰窟，虽然盘着炉子，但是没有生火。

地铺上，躺着一位头发花白的女人。

迩戈走过去，听到她发出痛苦的呻吟。伸手摸摸她的额头，迻戈觉得烫得吓人。

迻戈问老李：

"她就是老马？"

老李点点头。

迻戈问：

"她有什么问题？"

老李没有说话，小赖抢着说："解放前，她给盛世才唱过戏，还到处说'现在的工农干部不懂艺术'……"

"她生病，通知家属了吗？"

"家属来看过，说要接她去看病。可是'冯司令'不说话、不批条，我不敢放她走！"

老李对迻戈耳语，说"冯司令"是文化局群众组织的头头。

迻戈想了想，既是对老李，也是对小赖说：

"对有问题的同志，也要实行革命人道主义，这是党的政策。小赖，你马上通知老马的家人，接她回去治病！"

"可'冯司令'那边……"

"他若问，你就说这是军代表的意思！"

"那，那行！"

小赖跑出去通知去了。

老马的爱人、儿子很快就来了，对着迻戈千恩万谢的，迻戈挥挥手，说：

"有问题，要说清楚；有病，也要治疗。"

回到办公室之后，迡戈对老李说："上午，咱们开个会吧，说说局里有问题这些人的事儿。我认为，天寒地冻的，不管问题有多大，不管是何种性质的问题，首先要保证其身体不出问题。即便是问题定了性，也要按政策来。"

老李说："我建议先不要开会说这些事情，你应该先摸摸情况再说。"说着话，打开柜子取出一摞材料，递给迡戈。

迡戈点点头，说听你的。

迡戈看了一天的材料，又找老李问了情况，下午下班时决定去文化局被打倒的局长老邵家看看。

解放战争时期，老邵就是营级干部，打仗勇敢，多次立功受奖，至今身上还残留着弹片。进疆工作后，一直在文化口，工作上敢说敢干，雷厉风行，原则性强。他的问题是不懂文化口的业务，说话不讲究方式方法，用部队那套方式管理文化单位，所以得罪了一些人。"文革"一开始他就被夺了权，"造反派"说他是彭德怀黑线上的人物，是混入革命队伍中的投机分子，将他打成"走资派"。在"牛棚"关了一年多，最后只剩下一口气了才允许他回家养病。

老邵见了迡戈，未说话先流泪，然后哆哆嗦嗦地拿出一沓纸，递到迡戈手中，说：

"这是我的交代材料，请军代表过目。"

迡戈劝他先养病，既要把问题说清楚，也要把身体养好。

老邵一家要留迡戈吃饭，他坚决拒绝了。

这以后，迩戈整日忙着找人谈话，做两派的思想工作。一个月后，在思想认识基本统一的情况下，解除了对"牛棚"里那几个人的关押，让他们回家去考虑自己的问题。同时，局里两派的对立得到了缓解，促成了两派的大联合。

## 受伤

深夜，迩戈被一阵噼里啪啦的响声惊醒。

醒来后，他感觉额头有些痛，用手摸摸，黏黏的。他翻身下床，拉开电灯，发现地上全是碎玻璃，还有两块砖头。看看窗户，两扇窗的玻璃几乎全被砸碎了。

看看手，红红的，是血！他走到脸盆架前照照镜子，额头上有个一寸长的口子正向外溢血。迩戈摘下挂在墙上的挎包，翻出一个急救包，为自己处理了伤口。一番忙活，看看表已是凌晨五点。

这几天，迩戈一直在感冒，现在窗户玻璃被打烂了，冷风立即包围了他，他觉得浑身发冷。他拿起军大衣，发现床上有不少玻璃碴子。他明白了，自己刚才是被飞溅的碎玻璃划伤的。

他把军大衣挡在没有玻璃的窗口，穿着棉衣钻进被窝，仍觉得很冷，一阵凄楚涌上心头。他想，肯定是因为自己的工作触犯了某派别或某个人的利益，人家才来这个下马威的。

因为感冒发烧，迩戈已有两天没到办公室去，这两天有事儿都是老李来宿舍谈。这天一大早，老李来到迩戈的宿舍，才发现夜里有人报复军代表，而军代表因为高烧已有些神志不清。

老李立即喊来局里负责安全保卫工作的老魏、卫生室的赵医生。

赵医生先检查了迩戈的外伤，说是划伤，问题不大，重新处理了伤口；然后说他烧得厉害，要输液才能见效快。

给迩戈输上液，老李、老魏和赵医生开始分析昨天夜里是谁行的凶。

分析来分析去，也没有一点儿头绪。赵医生说：

"砸玻璃这坏蛋太缺德了，老魏，这回就看你的了！"

"放心吧，再狡猾的狐狸也斗不过好猎手，他总会留下蛛丝马迹。报复军代表，不是小事，非要把他找出来绳之以法不可。"

赵医生说："咱也别都守在这儿了，老李你去喊人来换玻璃，老魏你快去调查、破案，我守着军代表输液就行了。"

两人离开后，赵医生给炉子加了煤，把火捅旺，又给迩戈掖掖被子，自言自语地说："这些作孽的人啊，就不怕报应？"

迷迷糊糊的迩戈，想起了来文化局之后跟赵医生的几次交往。

他印象中，赵医生脾气挺大，第一次是他去找她询问局里的派性斗争情况。她正在打扫卫生，见了他，并不停下手中的活计，他问一句，她答一个"不清楚"，几句话之后就摔摔打打的，大有往外轰他之势。迻戈悻悻走了，刚出屋门，就听见"哐当"的关门声，声音很响，其间似乎透着巨大的怒气。

第二次交道，是两人在单位门口碰面，他主动问候她，她却翻了下白眼，一声不吭地走开了，弄得他很尴尬。当时正是要上班的时间，旁边站着几个人，迻戈觉得万分尴尬、狼狈。

迻戈在心里发誓，从今以后再也不主动和她打招呼，再不去找她了解情况。可现在，她却认真负责地给自己看病，又包伤口又打针，还给他掖被子，并为他的遭遇鸣不平。想到这里，他对她有了新的认识和看法，于是喃喃地说："赵医生，麻烦你了，也谢谢你了！"

赵医生说："军代表同志，坏人作孽，你心里不要难过。过去吧，是我不了解你，有些言行伤了你的心，对不住的地方请多原谅吧。你离开父母离开家乡，一人在外很不容易，我的孩子和你年龄差不多，以后遇到什么困难，或者身体不舒服了，给我打个招呼就行了。"

听了这话，他从被窝里抽出手，紧紧握住她那特别温暖的手。

迻戈睡着了，睡得很踏实，脸上甚至露出了微微笑容。

梦中，他见到了慈祥的母亲，母亲顶着满头白发，在给他下面条，麻油、葱花、细面条，香气扑鼻而来，吃在嘴里味道好极了。他三下五除二吃完面条、喝完面汤，想再吃一碗，却不见了母亲的踪影，于是他焦急地喊起了"妈妈，妈妈"。

开门声、脚步声惊醒了迻戈，他慢慢睁开双眼，看见赵医生和文艺科的老许站在自己床前，老许手里端着铝锅，赵医生手里拿着铝制饭盒。

他明白了，刚才是在做梦，在梦里喊着妈妈。

他吃力地坐了起来。

老许问："刚才是不是做梦了？"

"是的，在梦里见到了我母亲。"

"我俩刚才听到你在喊妈妈。"

老许把锅放在桌上，掀开锅盖，拿出一只碗，用勺子将面条舀进碗里，说："真是个孩子，还想妈妈呢。"她把那碗面条递到迩戈手里，说：

"快趁热吃吧。吃饱了，不想家。"

这碗面，还真是一碗葱花面，跟梦中不同的是，面条上面卧着一只荷包蛋。因为生病，他已几顿没有好好吃饭，现在是真饿了，他接过筷子，说了声"谢谢"，就大口吃起来。

看他吃得香，赵医生说："别光吃面，我这儿还炒了点儿菜，你就着一块儿吃。"

迩戈吃了面吃了菜，脸上沁出了汗珠，感觉身体轻松了许多，说：

"这面条，还有这烧土豆，太好吃了。我吃饱了，谢谢您二位。"

两个年长的女人都没有说话，站在床边静静地看着他。

老许，眼里噙着泪花。

赵医生端水让他喝了药，说：

"病来如山倒，病去如抽丝。你这两天，啥也不要想，哪儿也不要去，就在屋里安心养病吧。该吃药该打针，我会来；该吃饭，有人给你送。"

老许捅饬好炉子，看着炉火旺了，两人就关上门走了。

## 破案

烧退了，头上的伤口也不那么痛了，迩戈就正常上班了。

几天不来，办公桌上有了灰尘，炉子却没有灭，心想这几天一定是有人每天来加煤的缘故。是谁呢？

他擦净办公桌，正准备坐下看文件，就听见走廊内乱哄哄的，然后传来老魏的呵斥声："别磨蹭了，快走！"

迩戈打开门，就见局里负责保卫工作的老魏、小晋几个人簇拥着一个人走了过来。这个人被五花大绑，既滑稽又可怜，小晋在旁边抓着绳头，扬扬得意地说：

"打击报复军代表，是要蹲大牢的！"

老魏赶前一步，对迩戈说：

"军代表，就是这小子砸的窗子，今天可抓住他了，交给你处置。"

"这不是小赖吗，怎么是他？"迩戈看看老魏，看看小晋，又看看小赖，有些难以置信。

小晋说："就是他干的，他全招了，审讯记录就在老魏包里呢！"

小赖耷拉着脑袋，一声不吭。

局里很多人闻讯赶来。陈思墨说：

"姓赖的，你真他妈赖！以前你打这个骂那个的，冒充革命派，你他妈才是混进革命队伍的阶级敌人，居然敢谋杀军代表！"

小赖吓得浑身哆嗦，战战兢兢地分辩说："我没有，我没有谋杀军代表！"

陈思墨抬手给了小赖一个嘴巴，说："这小子不老实，我看是没有触及灵魂！来呀，给这小子紧紧绳子！"

几个人正要动手，迩戈伸手拦住了，说："都别激动，问清楚情况再说。"

陈思墨不依不饶地说："谋杀军代表，就是攻击'无产阶级文化大革命'，就是对抗无产阶级专政，就是现行反革命！打倒现行反革命赖跃进，打倒……"

"行了，行了，先让他低头认罪，再批不迟！"老魏推了陈思墨一把。

老许说："小赖你这孩子真是个混蛋，胆子不小，竟敢谋害军代表，军代表怎么惹你了？"

人群中响起了议论：

"是得好好整治整治他！"

"现成的'牛棚'，把他先关起来，冷锅冷灶的，正合适！"

"关？那不便宜他了，我看，马上拉着他游街示众！"

"对，批斗完了，送市里公安组，判他几年！"

大家争先恐后地发表"修理"小赖的建议。

迩戈看看大家，做了个下压的手势，意思是让大家静下来。

屋里安静了，迩戈说：

"这件事，首先要表扬保卫组的同志忠于职守、破案迅速；其实，要感谢同志们对我的关心。现在是上班时间，除老魏、小晋、李川夫同志留下商量处理意见，其他同志先回各自的办公室工作吧。"

众人走后，迩戈让小晋留在自己的办公室看守小赖，然后和老魏、老李去了老李的办公室。

老李说："那天晚上，你住处的窗户被砸，人受伤，感冒加重。消息传开后，局里上下都很气愤，都要求老魏及早破案……老魏在部队是侦察兵，破案还是有一套的，下面的情节，就让老魏汇报吧！"

老魏说："案发后，我在你住处的窗前发现了几枚比较大的鞋印，经测算应该是44码以上的皮鞋留下的，除此之外没有别的发现。后来我们几个就分析，认为这事儿十有八九是内部人干的，因为军代表在本市没有什么社会关系，扔砖头砸玻璃明显是为了报复，没有利害关系者不可能干这个。再说，咱文化局是当铺留下的老院子，高墙深院，晚上八点大门落锁后，谁能进来？可以断定是内部人干的。后来经传达室老孟回忆，当天半夜他影影绰绰看见有个身影从后院晃出来，好像是小赖。几个情况一碰头，线索就出来了：军代表来之后，让老弱病残都离开'牛棚'回家养病，小赖及其背后的人是不服气的；更重要的是，小赖是文化局有名的大脚，就他一个人穿45码的鞋，也就他有一双45码的皮鞋……"

"不会弄错吧？"迤戈问。

老魏说："仅凭这些，当然不能定他的罪。我呀，也上了一些技术手段，请市公安组的战友，帮忙审查了小赖那双皮鞋，才把目标定下来。我这位战友，'文革'前破过好多大案，是自治区公安系统有名的物证专家。现在虽然靠边站了，侦查技术不会荒废的！"

迤戈点点头。

老魏说："案发后，这小子的反常迹象也暴露了自己。我找他了解情况，他躲着不见。今天我事先侦查到他在家，带着小晋等人去堵他。他一见我们，夺门就跑。没事儿你跑什么？再说，我哪能让他跑掉啊……"

老魏、小晋把小赖带到办公室，几声呵斥两句吓唬，他瘫坐在地上，马上交代了那晚砸玻璃的经过，说自己只是想吓唬吓唬军代表，想把他吓跑，没想到玻璃飞溅划伤了人。

小晋与小赖以前就不对付，现在，录完口供，小晋就拿出绳子把小赖捆了起来。

迤戈问："没有打他吧？"

老魏说："这小子招供挺快，就免了皮肉之苦。若是不老实，或者吞吞吐吐的，那也保不齐！"

老李说："小赖这小子，是个干部子弟，以前有些好逸恶劳，别的毛病倒是不明显。自从加入'组织'之后，对人横了，脾气大了，好像背后有多大的靠山似的。这件事，我看背后有文章。"

老魏说："这是我审问的重点，小魏开始说是自己的主意，又说是市里'造反司令部'有人挑唆他干的。让他说是谁，他又说不出。小晋吓唬他，说要动大刑，他哭丧着脸说，是有人说过要他攻击军代表，砸了玻璃，军代表受了伤，他也很害怕，去找对方讨主意，人家当场就变脸了，说，我让你跟军代表做坚决斗争，你却砸伤了军代表，若不看战友之情，要当场把他扭送到公安组。依我看，这背后到底有没有其他文章，现在还不好断定。"

迩戈想了想，说：

"如果是小赖出于一时糊涂，背后没有其他问题，我看还是以批评教育为主，让他说清问题，保证以后老老实实、遵纪守法，就算了吧。"

老魏说："这哪行？这不行！"

迩戈说："那就罚他负责打扫机关大院的卫生，以观后效。"

老李沉吟片刻，对老魏说："就按军代表的意见办吧！"

老魏不说话，老李拉着他，去了迩戈的办公室。

迩戈给小赖解开绳子，说了对他今后的要求，说了对他的处理意见。

小赖哭着说：

"谢谢军代表的宽宏大量，我一定把自己所知道的情况交代清楚，痛改前非。"

## 成效

下午快要下班了，陈思墨来到迩戈的办公室，说晚上想请他来家坐坐，说说话。

"说说话？有什么事不能在办公室说吗？"迩戈问。

陈思墨认为迩戈没有明白自己的意思，解释道："请您吃顿饭，边吃边说……"

迩戈笑了，笑着婉拒了他的邀请。

陈思墨有些急了，说："请您无论如何也得到我家去，这是我老婆说的，请您给我这个面子。"

说着，陈思墨拉上他就要走。迩戈无奈，想到自己本有做他们夫妻思想工作的打算，说了句"下不为例"，就跟着他去了。

陈思墨的家，房子不大，但收拾得整洁、有品味，迩戈由此认为，女主人应当是个能干且讲究的人。

陈思墨的爱人小杨正在厨房做饭，看见迩戈进门，笑嘻嘻地过来打了招呼。果然名不虚传，小杨是个漂亮的女人。看她身后站个四五岁的小女孩，迩戈断定是他们的女儿，赶紧递上刚才在路上买的一袋水果糖。

大家逗了一会儿孩子，聊了几句天，小杨请迩戈去洗手。等他回过头来，桌上已摆出四样菜，还有一瓶葡萄酒和三只高脚杯。

大家喝酒、吃饭。等孩子吃完饭出去玩了，迩戈告诉小杨：经过接触、了解，老陈有才华，人品也不错。前段时间的有些表现，确实不妥，经说服教育，他已认识到了自己的错误，在会上做了检讨，得到了同志们的原谅。至于那顶"反革命分子"的帽子，那不符合事实，也不符合政策，工作上的一个失误而已，再说他也因此被批判过了，以后就不再追究了。

这些决定，陈思墨、小杨早就知道了，但陈思墨的眼圈儿还是红了，小杨说了很多感谢组织、感激军代表的话。

迩戈打断小杨，对陈思墨说："老陈，你是老大哥，有些话我本不应该说。但今天是家宴，没有外人，当着嫂子的面我得批评你几句！"

"您批您批，有话请直说。"

"我想说说你的家务事。你受过高等教育，是男子汉，胸襟要开阔，不要小家子气。我侧面调查了，外面关于小杨的那些风言风语，全是不实之词，是无聊的人看不得你们过得幸福，瞎编乱传的！"

陈思墨低着头，支支吾吾地说："起初，起初，我也知道是谣言，但架不住大家一直传……小杨，她，她又不好好跟我解释……"

小杨想说话，迩戈使眼色拦住她，对陈思墨说："老陈，你看你家里收拾得这么漂亮，饭菜做得这么好吃，这说明嫂子是爱这个家、是爱你的。她可能是有缺点，但你以前那样对待她，是十分错误的。你要认识到这个问题的严重性，对自己的女人要懂得呵护，要真心对待。"

陈思墨立即对着小杨说了自己脾气急躁、遇事不冷静、疑心大、性格强等毛病。小杨一句话不说，坐在那儿一直流泪。

看着夫妻俩都在用深情的目光注视着对方，迩戈起身告别。夫妻俩把他送到大门外，再三感谢。

天上开始飘雪花，迩戈走在洁白的路上，嘴里哼着小曲儿。

雪越下越大，第二天早上迩戈起床开门，门外的积雪随即塌到屋里。向外看，地上的积雪足有两尺深。

他拿着小簸箕往外铲雪，又用铁锨铲出了通往前院的小路。在前院，他看见小赖正在铲雪。小赖说自己早上五点就起床了，已经清理出文化局院内的主要道路。迩戈看看小赖认真清理出的道路，当即表扬了他，让他先回去吃饭，上班后通知大家打扫大门外马路上的积雪。

迩戈踏着雪去歌舞话剧院食堂吃饭。途经篮球场，看见不少人在那里滑冰，好一番热闹景象。在冬天的新疆，往平整的场地上浇上水，很快就能造出一块上好的滑冰场。

在歌舞话剧院院内，听到有人商量制作欢度新年的条幅，迩戈才想起马上就是元旦了。他想，文化局应在元旦期间搞一些集体活动，增强机关内部的凝聚力，促进同志们之间的团结。

回到单位，他先找老李说了这个想法，而后通知领导小组成员开会商议。会上确定了三项活动内容：一是总结本年度工作，由老李负责；二是组织灯谜晚会；三是组织滑冰比赛。后两项由工会牵头，文艺科、后勤科配合。老李说："一会儿让陈思墨写几张通知，请全局干部职工，还有家属，都积极参加。"

灯谜晚会是在会议室举行的，大家将桌椅集中摞放到墙角，把写着灯谜的彩纸吊在绳子上，还买了水果糖、瓜子、铅笔等作为奖品。晚会来了很多人，现场热热闹闹的。

第二天上午的滑冰比赛，来的人更多，现场更热闹。迩戈正笑眯眯地站在场边看比赛，陈思墨的爱人小杨带着孩子来到他身边。只见小杨从挎包里掏出一个纸盒子，将盒子打开，一双崭新的冰刀靴卧在里面。她对迩戈说：

"这是昨天从百货大楼给你买的，你穿上肯定合适。"

"你怎么会知道我穿这个码的？"

"告诉你吧，我从几岁起，就给全家人做鞋。上次你到我家，一看你的脚，就知道你的鞋码，不信你试试！"

"老陈真是找了个好媳妇。多少钱买的？我不能白要你的东西。"说着就要掏钱。

小杨立即上前，死死拽住他的手，说：

"军代表，我不会要你的钱。这是我们全家人的心意，要不是你来家调解，我们家能过好吗？"

"嫂子，这个，这个可不行。"

"不要这个那个的了，你怎么像个娘们儿似的。"

迕戈不再推辞，准备以后找机会把钱还给老陈。

这双冰刀靴，迕戈穿正合适。系好鞋带，他随小杨下了场。滑了两圈，小杨说：

"你滑得不错，看来你也喜欢运动，学会几年了？"

"一两年吧，但不会滑花样。"

滑着冰，他看到那边有几个年轻人滑得特别好，穿的衣服也特别鲜艳，就问小杨：

"嫂子，前面那几个姑娘、小伙子，是咱单位职工家的子女？"

"那帮人，有歌舞剧院的，也有我们学校的。"

"他们怎么也来了？"

"年轻人爱凑热闹，听说咱局组织元旦活动，就来了。唉，这几年全市真是没有啥像样的文化活动了。"

滑了一会儿，迕戈、小杨坐在场边的排凳上休息，那几个姑娘、小伙子也来休息。一个少数民族姑娘是小杨的熟人，上来跟她打招呼。迕戈看了一眼姑娘，觉得似曾相识，但记不得在什么地方见过她。

小杨笑着站起来，对迕戈介绍说：

"军代表，这是歌舞剧院的台柱子热西亚姐，是我妹妹的好朋友。"

又对热西亚姐说：

"他叫迩戈，是文化局的军代表。"

热西亚姐盯着迩戈看了足足有半分钟，突然说：

"解放军同志，我在照片上见过你。"

"怎么会呢？"迩戈接了一句。

热西亚姐的笑脸消失了，眼里含着泪花，说："塔依娜是我表妹。"

"啊？"迩戈想起来了，塔依娜对他说过，自己有个表姐在准葛尔市歌舞剧院当演员，还说两人长得很像，表姐的舞蹈跳得很好。

一阵酸楚涌上心头，迩戈的眼睛湿润了。

同伴在催热西亚姐回去，她对他苦涩地笑了笑，说：

"您以后有什么事，可以去剧院找我。"

看着热西亚姐的背影，迩戈感慨万千。

## 搏斗

今晚，军管会的工作会议开到十点钟才结束。会后，简单跟刘主任说了几句话，迩戈就步行着走上了回文化局的路。

天气特别冷，他穿着皮大衣、戴着皮帽子，似乎也挡不住凛冽寒风。

街上，早已断了行人。

刚迈上中山大道，迎面走过来四个青年人。这么冷的天，他们头上不戴帽子，穿得也很单薄。迩戈想，自小在这里长大的本地人，真是耐冻。

四个青年人发现迩戈后，相互使个眼色，突然把迩戈围了起来。个子最高的那个年轻人流里流气地对迩戈说：

"大兵，哥们儿跟你商量个事！"

"什么事？"

高个子说："你看我们出来得匆忙，没戴帽子，想借你的帽子戴戴。"

脸上有块刀疤的矮个子接着说："大兵的皮大衣，我看也挺好，我想借穿几天，让哥儿们也暖和暖和。"

高个子说："解放军一向为人民服务，快脱吧……"

迩戈觉得好气又好笑，说："给了你们，我不冷吗？"

"部队上有的是，你回去再领一套就是了。"高个子说着话，抬手就去摘他的帽子。因为系着带子，他没能摘下来。刀疤脸招呼另两个人要扒他的大衣。

迩戈扒拉开他们，后退一步，怒视着他们。

高个子冷笑着说："看来，咱们今天是碰上硬茬了。"

"你乖乖脱吧，省得我们动手。大兵，哥们儿生了气，你可没有好果子吃。"

"妈的，从未见过这样不识抬举的大兵。"

迩戈估计着形势、想着对策。对方四个人，自己形单影只，一人对付四人，一定会吃亏。想到这里，他决定三十六计走为上，于是扭头就跑。

"站住！你真不识抬举！"

"停下吧，你跑不掉的！"

"抓住他，给这小子放放血！"

迩戈拼命跑，后面紧紧地追。穿着大衣跑不快，眼看就要被追上，他焦急地想着对策。

他决定走一步险棋。于是，他突然停下脚步，回头站在那里盯着越来越近的四个歹徒。说时迟那时快，迩戈"呼"地将大衣脱下来，扔到两米开外的路边，又将帽子扔到相反的一边。

刀疤脸快步走到大衣前，想捡大衣。只见迩戈跃到他旁边，使了个"侧踹横踢"，那人立马趴在了地上，"哎哟哎哟"地喊起来。

迩戈随即三步并作两步，跃到帽子处。此时，一个人抱住了他的腿，把他掀翻在地。只见迩戈一个鹞子翻身，用了个"抱腿跪裆"，把此人弄翻在地。

"快！抓住他！"刀疤脸躺在地上喊。

另外两人一前一后将迩戈挡住，迩戈顺势来个"直拳横踢"，将二人踢倒，然后抓起地上的帽子、大衣，大步向前跑去。

迩戈跑得实在是太累了，刚想停下喘口气，就听到了后面的脚步声和喊叫声，只得咬着牙继续向前奔跑……

眼看就要到文化局了，迩戈脚下一滑，重重摔倒在地。迩戈觉得左脚疼痛难忍，已站不起来了。

"大兵摔伤了，快去揍他！"

脚步声和喊叫声越来越近。

"快去夺他的大衣、帽子!"

"快!"

迩戈彻底绝望了,看来今天要倒霉了,但此时也只能趴在地上等着厄运降临。

连续挨了几脚,他用戴着皮手套的手护住头部。迷糊中,他听到有人喊:

"住手!你们在干什么?"

"他们在打人,快!快!"

四个人停下殴打。迩戈抬头看看,只见从左边巷子里跑出七八个人,举着棍棒,边跑边喊。

"快撤,他们人多!"刀疤脸喊了一句,四个人分头跑了。

众人围上来,想拉他起来,脚一阵疼痛,他只能顺势坐在地上。

"还是个解放军!"

"这不是常到咱食堂吃饭的那个军代表吗?文化局的!"

有人俯下身子说:

"我们是歌舞剧院保卫组的,今天晚上例行巡逻,没想到碰上了你。刚才这是……"

"刚才那几个歹徒要抢我的帽子和大衣。"

"现在真乱,最近这几个月常有解放军的帽子被抢。连解放军都敢抢,这些人真是胆大包天……"

"您就别叙闲话了,大伙儿还是先把解放军同志送回文化局吧！"

"他受伤了，我看得把文化局门卫叫起来，弄把椅子，咱们把他抬回去。"

几个人叫醒门卫，拿来椅子，抬着把他送进宿舍。

第二天一早，赵医生闻讯来给他治疗，得知是崴了脚，立即打电话请来市人民医院的骨科大夫。人家仔细检查后，说没有大碍，但得静养一段时间，开了红花油等外敷药。

送走骨科大夫，赵医生帮迩戈敷上红花油，坐下来跟他聊天。

迩戈想起上次负伤，赵医生给他治疗、做饭的事儿，他的眼睛湿润了。

"孩子，你不要悲伤，这不是大病，过几天就好了。"

迩戈擦擦泪，说：

"赵医生，十分感谢您。"

"不必客气，你单身一人在这儿工作、生活，怪可怜的，我是把你当孩子看待的。"

"谢谢。我到这里光顾着工作，还不知道你家的情况。"

"说来话长呀。"

赵医生名叫赵颖，是上海人。从上海医学院医疗系毕业后，正赶上国家号召有志青年支援边疆建设，她就主动报了名。来到准葛尔市之后，先在人民医院工作，和那里的一位大夫结了婚。后来，为了便于照顾家庭和孩子，她调到文化局卫生室工作。她有两个女儿，却没有儿子。说到这里，她问迩

戈:

"我想起来了,上次你生病,在梦中喊妈妈,你母亲还好吧。"

"她在老家,好着呢。"

"你老家还有谁?"

迩戈说了自家的家庭成员结构,赵医生羡慕地说:"你爸你妈有福呀,儿女双全,多好呀!"然后又说:"别看我爱人是大学毕业,又是医生,但思想陈旧,不过我也一样,特别喜欢男孩儿。"

"这不是思想陈旧,是中国遗留下来的传统。"

"嘿,迩戈,你是否愿意认我做个干妈?"

"我一个当兵的,家在农村,你们家条件那么好,我怕高攀不起。"

"这么说,你不反对?不反对就是默认,我说得对吗?"

"可以这样理解,大妈。"

"太好了,我们家也有儿子了,而且是个英俊的青年军官。"

说完这句话,她眼里含着泪水,默默望着他。迩戈被看得有些不好意思,低下了头。

赵医生说:"你刚来局里时,我对你是不信任的,说过难听话,态度也不好。不过,自你上次受伤后,我就认定你是个正派人,局里大多数人都说你光明磊落、公道正派,有魄力、有才气。"

"您过奖了。"

"孩子,等你能下床走动了,请到家里吃个饭,认认门,也让我家老头子高兴高兴。"

"好,谢谢大妈。"

## 军民情

春节前夕,迭戈的伤痊愈了。

今年春节,本来说好了要去赵医生家的,赵医生的母亲突然病重,两口子请假去了上海。

除夕这天早上,迭戈躺在床上听收音机,天气预报说今天的最低气温是零下三十二摄氏度。迭戈心说,好在局里已经放假,要不那些住在外边的职工,上下班路上非得冻坏不可。

他顶着呼呼寒风去歌舞话剧院食堂吃了早饭,盘算着一个人咋过这个春节。想来想去,决定去找老李借几本书,围着火炉读书过节,也很不错嘛。

敲开门,老李正系着围裙包饺子,笑呵呵地请他坐下,说:

"我正想着请你来这里吃饭呢,中午、晚上都在我这儿吃,我炖了肉,包了饺子,还有酒,咱俩一块儿过年。正好你来了,不用去叫了。对了,你早饭吃过了吗?"

"吃过了,谢谢你,你还没有吃吧。"

"你看,米粥正熬着呢,马上就得,你坐下来再吃点。"

迗戈看到小桌子上放着两个馒头，一盘榨菜。老李端来一小锅大米粥，看迗戈推辞着不吃，就自己吃起来。

聊着天，老李说起自家的事情。一家三口分别工作在三个地方，自己和老婆已经习惯，但儿子李晓杭的事情不好办：他二十大几了，转业后想回杭州，不想在新疆本地找对象，但眼下在杭州又找不到合适的，真是愁煞人。

听到这里，迗戈眼前一亮，有了想法。

焦营长的爱人是浙江仙居人，前些日子和焦营长通信，焦营长在信中说自己提团职看来希望不大，正考虑转业到地方上工作，目标地是杭州。焦小凤去年提了干部，和老李的儿子年龄般配，都是军人，何不给他们牵牵线呢？

想到这里，迗戈笑着说：

"老李，看来你的饺子我是吃定了，不过我不白吃。"

然后，就说了焦营长、焦小凤的情况，说："我看他们挺般配的。"

老李说："好是好，就怕人家女方不同意啊。"

迗戈说："您快吃饭，也别包饺子了，咱一会儿就去邮电局，我给焦营长挂个长途电话，一问不就清楚人家的态度了吗？"

老李紧喝几口粥，穿上大衣、戴上帽子，和迗戈去了邮电局。

长途电话不好打通，两人等了一个小时，迗戈才和焦营长通上话。

电话通了十几分钟，迩戈说了男方个人和家庭的情况，焦营长夫妇都说自己没有意见，一切全听迩戈安排。小凤此时正在家过年，跟迩戈嘻哈几句，说愿意跟男方处处看，让迩戈把自己的通信地址告诉男方，并说过了年自己要去军区参加培训，届时可以见见面。

老李高兴得合不拢嘴，路过副食品公司，进去买了一瓶伊力特曲，说要用好酒好菜犒劳迩戈。并说，此事若能成，不仅自己了却一桩心事，老婆以及很多家人也会高兴的。

回到老李家，老李让迩戈坐下来看书，自己去厨房做菜，说："你今天劳苦功高，必须让你吃顿好的！"

迩戈刚从书架上找出一本《宋词》，文艺科的老许敲门进来了。一见面就埋怨他：

"军代表，你为何不到我家坐坐，是不是对我有意见？一会儿请到我家吃饭！"

"老许同志，我上次生病，可没少吃您的饭，这回就不叨扰您了。我对您感谢还来不及呢，怎么会有意见？对了，您怎么知道我来老李这里了？"

"你和老李在走廊里说话，我听到了。这楼上，咱局职工有十几户，如果他们知道你来了，都会请你到家吃饭的。"

"谢谢你的好意，大家好不容易过个节，我就不去打扰了。"

"走吧，到我家去，老李也去，我已做好了几个菜。我那边人多，大家一起过节热闹。"

老李拦住老许，说：

"别麻烦了，你一大家子人，二小子两口子刚从乌鲁木齐回来，你们聚到一起不容易。我是个单身汉，军代表还是在我家吃饭合适。"

迩戈也说：

"谢谢您老许，下次吧，下次过节一定叨扰您一顿！"

老许说："好，你不去可以，待会儿我把菜给你送过来！"

不一会儿，老许又敲门，身后还跟着小赖等人。

老许把一盘洋葱炒肉放在桌上，小赖带来的是哈密瓜、炒瓜子。身后跟着一位老太太，老李介绍说是邵局长的老伴，她送来一碗炖土豆、一碗红烧肉，说是老邵的一点心意。

迩戈请大家坐下一块吃，但他们都说家里人还在等着，说完就起身告辞了。

老李端来西红柿炒鸡蛋、凉拌皮蛋，说："我准备的别的菜，只能晚上再吃了。一会儿煮点饺子，咱过个丰盛的年。"

两人坐下来喝酒。吃着大家送来的菜肴，老李感慨地说，看来群众是通情达理的，关键在于教育、引导。尽管群众的观点不同，但是只要多多疏导，正确、公正、实事求是地处理问题，群众就会服气，就会拥护你，真心对待你。又说：

"军代表同志，咱们局能有现在这个大好局面，多亏有你啊！"

"你的话说得不全面。应该这样说，在领导小组成员一起努力下，认真贯彻执行了毛主席和党中央的路线、方针、政策,是取得这些成绩的根本。至于我本人,只是起到了催化剂作用,做了我应该做的事。今后,领导小组一定要进一步相信群众,依靠群众,把革命工作做得更好。"

"是的是的,你来后,我从你身上学到不少工作方法,以后会更加努力,请军代表放心。"

"好的,咱们互相学习,一起努力。"

## 调动

春节后,军管会召开全体会议,布置工作,晚上有丰盛的聚餐。

会上,刘主任着重讲了全国形势、新疆形势和今后的工作重点,说全国和自治区形势一片大好,自治区不少单位都成立了革命委员会,工作正朝着正轨、健康的方向前进。但与全国相比,新疆仍然落后于内地省份,仍有部分单位,两派群众对立严重,阻碍了革委会的成立,阻碍了干部的解放。上级已下达任务,要重点加强那些落后单位的工作。

晚餐很是丰盛,有红烧肉、清炖羊肉、新疆大盘鸡、土豆烧牛肉,每张桌还破例上了两瓶酒。

饭后,刘主任把迩戈叫到办公室,请他坐在沙发上,先表扬了他这段工作做得很好,军管会、文化局都是满意的,然后话锋一转,说:

"为了改变一些老大难单位的局面,市领导和军管会想把你调离文化局，到一个新单位去。"

"我服从组织安排，请领导放心。"

"准葛尔市糖烟酒公司比较乱，两派群众斗争激烈，靠边站的干部至今没有一个被解放，抓革命、促生产的指示没有落实到位。调你去，希望你能尽快打开局面。"

"好，不知何时调动？"

"你有想法可以对我讲，不愿意去或有什么想法，我可以再斟酌。"

"不了，您直接下命令就行了，我坚决服从。"

"糖烟酒公司跟老百姓的生活关系密切，马虎不得。你去了之后，要尽快打开局面，要尽快成立革委会。"

"我会努力工作的，请首长放心。"

"糖烟酒公司，人员多，情况复杂，两派群众长期对立，部分群众对军管人员有偏见，你要在思想上有充分准备，在那里扎下根来。"

"我会注意工作方法的。"

"至于何时调动，还没有最后定下来。趁这段时间，你安排好文化局的工作，一旦定了要立即到位，这件事现在还需要保密。"

"是。"

"今天先给你吹吹风，你在思想上要做好准备。天晚了，我已经让人在宾馆给你开了房间，明天再回去。"

"谢谢首长的关心，时间不早了，您也该休息了。"

迻戈敬了礼，走出了刘主任的办公室。

回到房间，迻戈盘算着文化局的工作，认为有几个问题要尽快研究解决。

第二天到了文化局，他立即通知老李等班子成员开会。

人员到齐后，迻戈说：

"同志们，今天的会是我提议召开的。会上，有四个议题需要研究决定：一是加强思想政治工作，研究制定全局干部职工的思想和党中央保持高度一致的方法和措施。二是审定各科室新一年度的工作安排。三是对局里原来的四位领导干部的结论问题。四是对小赖问题的定性。对于以上问题，希望同志们畅所欲言，充分发表意见。"

会议开了一个上午。制定了四项学习制度和五项措施，修改并通过了各业务科室年度工作安排。对原先的四位局领导，决定解放其中的三名。对另一位有贪污和男女作风问题的局领导，待查清事实后再下结论。对于小赖，迻戈力排众议，说年轻人还是以批评教育为主，只要认识到了错误，积极去改正，就不要给处分了。最后，大家都同意了迻戈的观点。

下午，迻戈在办公室泡了一杯"铁观音"，要就自己在文化局的这段工作写一份总结，报送给军管会首长。忙到深夜，终于写好了这份总结。

两天后，刘主任坐吉普车来到文化局，召开职工大会，宣布了迻戈调离的决定，要求他明天就去糖烟酒公司报到。

宣布完决定，刘主任就匆匆走了。大家围上来，依依不舍的。小赖、王红、老许、赵医生等人都流下了眼泪。说了一会儿话，大家开始争着请迩戈去自己家吃饭。迩戈挥挥手，说：

“大家的盛情我心领了，以后还在一个城市，有机会见面，也有机会一起吃饭。这回呢，我就不吃了，明天就要去报到，我还有很多事情要办，谢谢大家了……”

众人散开后，陈思墨走过来，悄声对迩戈说：“军代表，别人家你可以不去，我家你必须来坐坐，就今天晚上吧！”

“为啥必须去你家坐坐？”

“您调走了，我怕和小杨再闹矛盾。您来家，再教育教育我们嘛！”

迩戈知道这是托词，但想到小杨给自己买冰鞋，却坚决不要钱，自己又一直没有机会还礼，就决定趁这个机会给他家孩子买些文具送去，于是答应了他的邀请。

晚上来到陈思墨家，把文具递给孩子，老陈埋怨他太外气，帮他把脱下的大衣挂在衣架上，请他坐下。

门帘掀开了，一个姑娘端着一盘菜进来放在桌子上。

这个姑娘长相酷似小杨，但明显比小杨年轻。

小杨介绍说：“这是我小妹，叫杨柳，新疆大学中文系毕业，市一中的语文老师。”

“啊，辛苦你了。”迩戈跟杨柳打着招呼。

“我不会做菜，就凑合着吃吧。”杨柳说。

饭后，大家围着炉火喝茶聊天。

杨柳对迩戈说：“听姐夫说，你喜欢看书。我有很多书，小说、散文，都有。"

"也谈不上喜欢，只是闲时打发时间而已。"

"你喜欢看什么类型的书？"

"喜欢小说和散文，唐诗、宋词也读过一些。"

"我个人的，学校图书馆的，小说、散文有很多，以后可以借给你看。"

"谢谢你了。"

"我写了几篇散文，只是个初稿，想在校刊上发表，自己总觉得不满意，请你抽时间给斧正斧正，行吗？"

"你是中文系科班出身，我岂敢修改你的文章。"

"文学造诣跟学历关系不大。听姐夫说你的文章写得好。"说着话她站起来，从挎包内拿出一沓稿纸，双手递到他手中。

"恭敬不如从命，那我只好班门弄斧了，也趁机学习学习。"

两人都笑了，彼此之间再没有陌生感。小杨从厨房走出来，用毛巾擦着手，说：

"小妹，你以后有时间了，可以和军代表多接触、多学习。别看人家年轻，我看他在学识上、能力上、待人处事上比很多人都强。"

"姐姐说得对，我正请教呢。"

迤戈告辞时，老陈两口子让杨柳把他送到院外的马路上。

# 第十四章　糖烟酒公司

## 进驻

　　糖烟酒公司在反修大道的北端。"文革"前，这条路叫文庙街，是红卫兵砸了文庙，改了街名。

　　糖烟酒公司的门卫有四十来岁，大大的脑袋，滚圆的大脸，肥胖的身躯，矮矮的个头，活像转世的弥勒佛，但他对迻戈很冷淡，也很警惕，盘查了半天，又反复看了他的介绍信，才嘟囔着说："你先等一会儿，我去给领导汇报一声。"

　　过了十几分钟，胖门卫手拿着迻戈的介绍信，快步走过来，说：

　　"郝组长在办公室，让我带你过去。"

　　迻戈提起行囊，跟着胖门卫进了一座小楼。

　　郝组长倒是很客气，赶紧请迻戈坐下，掂了掂茶几上竹壳暖水瓶，递到胖门卫手中，说："小翁，快去打壶开水来！"

胖门卫接过暖水瓶，摇晃着肥胖的身躯出了门，郝组长笑了笑，指着自己的脑袋，说："这个小翁，这儿有点一根筋，刚才有什么不周全的，请别跟他计较。"

迩戈说："门岗嘛，就得认真负责！"

郝组长说："我叫郝仁义。前几天就听说，上面要派一位解放军同志来工作，想不到今天就到了，欢迎你呀！"

"谢谢，我是来配合你们工作的。"

"不能这么说，解放军来了，我们公司的事就好办多了。"

"工作上的事，你是熟悉的，我一定配合。"

"你吃饭了吗？"

"没有，合并到中午一块吃吧。"

"咱们公司没有食堂，吃饭要到外单位搭伙，一会儿，先给你拾掇个住处，再带你到附近找个有食堂的单位，帮你买买饭票。"

"那就谢谢你啦。"

小翁提着水瓶进了屋，老郝从桌子上拿出一个杯子，又拿起茶叶盒摇了摇，说：

"我这里没有茶叶了，小翁，你有茶叶吗？"

迩戈赶紧拦住，说："不用了，白开水就行。"

"那就请您迁就了。小翁，去喊人给军代表收拾住处。"

迩戈喝了两口水。打量着这间不大的办公室，一张桌子、两把椅子都很破旧，墙面黑糊糊的，估计多年没有粉刷过。

十几分钟后，有人敲门进来，说住处收拾好了。

老郝说:"这是公司的小马,走,我带你去住处,您先休息一会儿。"

迤戈跟在老郝身后,走到夹道尽头,一排房子堵住了去路。

屋子足有三间大。中间放着两排长条桌,桌子周围放着十几把椅子。靠里面的墙角处,有一个硕大的铁皮火炉,锈迹斑斑的铁皮烟囱直通窗外。窗下放着一张破旧的单人木床,床上放着破旧的铺盖。

"咱们公司条件有限,房子紧张,这个会议室就是你的住室兼办公室,你暂时住下吧。"老郝脸上露出无奈,然后又说:"小马,帮军代表把火炉生着。"

小马拿着旧报纸、旧木板,点燃后把半筐煤块倒在上面。

可能是木板、煤块不太干的原因,也或许是烟囱漏气,浓浓的黑烟从炉体冲了出来。顿时,整个屋子烟雾腾腾,呛得人连声咳嗽。迤戈赶紧拉着老郝跑到屋外。

浓烈的黑烟充满了夹道,又升到空中,此处犹如着了火一般。很快,有人跑过来,问是什么地方着了火。

老郝说:"没有着火,小马在生炉子。"

一个中年妇女问:"会议室好久不用了,生炉子干什么?"

老郝说:"这不,军代表来了,要在这里住宿、办公。"

几个人走到会议室门口,探头向屋里看看,那个妇女指着老郝骂起来："老郝，你是不是人？怎么能让人家住在这里？你太缺德了。"

"孙大姐，这不是来不及嘛。"

"前几天大家就知道上级要派解放军来，你这几天是干啥吃的？"

"我的好会计，我的好大姐，你也知道，咱们公司没有闲房啊。"

"你真腾不出一间正经房子让人家住？让住这个破地方，想冻死人家啊？"

其他人也跟着责问老郝，说得老郝张口结舌无言以对。

"什么破公司，早应该彻底砸烂！"孙大姐气呼呼地说，其他人也随声附和。

迩戈赶紧说："请大家不要难为郝组长了，我年轻，不怕冻，住在这里开个会也方便。"

"你老郝看看人家解放军的觉悟，你应该认真向人家学习，不要天天和稀泥，不干正事。"

"是，是，大姐说得对。"

"破公司连个食堂也没有，你让人家到啥地方吃饭？"

"我一会儿叫小翁到人民银行去，和人家协商，请军代表到那里搭伙。银行伙食好，离公司也近。"

看烟雾小了，孙大姐气呼呼地走到屋里，站在床前，用手摁了摁床上的铺盖，说："褥子、被子破旧不说，还薄。房子又这么大，一定会冷。"她转身对迩戈说："我下午给你带一条被子来。"

那个长着络腮胡子的高个中年人对迩戈说："我家里有干净床单,可以给你一条。"

迩戈谢了大家,众人看屋里的温度上来了,方才散去。

迩戈从银行食堂吃过午饭回到屋里,穿着大衣枕在床头的被子上,把皮帽子盖在脸上,闭目思考今后的工作。头一脚最难踢,万事开头难,自己该从哪里入手,这三把火怎么个烧法,怎么才能打响第一炮,得到群众的信任和支持呢?想着想着,他就进了梦乡,梦见漫天的雪花盖住了整个大地,旷野白茫茫的望不到尽头,天地间一片萧飒。他要去见马处长,他要找刘主任,交给他的这项任务困难实在太多。只有见到这两位首长,难题才能得以解决……

"小伙子,快醒醒,这样会感冒的!"

他被推醒了,揉揉眼,翻身站到地上,看见孙大姐和那个高个子站在床前。她说:"我把家里这条最厚的被子给你拿来了,保你晚上睡觉不会冷。"

高个子男人说:"这是条新床单,等会儿换上。"

迩戈赶忙表示感谢。

孙大姐说:"我是糕点厂的会计,厂子就在隔壁。他姓唐,是糕点厂的车间副主任,年龄比你大,你就叫他唐哥吧。"

迩戈要擦椅子请两人坐,孙大姐说:

"走吧,跟我去厂里坐吧,我们办公室干净、暖和。"

迩戈跟着他们来到糖烟酒公司西隔壁的糕点厂,孙大姐领他去财务室，唐哥要去车间上班，孙大姐问他："你从家拿床单，你老婆没有和你吵架吧？"

"看你说的，我把情况一说，老婆就从箱子里拿出了这条新床单，还说星期天到娘家去拿一条厚褥子来，送给解放军用。"

"看来呀，你老婆虽然说话不饶人，但心眼儿好，以后再不要和人家吵架了。"

"嗯，我走了。"

孙大姐泡了杯茶端到迩戈面前，又从盒子里抓了把白糖放进他的杯子里。

他说："孙大姐，不要太铺张，我喝杯茶就行了，不要放糖。"

"你不要客气，咱这里白糖多的是，慢慢喝。"

他坐在她的对面，悄悄打量着她。上午，她对郝组长又骂又训斥，中午又给自己拿被子、铺床，她是何许人也？

"军代表，我老头子也在部队，是个团长。咱们是一家人，以后不要见外，有什么困难尽管说。"

"啊，原来是这样。那我以后该叫你大姐，还是叫你大嫂？"

她哈哈笑起来，掂起暖水瓶给他杯子里续上水，说：

"叫大姐，你就是我弟弟；叫大嫂，你就是我小叔子。你看呢？"

"那以后，我就叫你大姐了。"

"好，好。"她边说边笑，笑得很开心。

�戈想，自己初来乍到，两眼一抹黑，什么情况也不知道。要想尽快打开局面，必须掌握公司的真实情况。孙大姐是个热心人，说话直来直去，似乎还很有威望，郝组长年龄明显比她大，还是叫她大姐。她一定知道不少事情，何不趁此机会了解公司的一些真实情况呢？于是，他直接说道：

"大姐，我初来乍到，对公司的情况全不了解，以后您可得多指点我。"

"我虽不在公司上班，但咱厂就在公司隔壁，以前就住在公司家属院，公司上下人等都爱和我来往，不少人常到我这里闲逛，可以这么给你讲，公司里的大事小情，我都一清二楚，谁好谁坏，谁奸诈谁厚道，谁是真革命谁是假革命，我全知道，闭着眼就知道那些人吃几碗干饭喝几碗汤，说什么话，拉什么屎。"

说完最后这句话，她似乎觉得话太粗了，不好意思地笑了笑。一看她笑了，迻戈也笑了。

"老弟，我是个心直口快的人，请你谅解。"

"大姐这样子最好，我最喜欢直性子人。"

孙大姐说，糖烟酒公司归商业局管，公司下属有不少单位，管着二十几家糖烟酒副食品商店，还有糕点厂、酱油厂、酒厂等七八家企业，加上仓库、搬运队，少说也有三四千干部职工。因为跟老百姓的生活关系密切，市里一直重视糖烟酒公司，配的干部能力比较强，由两大部分构成，一是商业方面的行家里手，二是军转干部。能力强的人个性也强，加上地方干部和军转干部在很多问题上观点不一致，所以积攒的矛盾也多。"文革"开始后，糖烟酒公司一下子拉出来十几个群众组织，公司原先的大小头目悉数被打倒，几乎全被群众组织定性为"走资派"，大会批小会斗，有些人是真有问题，有些人则是被对立面揪住打击报复，吃足了苦头。后来，上级要求各派实现大联合，提出了"抓革命，促生产"的要求，但糖烟酒公司的"造反派"谁也不服谁，靠边站的那些原领导都没有得到"解放"，公司运转由几个"造反派"头头说了算，但他们遇事又总是尿不到一个壶里去，所以整个公司基本上是一盘散沙，长期处于无政府状态。

孙大姐说："前些天，听说上面要派军代表来公司。现在你来了，群众都希望军代表一碗水端平，公正对待各派群众，正确处理矛盾是非。对了，有几件事需要提醒你一下……

孙大姐讲了两个小时，才打住话头。

看她讲得差不多了，迡戈开始聊闲话，问她：

"大姐，你是湖南人吧。"

"你听出来了？我是湖南汨罗的，老家就在汨罗江边上。老弟你是哪个地方的人？你说的是普通话，听不出方言味儿。"

"老家是河南的。"

"我老头子团里有不少河南人，参谋长、三营长都是河南的。你们河南人多，人才也多。"

"您家老兄才是大人才哪,团级首长,一定很有水平。"

"他呀,虽是个团长,不过水平不高。"

"不能这么说首长,没有真才实学是当不上团长的。"

"他有屁本事,凭资历当的团长。"

她说完这句话,哈哈哈大笑起来。迖戈心想,团长的年龄一定比她大好多,她在家里应该是个说一不二的人,团长对她恐怕得言听计从。

第二天,在银行食堂吃过早饭,迖戈去找郝组长。

推开门,老郝正往炉子里添煤。

"郝组长来得早啊!"

"不早不早,马上就八点了。你以后喊我老郝就行了。吃早饭了吧?"

"吃过了,刚回来。"

"食堂的饭菜怎么样,合你的口味吗?"

"我吃饭不讲究,填饱肚子就行。"

"那就好。今天你有什么安排?"

"我想到基层看看,了解了解情况。"

"不巧,我本应陪你去,可上午要去仓库一趟。几个小子夜里值班,差点儿把仓库烧了,消防是大事……"

"我一个人去也可以。"

"那怎么行呢,你人生地不熟的。这样吧,糕点厂的孙大姐,会计上的工作不忙,和基层很多单位也熟,让她领你去怎么样?你要是同意的话,我去给她说。"

"行，听你安排。"

老郝出门去了糕点厂。十几分钟后，老郝和孙大姐一起来到办公室。老郝要为不能陪同迩戈下去再说几句抱歉的话，刚张嘴就被孙大姐拦住了，说："老郝，你就爱说那些没用的。你们以后要搁伙计工作，太客套了不好！"

说完，领着迩戈出了门。

走过两个街口，孙大姐介绍说，前面的地名叫"小十字"，街角就有一家糖烟酒副食品商店，问他是不是进去看看。

迩戈点点头，说了句："听你的。"

店里顾客不多，柜台内站着、坐着十几个营业员。

好几个营业员都和孙大姐打招呼，一个四十岁上下的男人走出柜台，说："孙大姐，你真是稀客，今天想买什么？"

孙大姐拉拉迩戈，介绍说："这是店里的万主任。"又对万主任说："今天来不是要买东西。我给你介绍一下，这位是上级派来的军代表，是来咱公司工作的，今天我陪他来你这里转转。"

"欢迎军代表。"万主任说着话，握住迩戈的手，摇了几摇，然后转身对着柜台内，说，"同志们，孙大姐带来的这位解放军同志，是上级领导派到咱公司的军代表，大家鼓掌欢迎！"

商店里响起了噼里啪啦的掌声。迩戈马上来个立正姿势，面向大家敬了个军礼。

孙大姐说："这位年轻英俊的军官老家是河南的，大姑娘小媳妇，你们都来认识一下。"她的话音一落，柜台内外都笑起来。

看着店里的顾客多起来，孙大姐说："大家都忙工作吧，我们去万主任的办公室。"

万主任领着两人进了柜台内，走过角落里的那扇小门，进了后院的一间小屋。万主任请他们坐下，还沏了茶。

迩戈向万主任说明来意，拿出笔记本，请他谈情况和建议。

万主任说话比较啰唆，节奏也慢，拉拉杂杂说了两个小时。迩戈看看表，已是十一点半了，他对孙大姐耳语一句，孙大姐说：

"万主任，今天就谈到这里吧。军代表你也认识了，以后再来了解情况，你要热情接待啊。"

"那是那是，以后我再想起什么事来，会去公司找军代表汇报的。军代表来了，回头我准备在店里开个会，征求大家的意见，收集起来再向军代表汇报。"

"谢谢万主任对我工作的支持。"

"军代表客气了，要不你俩在这儿吃饭？对面食堂有包子……"

"不麻烦您了，我们有吃饭的地方。"

迩戈和万主任握了握手。三人走出办公室，来到前堂，迩戈向大家招招手，算是告别。

一连十多天，迩戈忙得不可开交。他先后深入十几个门店、工厂了解情况，又和三十多名干部职工谈了话，接待了好几批来反映问题的群众。而后，他理出了解决问题的思路，一面请糖烟酒公司联合领导小组成员开会讨论，一面报送军管会、市革委会。

## 为民排忧

这个星期天，因为太累，迩戈一觉睡到上午九点半。起床后觉得肚子饿，就出门去公司门口的副食品商店想买一包饼干。

迩戈来这里开过座谈会，营业员都认识他。

掀起门帘走进去，一个叫沙桂花的营业员看见他，热情地招呼他：

"军代表，好几天没见你了，想买点啥？"

"给我拿包饼干吧。"

"你没吃早饭吧？"

"星期天睡了个懒觉。"

"快到后面来，我带有饭。"

"不了，买包饼干就行。"

"饼干不养人，光吃饼干怎么行？来吧。"

她掀起柜台的隔板，不由分说地将他拽了进去。

随她到了后面，她让他坐在装货的箱子上，从火炉边上拿起一个饭盒，饭盒上面放着烙饼，下面是羊肉炒土豆丝，又拿出一把汤匙递给他，说：

"菜还热着呢，快吃吧。"

"我吃了，你中午吃啥？"

"不要管我，她们几个人都带着饭，我蹭点就够了。你在这里慢慢吃，我去前边看看。"

沙桂花的父母都是商业系统的老职工，父亲病故后，她哥哥接了班，现已分家另过。母亲退休了，她接了班，母女俩现在一起生活。这些情况，迻戈都了解。他还知道，沙桂花也参加了"造反派"，但她"造反"的动机是反对公司有些领导的自私自利、官僚主义，所以对一些"造反派"骂人、打人，以革命的名义报复他人、侵占公共利益的做派，她是坚决看不惯的。

迻戈是真饿了，一会儿就把烙饼和菜全吃光了。他正不好意思，沙桂花和两个姑娘说笑着走了进来。他赶忙站起来，举着饭盒说："好吃，我全吃了……"

"吃饱了吗？"

"饱了，饱了。"

沙桂花和那两个姑娘都笑起来，其中一个姑娘把一包饼干递到他手上。

沙桂花说："下次我带一盒手抓饭给你尝尝。"

迻戈赶紧推辞，说："谢谢你，不麻烦了。"看看手中的饼干，他要掏钱。给他饼干的姑娘拦住说：

"这饼干，小沙已经付过账了。如果你过意不去，回头有时间请小沙吃个饭，就行了……"

小沙说:"光请我不行,还得请大家作陪。"

"完全没有问题,能和你们在一起吃饭我甚感荣幸,"迗戈说,"你们定时间定地点,到时候一定要让你们几个漂亮姑娘吃好、吃饱、吃开心。"

她们哈哈笑起来,一起将他送出门外。

迗戈在街上转转,洗了澡理了发,已是下午三点。他想,应该去孙大姐家坐坐。

路过军人服务社时,他买了两筒五十支装的"牡丹"牌香烟。到了孙大姐家,一个军人给他开了门。看年龄,他应当是孙大姐说的"老头子"。

孙大姐应声出来,看他拿着礼物,就批评他乱花钱,太外气了。

迗戈说:"烟酒不分家,送给首长抽着玩儿。"

"到家里了,就别分什么首长不首长的了。老解,来,我给你们介绍认识……"

迗戈和解团长握了手,说了几句部队的情况。孙大姐支使丈夫去烧水、泡茶,自己坐下来拉开了话匣子,说:

"老弟,你真有两下子,来的时间不长,公司可是变化不小。那些决策,效果不错,得到了群众的好评。"

"不要把我夸得像朵花似的。现在,群众都有什么要求?"

"最迫切的是要抓紧落实。韦桂英等几个职工的工资,至今没有补发,下面有些人在消极对抗。如果能把这件事办好，就会起到立竿见影的效果，你在公司的威信就彻底树起来了。"

"我记下了，谢谢大姐的提醒。"

孙大姐一开口，就有些滔滔不绝。不过，她的很多话既生动又形象，有理有据，让迩戈颇受启发。

解团长坐在沙发上抽着烟，听着他俩谈话。

"老头子，你抽那么多烟，味道太呛人了，去把那堆衣服洗洗，然后准备饭，让老弟在咱家吃晚饭。"

"好，我这就去。"

"不用麻烦了，我一会儿回去。"

"今儿是星期天，大家都清闲，也不是外人，你一定要尝尝老头子的手艺。"

解团长也说："老弟，一定要在这里吃，我现在就去买菜，你俩说事吧。"

客厅里只剩下他和孙大姐。孙大姐嗑着瓜子说着话，显得十分自在。

迩戈说："孙大姐，我说句话，不知中听不中听？"

"你说你说。"

"我觉得吧，您对团长说话，要客气点……"

"不用管他！因为你在这里，我对他够尊敬够客气了。不然，我会说得更难听。"

"为什么？"

"你不知道底细。"

大姐给迩戈讲了自己的往事。

她初中毕业那年，县里号召青年人支援边疆建设，她不顾父母反对报名来了新疆。她坐的那趟车，几乎全是女青年。到新疆之后，先在生产建设兵团参加集训。集训结束前，领导找大家个别谈话，说驻疆部队的很多解放军干部还没有结婚，为了让军人扎根边疆，要动员支边女青年和这些南征北战的军人结婚成家。

那时候，解团长还是解营长，相中了她。她看了对方胡子拉碴的照片，明确说自己不同意，又说自己还不到十八岁，不符合婚姻法对结婚的要求。领导说，你们先接触着，她只好点点头。

集训结束时，老解来了，和她见了面。她看他真人比照片要年轻一些，除了年龄比她大十几岁，别的也说得过去，就说了自己的想法，要求先安排工作，接触一段再说婚姻的事儿。老解答应了，她就来到老解所在部队的驻地，先在准葛尔市糕点厂当工人，后又参加会计培训班，回来就成了厂里的会计。

一天，老解部队的政委派人来，请她到团部去。她没有多想，就坐上了吉普车。这车把她拉到兵营里，在一栋贴着大红喜字的平房前停了下来。不等她站稳，就有几个女人为她换上新衣裳，把她和穿戴一新的老解拥在一起，有人放响鞭炮，有人大喊“结婚仪式现在开始……”她哭着死活不愿意，但被众人推着和老解入了洞房，从外边反锁了门。从那天起，她就成了老解的老婆……

说完这段往事，孙大姐沉默了许久。迤戈无话可说，坐在那里一杯接一杯地喝水。

直到老解进来喊吃饭，屋里的气氛才稍稍活跃起来。饭菜很丰盛，解团长的厨艺确实不错，这大概是经常在家做饭练就的吧。

孙大姐恢复了开朗、直爽的性情，一个劲儿地给迤戈布菜，劝他多吃。

迤戈想，这孙大姐的确具备湖南妹子的特点，脾性就像湖南小辣椒一样，好看又开胃，但是不易消化。她的性情中，始终透着辣味，对人热辣热情，率直大方，想说就说，想骂就骂，想笑就笑，喜、怒、哀、乐展示着透明的人生。

吃完饭，迤戈说："大姐，时间尚早，我想去韦桂英家看看。"

孙大姐赞许地点点头，给他画了去韦桂英家的路线图。

韦桂英是酱油厂职工，丈夫在纺织厂上班，家里有三男一女四个孩子，原先的生活也算幸福和睦。"文革"开始后，她和丈夫参加了不同的派别组织，就为谁是革命派，谁是"走资派"，夫妻俩经常在家展开激烈辩论，以致反目、离婚。离婚后，丈夫心灰意冷，回了陕西老家，把孩子全丢给她，日子顿时艰难起来。

韦桂英本是急脾气，又有些疾恶如仇，结果就招了祸：在上级来检查工作时，提了"造反派"头头的意见。结果，第二天她就被掌权的"造反派"贴出告示，说她思想反动、道德败坏,给予开除公职的处分。她去找公司、找市革委会反映,人家说厂里做得不对,要求改正。但酱油厂被"造反派"把持着,既不给她恢复名誉,更不给她发工资。从那时到现在,她足足有半年没有一分钱的收入,全家人的生活一靠亲友接济,二靠她带着几个孩子拾菜叶、煤核维持。

迮戈出任糖烟酒公司的军代表之后,很多群众为韦桂英抱屈,韦桂英也来找他反映过。迮戈对此事已做认真调查,并在领导小组会上提出来应当为韦桂英以及其他情况类似的几位职工补发工资,已经形成了决议,但还没有落实。

韦桂英家很好找,他拿着路线图,没费多大劲就找到了。敲开门,说明来意,韦桂英哭了。

迮戈就着昏暗的灯光,看看这家徒四壁、满是寒意的破屋子,这娘儿几个的日子比自己想象的还要贫寒,迮戈眼圈红了。

韦桂英张罗着要孩子出去找木柴,给迮戈生火烧水,迮戈拦下了,然后掷地有声地说:

"老韦同志,你的工资问题近几天就能解决。"

"那就太感谢军代表了。"

"你不用感谢,这是我们工作上的失误,应该受到批评。你们一家挨饿受冻,对不起你了。"

在回公司的路上,迮戈想出了尽快解决此事的策略:韦桂英和酱油厂的当权者已经形成对立,即便是公司硬压着给她补发了工资,以后还会有麻烦。最好的办法是让她调离酱油厂，也算是给"造反派"个面子，让他们把欠的工资补给她。至于她的去处，通过这段时间和万主任的接触，迩戈认定老万是个正派人，有同情心，而且他那里是个大店，人手紧张，自己去和孙大姐做工作，准能说成。

第二天一早，他来到糕点厂找到孙大姐，说了自己的想法。

孙大姐说："酱油厂是全公司有名的是非地、大染缸，那几个'造反派'天不怕、地不怕。郝仁义是个两面派，骨头软，胆子小，指望他主持正义比让冬天不刮风还难。要尽快解决韦桂英的困难，眼下只能试试你这个主意。"

然后，她和迩戈去做酱油厂"造反派"头头的工作。费了九牛二虎之力，磨破了嘴皮子，对方总算同意了，说是看孙大姐、军代表的面子，并要求韦桂英调离之后，"只许老老实实，不许乱说乱动"。

老万那边倒没费劲，老万只要求公司按正常调动手续走。然后，老万对孙大姐说："大姐，我这儿女同志多，韦桂英上班后，您得跟她说说，在单位好好工作，在家好好支应家务，少掺和不该自己掺和的事儿！"

"这个你放心，我一定说到！"

接下来，迩戈又想了很多办法，费了很多口舌，总算让那几个因为派性斗争被停发工资的人领到了薪水。这些举动，有人赞成，也有人反对，据说几个派别的头头已在一起开会，说军代表屁股坐歪了，没有把一碗水端平，是专门来整治"造反派"的，准备整材料到市里告状。

# 民心

"造反派"的报复说来就来，他们派老郝来通知迻戈，说公司经费紧张，国家能源供应也不宽裕，天气也不冷了，即日起各办公室一律不再生火。

老郝说完这话，匆匆走了。

迻戈想，受冻可能只是报复的开始。自己年轻，身体棒，不会在乎的。

但是，炉子熄灭的那天晚上，迻戈就感冒了。他只觉得一会儿冷一会儿热，冷后又热，热后又冷，躺在床上时而清醒时而糊涂。

等他再度清醒过来，床前站着郝组长、孙大姐，还有糕点厂的唐哥。

孙大姐说："兄弟，你在发高烧，快穿上衣服去医院！"

唐哥说："老郝，屋里冷得像冰窟，咋不生炉子呢？"

"我也没办法，他们说没钱买煤。全公司，所有办公室的炉子全停了。"

孙大姐气愤地说："这能一样吗，这屋晚上要住人的！冻死了军代表，你们是能升官还是能发财？"又转向迻戈说：

"你也太老实了，怎么不说一声？咋能任这帮王八蛋报复？你平时的魄力到哪儿去了？"

她说完，气呼呼地走了。

再回来时，她指挥着老郝、唐哥，说，快扶他起来，吉普车马上就来。

原来，她出去给老解打了电话，让他火速派辆车来。

吉普车载着众人直奔军分区医院。

迮戈得的是肺炎，需要住院治疗。

消息传开后，很多人来医院看望他，不仅糖烟酒公司这边来了很多熟悉的、不熟悉的探视者，文化局那边的李川夫、陈思墨也来了。邵局长是带着老伴一起来的，带了很多礼品，说是代表文化局被解放的这一批干部来看望。

出乎迮戈意料的是，杨柳也来看他了，带了两包野生枸杞子，还有一双驼绒袜子，说：

"枸杞子是上好的保健品，送给你泡水喝。袜子是我自己织的，样子丑，但穿上暖和。"

杨柳还要给学生上课，坐一会儿就走了，却留下一屋子的温暖与牵挂。

出院前夕，一个自称叫幽兰的姑娘来看他，说是代表表姐韦桂英来的。韦桂英在新单位工作很愉快，就是每天都要上班，不好请假，就请表妹做代表来了。幽兰很漂亮，也很健谈，坐在床边说了很多感谢的话，说军代表给表姐解决了大困难，自己一定要请军代表吃顿饭。

迮戈出院回到公司，办公室的炉子烧得旺旺的，地面干干净净。老郝对他被冻病住院一事再次表示歉意，说："自你住院后，不少群众到公司找头头理论，谴责他们的错误行为。为平息民愤，他们派人拉来了两大车燃煤。这几天小翁表现不错，天天来你屋里给炉子加煤，还打扫卫生。"

他对老郝表示了感谢。

几天后，幽兰还真找到公司，要请他吃饭。他拒绝了，但对幽兰留下了美好的印象。

## 小凤的婚事

军管会刘主任打来电话，让迩戈立即到军管会来。

到了军管会刘主任的办公室，开门的却是焦营长。

等两人打过招呼，刘主任才从外边走进来，说：

"迩戈你来得正好，你和老焦先说事，我得马上去市里开会，中午我请你俩吃饭。"

送走刘主任，焦营长说起此行的目的——要找迩戈谈谈女儿焦小凤的婚事。

"你给介绍的晓杭，我们两口子都挺满意，小伙子家教好，在部队的表现我也通过组织了解了，没的说。"

"小凤是什么态度？"

"这孩子被娇生惯养坏了，一会儿一个主意。据我们观察，她也认为晓杭不错，但一说到结婚，她又是犹豫不决的态度。迩戈，做爹娘的难啊，我和家属现在是拿她没一点儿办法，我这次来，想请你回去做做她的思想工作。"

"她能听我的？"

"我来的时候，小凤也说想见你，她妈妈更是交代一定请你回去一趟，你一定要帮这个忙。"

"主任会批准我回去吗？"

"这个你放心，我已替你请好了假。"

"既然如此，我只好服从了。对了，最好能让晓杭的父亲李川夫和我们一起去，你看如何？"

"这样好，这样好。"

迩戈站起来给老李打电话，说小凤的父亲来了，请他过来吃午饭。

老李骑着自行车，很快赶到了军管会。

两亲家见面后，谈得很投缘，有些一见如故的感觉，很快就直奔主题，聊到了儿女的婚事。

老李、焦营长的想法出奇一致：男方、女方都是好孩子，彼此接触了一年多，互相满意，年龄也不小了，应当尽快完婚。

甚至，他们连两人婚后的生活都想好了。

焦营长说："我在部队待习惯了，以后去哪儿工作、生活都无所谓，可是家属不行，小凤和她妈妈做梦都想回江南。"

老李说："我这半辈子献给了边疆，晓杭也在新疆服役多年，可我们还是想杭州，想故乡。他转业后想回杭州工作，只要组织上不反对，我是坚决支持的。在哪儿都是一样干革命，再说回杭州还能照顾妈妈，有什么不好？"

"晓杭在部队上干得不错，应该有更大的前途，他同意转业吗?"

"晓杭孝顺,知道他母亲一个人太孤单,愿意转业回去照顾母亲。"

"杭州那边,好安排工作吗?"

"这个你放心,像他们这些年轻的军转干部,地方上争着要。小凤是护士,有专业技术,到杭州肯定能找到对口工作。"

"呀,看来你们是有本事的人。"

"说不上有本事,我们家是杭州老户,有些老熟人,再说国家对军转干部的安置有专门的政策。"

"如果孩子都回去了,你有何打算?"

"我准备提前退休,也回杭州。你呢,要当一辈子军人?"

"铁打的营盘流水的兵,营级干部不可能在部队干到老的,我也有转业的打算。"

"我看哪,如果你转业,就不要回仙居了,小县城没多大意思,干脆到杭州去。"

"入伍前户籍不在杭州,就怕人家不要啊⋯⋯"

"你想想看,你就一个孩子,如果女儿、女婿都落户在了杭州,领导上能不考虑你的实际情况?"

"我的事儿再说吧。真能安排到杭州,当然是再好不过了。"

说到这里,迻戈听到了他俩的笑声,也为他们两家而高兴。

刘主任开会回来，跟老李握了手，请大家到楼下餐厅吃饭。

吃完饭，一行人急匆匆坐上吉普车，踏上了旅程。

夜半时分，他们才到达团部，焦营长在招待所安顿下老李、迻戈。三人商议，明天一早请迻戈到焦家来，做好了小凤的工作，老李再过来说未来的细节。

第二天，迻戈是在焦营长家吃的早饭，焦营长一家三口都在。吃完饭，焦营长两口子借故去了邻居家，留下迻戈和小凤坐在客厅里。

迻戈正斟酌着如何开口，对面传来小凤的抽泣声。

迻戈走到她身边，安慰她别哭了。

小凤哭了一会儿，仰起脸目不转睛地看着迻戈。

迻戈笑笑，说："小凤，你爸爸妈妈，晓杭的爸爸妈妈，还有我，我们都很关心你。有些事，需要及早定下来。"

"晓杭是不错，可是，可是我……"

"可是什么？"

"有件事我始终心神不宁，忐忑不安。"

"彻底忘掉那个坏蛋吧，吴胜利已转业回老家，过去的一切都永远过去了！"

小凤沉默一会儿，突然说：

"可是，可是我觉得李晓杭各方面都比不上你。"

"傻妹妹，我是你哥哥，是亲人。晓杭是你对象，他暂时比不上你的亲人，也是正常的。”

“可是……”

“别老是可是了，哪来那么多转折。我认为，你应该跟他到杭州去，建立幸福的家庭，开始新的生活。”

“我想听到你的真心话。”

“我认为，李晓杭是个可以托付终身的人。我是你父亲的部下，关系没的说；和他父亲搭班子搞工作，也很愉快，我觉得不仅你和晓杭合适，就是你们双方的老人也合得来，说实话，我认为你俩是可遇不可求的良缘。”

小凤坐在那里，两手托着腮，低着头，闭着眼，似乎在深思。停了一会儿，抬起了头，说：

“我把你当成亲哥哥，你既然看好他，同意我们结婚，我就有了主心骨，只好同意呗。”

说完这话，小凤“哇”地哭了起来。他没有去劝她，任她尽情发泄。

十几分钟后，小凤止住哭声，迩戈走到盆架前扯下毛巾，递给她擦脸。

小凤严肃地喊了一声“哥哥”，然后说：“我去喊爸爸妈妈回来。”

一家三口进门，屋里的气氛顿时欢快起来。

焦营长郑重其事地和迩戈握握手，说：“迩戈，还得麻烦你一件事。”

迩戈笑着说：“请首长指示。”

焦营长说:"和我一起去招待所请亲家公老李,让她们娘儿俩备饭,中午咱吃个团圆饭。"

按照两亲家商定的方案,一周后就让两个孩子举行婚礼。

焦营长说:"现在提倡革命化的婚礼,家里一切都是现成的,我让营部准备几桌酒席,喊些老战友热闹热闹。"

然后又商定,在新疆办完婚礼,就让小两口去杭州,旅游,拜见男方亲友,顺便也落实转业后在杭州的工作。

下午,焦营长带着老李、迩戈去营部打电话。

老李把电话打给儿子,晓杭当即说马上请假赶过来。

迩戈的电话是打给刘主任的,本想请几天假留下来参加小凤的婚礼。刘主任说:"正好,团部有新任务,你在团部住几天,完成了新任务,再来这边吧。"

# 第十五章　征途

## 广袤的荒漠

小凤、晓杭的婚礼简朴而热闹。婚礼第二天，迩戈就接到新任务，要求他马上出发。

迩戈的任务有二：一是代表后勤处，带一卡车给养送往前方的两处哨所。二是代表政治处，带两位排长去这两处哨所上任，同时把两位轮换下来的排长带回部队。马处长、刘主任都说这是一趟苦差，要求迩戈圆满完成。

迩戈、两位排长，还有一位向导，坐在吉普车里走在前面，载着满车给养的解放牌卡车跟在后面。路况很差，他们走得很慢。

前两天的路途还算顺利，第三天，他们在兵站吃过早饭就出发了。

路况越来越差。迩戈坐在副驾驶位上，向前方望去，别说树木了，就连一棵小草也寻不到。天上没有飞鸟，地上没有动物，只有一望无际、凹凸不平的沙丘和卵石滩，也不知道它们在这里沉睡了多久。这里的景色，只能用荒凉、寂寞、浩瀚等词汇来形容。

向导是维吾尔族，他说，这里的气候变化无常，忽而风平浪静，忽而飞沙走石。风暴大起来，能将汽车掀翻，能把驼队吹跑，能将狼群抛向空中。这里偶尔会下场暴雨，暴雨过后必有洪水。向导指指前方的沙丘，说，前年，地质勘探队从这里经过，正赶上发水，一行十多人被冲走。洪水过后，大地一片白茫茫，这些人的尸骨至今没有找到。前些日子还见他们的家属来祭奠，留下几个花圈在风中瑟缩。

汽车被一堵看不到头尾的沙丘挡住了去路。从地图上看，这里应有一条沟，顺着沟底可以继续前进。拿指北针定位，汽车前进的方向是对的。那条沟去哪里了呢？

向导和司机爬上沙丘，用望远镜反复观察，仍找不到路。向导说，去年这里刮过一次沙尘暴，可能是风暴的缘故，形成了这堵沙梁。

大家一筹莫展，都说肚子饿了。迻戈只好下令，请大家拿出馕，就着水壶里的水，算是午饭。

饭后，迻戈让司机和向导乘上吉普车，顺着沙梁先向左边行驶，寻找沙梁的尽头，其余人在原地等候。

大约一个钟头后，吉普车回来了，说是找到了路。大家兴奋地唱起歌来：

毛主席的战士最听党的话，

哪里需要到哪里去，

哪里艰苦哪儿安家。

祖国要我守边卡，

扛起枪杆我就走，

打起背包就出发。

…………

这首《毛主席的战士最听党的话》，由新疆伊犁军分区的李之金创作于1962年，据说，创作灵感来自伊犁军分区阿拉马力边防连。1962年8月，十余名解放军干部战士牵着骆驼、扛着铁锹，来到荒无人烟的雪山孤峰，在阿拉马力扎下了根。李之金据此创作了这首饱含豪迈情怀、带有浓郁新疆音乐风格的歌曲，在新疆等地传唱开来之后，被《红旗》杂志发表，迅速唱响全国。

一路颠簸，天黑之前总算赶到了兵站。

兵站佟站长热情接待了他们，请大家先洗脸。

屋里的地上，放着三个搪瓷盆，各盛小半盆水，盆沿上放着毛巾。

佟站长说："此地缺水，请大家凑合一下，两三个人合用一盆水吧。用后的水不要泼掉，放在那里就行了。"

大家简单洗了手脸，佟站长说兵站用水全靠卡车去二百多公里外的村子拉，按规定是三人合用半盆水，给你们用三盆水算是照顾了，但喝水和吃饭管够，请同志们理解。

迤戈说了感谢，又说自己想去院子里转转。

佟站长陪着迤戈转到兵站后院。后院有十几亩大小，修有连排的地窝子。院内停着一辆半新不旧的解放牌卡车，车旁立着几个汽油桶，院子中间堆放着一堆杂物。

佟站长看看表，说饭菜应该准备好了，请迤戈一行去饭堂。

饭堂不大，也很简陋，几个包装炮弹的木箱组合在一起，算是桌子，凳子则是十多个包装手榴弹的箱子。饭菜却不错，一笼热腾腾的馒头，一锅烩菜，菜里有莲花白、土豆、粉条、海带和肉片，佟站长又打开几瓶罐头。

大家狼吞虎咽地吃起来，吃得香甜极了。

吃完饭，佟站长领着大家去后院的地窝子休息。

地窝子里打着地铺，铺着厚厚的茇茇草，放着军用卧具。奇怪的是，每个铺位上方都吊着一条长长的背包带，从屋顶一直垂到铺上。

佟站长拎起一条背包带，说：

"睡觉前，请同志们把身上穿的所有衣服，包括背心、裤头，全部脱下来，用这根带子捆住吊到空中，光着身子钻进被窝，请大家一定按我说的去做。"

"佟站长，这是为什么？"

"咱这里缺水，卫生条件差，虱子多。不这样做，虱子会爬满你们的衣服。"

"会不会爬到头发里？"

"当然会。不过，我看你们理的都是寸头，头发不长，认真梳洗一番,应该问题不大。"

"万一呢,怎么办?"

"告诉你们一个方法,明早起床后,用枕巾把头和身体多抹几遍,就像平时用水洗澡那样,然后穿上衣服就行了。"

大家按照佟站长教的办法,把身上的衣服脱了个精光,捆好后吊在空中,又扯起被子使劲抖动着。相互看看,个个都是光屁股,不由得哈哈大笑起来。

等大家都躺进被窝里,佟站长呼地吹灭油灯,屋里顿时一片黑暗。奔波了一天,大家很快都睡着了。

夜半时分,迩戈被身上的一阵奇痒惊醒,先是觉得背上痒,继而觉得肚皮也痒,胸口也痒,浑身像有无数只蚂蚁在爬上爬下,痒得钻心。用手挠胸口,感觉触摸到了两个颗粒状的东西,如芝麻粒大小。用手指捏捏,软软的。用劲一捏,似乎捏出了黏黏的液体。他明白了,是虱子。他没有吭声,因为怕惊醒大家的美梦。

折腾到早上五点多,他光着身子下地点上油灯,喊大家起床。

大家起床后,按照佟站长教的方法处理一番后,穿好衣服,离开了地窝子。


## 边防哨卡


又是三天的颠簸,疲惫不堪的一行人终于抵达目的地。

边防站的战友们跑上来围住他们，握手、拥抱，都很激动。站长安排人支起大锅，把一桶桶冰块倒在里面，给他们烧洗澡水。

在铁皮桶里洗了个别具特色的热水澡，迩戈才觉得身上不那么痒了。

丰盛的晚餐之后，边防站的战友们在营房前燃起篝火，要举行联欢晚会。

熊熊火光，映红了巍巍雪山，惊醒了沉睡的荒原，兴奋了战友们的脸庞，照亮了雄伟的边关。

迩戈领头，大家合唱起《毛主席的战士最听党的话》：

毛主席的战士最听党的话，
哪里需要到哪里去，
哪里艰苦哪儿安家。
祖国要我守边卡，
扛起枪杆我就走，
打起背包就出发。
…………

歌声雄壮、激昂，震撼着雪山，飘荡在荒原……

第二天，谈完工作，站长要带迩戈参观边防站周围的景致。迩戈摇摇手，说我知道您很忙，我自己随便走走、随便看看吧。

他顺着小道，缓缓走上山坡，走到山顶哨亭时已是气喘吁吁。

站在岗亭旁的高冈上，抬眼望去，山上一片白茫茫，起伏的山峦连绵不绝。俯视山下，一坡连着一坡望不到尽头。天地之间，看不到一棵树木，望不见一只飞鸟，唯有苍茫和寂寞。

边防站的战友们，个个面色黝黑，犹如古装戏里的包公一般。逖戈想，他们吸不饱氧气，吃不上蔬菜，远离故乡，在荒无人烟的西北边陲巡逻站岗，守卫着祖国神圣的领土，他们是最可敬、最可爱的人啊。

在边防站休整三天，他们要踏上归途了。

当太阳跃升在地平线上时，边防站的战友们列队欢送他们。

他们眼含热泪，迎着初升的太阳，踏上返程。

再见了，可亲可敬的战友们！

再见了，神圣雄伟的边防哨卡！

## 春天

逖戈回到糖烟酒公司宿舍后，顾不得休息，立即去军人服务社买了香皂、内衣，又找出干净的军装，赶到澡堂痛痛快快地洗了澡、理了发。

他看看自己换下的衣服，狠狠心，走到澡堂后院的锅炉房，扔进了熊熊火中。

奇迹发生了，这以后身上再无痒的感觉。

新疆的春天，终于姗姗到来。一夜春风，吹绿了树上的叶子，吹红了草原的花朵。准葛尔市的大街小巷，飞舞着杨树、柳树的絮毛，柔柔的、绵绵的，贴在人们的衣服上，粘在人们的头发上。

# 第十六章　离别

## 赏兰

　　幽兰听说迩戈出差回来了，打来电话非要请他吃饭，她在电话里说："我说过要请您吃饭，就一定得请，请您务必赏光！"迩戈推辞不过，只得答应周六的下午去幽兰家做客。

　　下午三点左右，迩戈徜徉在平坦洁净的人行道上。迩戈回忆着上午会议的内容，从刘主任的讲话中，他隐约感到军代表的工作可能快要结束了。

　　军代表的经历，在他的人生中虽然是短暂的，留给他的印象却是极其深刻的，让他难以忘怀。这期间，他遇到过诸多困难和阻力，经历和处理过不少棘手问题；迷惘、痛苦过，也拼搏、欢乐过；和品行不端的人斗争过，也与善良的人交往过。他想，自己在工作上虽说不上是殚精竭虑，但从没有退却、懈怠、糊弄。这段经历，让他学到了知识，增添了智慧，积累了经验, 丰富了人生。在糖烟酒公司, 自己还有几项工作没有做完, 接下来要尽快了结。

迩戈又想起和幽兰不多的几次交往。幽兰身材高挑, 身体凸凹分明, 肌肤丰腴细嫩。圆圆的脸蛋犹如伊犁秋天的一枚苹果, 白里泛着红润。弯眉长睫, 双眼皮儿, 一对大而圆的眸子清澈明亮, 两条粗粗的麻花辫直直垂到臀下。这姑娘爱微笑, 笑容里含着羞涩。一笑, 就有一对浅浅的酒窝出现在红润的脸上。她给迩戈的印象, 像是从天池里刚捞出来的一样, 水灵灵的。既有大家闺秀的矜持从容, 也不乏小家碧玉的玲珑剔透, 比南方女子爽朗, 率真而多情, 比北方女子细腻, 娇柔而风韵。她的矜持和妩媚让他心动。

迩戈来到幽兰家门口, 敲了敲门。幽兰开门看见迩戈, 忙微笑着请他进屋坐下, 沏好茶水, 放在他面前的茶几上, 微微一笑, 说: "请喝茶吧, 军代表同志。"

"谢谢!"迩戈说着话, 指指自己带来的两包糕点, 说, "这是送给大妈的。怎么, 老人不在家?"

幽兰说: "我妈去居委会开会去了, 不耽误回来做晚饭。你呀真客气, 来就来吧, 还拿什么礼物。"

"你请我吃饭, 我不能两手空空吧?"

幽兰笑了, 红润的脸蛋上显现出一对酒窝。她低下头, 有些害羞, 站在那里一动不动, 沉吟片刻, 说:

"请喝茶吧……"

"大妈不在家, 咱们出去转转好吗?"

“好，我在家正闷得慌，你稍等一下。”

她转身进了自己的房间。几分钟后，她站在了他的面前。只见她上身穿着天蓝色的薄毛衫，下身穿着长及脚踝的墨绿色褶皱裙，脚上穿着高跟靴。这样的打扮，少了奢华，多了风情，甚是协调。她伸展双臂，就地转了一圈，看着他，问道：

“你看怎么样？”

“啊，这样搭配好，太美了。”

“现在可以走吗？”

“好，现在就走。”

幽兰随手将一张字条放在桌子上，用杯子压住，跟着他走出家门。

阳光铺满大地，一个潇洒威武的军官，一个端庄美丽的姑娘，肩并肩走在人行道上。

两人穿过百货大楼，来到人民公园门前广场。游人从公园大门进进出出，男男女女，老老少少，不时有人经过他们身旁。

迩戈向售票处走了几步，扭头看幽兰，她仍站在原地，看着来来往往的人们，脸上绽开了笑容。几个维吾尔族姑娘走到幽兰身旁，停下来用维吾尔族语跟幽兰说着什么，接着几个人就笑了起来。

笑了一阵，几个姑娘向幽兰摆摆手，走了。然后就见幽兰左右张望，脸上露出焦急的表情。迩戈猜想她是在找自己，想跟她开个玩笑，于是就躲到一棵大树后面。

迩戈伸头观察，只见她在那里趔来趔去，踮着脚四处张望，很着急的样子。

他从树后轻轻移动脚步，悄无声息地走到她身后，轻轻拍了一下她的肩膀。她转过身，一看是他，一把拽住他的胳膊，生怕他丢了似的，焦急瞬间转换成了嗔怪，说：

"你到哪儿去了，害得人家到处找你。"

"你刚才和那几个姑娘在说什么，看你们那高兴劲儿……"

幽兰笑了，笑里带着骄傲与兴奋，说："她们说我这身衣裳特别好看，说特别喜欢，问我在哪里买的。"

"你怎么回答的？"

"我告诉她们，上衣是我自已织的，裙子是我妈缝制的，世界上就这一套，你们买不到的。"

"我也认为你这身衣服漂亮，穿在你身上特别美。"

听到这样的评价，幽兰嘎嘎笑起来，笑得那样天真，那样自豪，那样兴奋。

公园里的游人不太多，他俩走在蜿蜒小道上，边看风景边说话。

前方有一个爬满葡萄藤蔓的长廊，长廊两侧放着几张长条凳。他们面对面坐在凳子上，他看着她，她也看着他。

对视了一会儿，幽兰低下头，问："前些日子，你到什么地方出差了，需要这么长时间？"

"哨卡。"

"听说哨卡都在大山深处，离这里很远，是吗？"

"很远。"

"公司现在稳定了，你不用天天晚上加班了吧？"

"偶尔。"

"我看你比以前瘦了，是不是食堂的伙食不好？"

"还好。"

"我妈特别会做饭，也爱做饭招待客人。你要是嘴馋了，就到我家来吃饭，也好改善改善。"

"谢谢。"

听到这里，她忽地站起来，脸色也变了，生气地说："难道你只会说两字一句的话吗？"

他赶紧站起来，面带笑容看着她。她的目光望着别处，不理不睬。迤戈轻声问："我哪句话惹你生气了，回答得不对吗？"

"不对。"

"刚才是逗你玩呢……"

"讨厌。"

"我很讨人烦，再不说话了还不行吗？"

"不行。"

"你看看，你不是也只回答两个字吗？"

她咯咯地笑了，笑得很灿烂。他也笑了，笑得很开心。

他俩说笑着，继续在公园里漫步。公园西部，有一处园中园，两人随人流走进去，发现这里正在举办兰花展。各个品种的兰花，布置得雅致、紧凑，不大的园区成了兰花的世界。

迩戈弯下腰，看盆盆兰花的标签，春兰、蕙兰、建兰、墨兰、寒兰、春剑，名目繁多。兰花的叶子，有的是细细的、长长的，有的是厚厚的、短短的；有的向上直立，有的向外伸展；有的短而狭，有的长而尖；有的只有几厘米长，有的长约一米。片片绿叶，油润光泽。再看花的色彩，有的是红色的，有的是淡黄色的，有的是粉红色的，有的是黄褐色的，有的是绿色的。闻闻花的气味，有的清香，有的芳香，有的幽香，有的无味，清雅温馨，让人顿感"坐久不知香在室，推窗时有蝶飞来"的情趣。

看着簇簇兰花，迩戈想起了诗人陶渊明《幽兰》中"幽兰生前庭，含薰待清风"的诗句来。又想起中国传统文化中将梅、兰、竹、菊并称为四君子。兰与梅的孤绝、竹的气节、菊的傲霜有所不同，它有飘逸、俊秀、绰约多姿的叶片，淡雅、高洁、神韵兼备的花朵，沁人心肺、纯正幽远的香味，古人爱用兰花比喻人的高贵品格，认为君子应如兰花一样，含蓄低调，保持高尚的节操。想到这里，迩戈小声咏起了唐代诗人李白《古风·孤兰生幽园》里的诗句：

孤兰生幽园，众草共芜没。

虽照阳春晖，复悲高秋月。

飞霜早淅淅，绿艳恐林歇。

若无清风吹，香气为谁发。

幽兰来到他身旁，听他小声背诗。

他抬头看见了她，又想起李白的《咏幽兰》，于是小声读了出来：

> 婀娜花姿碧叶长，风来难隐谷中香。
> 不因纫取堪为佩，纵使无人也自芳。

幽兰靠近迩戈，紧紧牵住他的手，看着他，问："你背的是什么诗？"

"《咏幽兰》。"

"这首诗的题目，竟然有我的名字，是不是你编的？"

"我哪有这样的才华，是唐代诗人李白写的。"

"啊？没想到我的名字竟然在古人的诗里面。"

"我再给你背诵一首宋代诗人描写兰花的诗，如何？"

幽兰点点头，迩戈背起了苏轼的《题杨次公春兰》：

> 春兰如美人，不采羞自献。
> 时闻风露香，蓬艾深不见。

幽兰用崇拜的眼神看着他，让他再背一首。他想了想，朱熹的《兰》也很有韵味，于是小声背给幽兰听：

> 谩种秋兰四五茎，疏帘底事太关情。

可能不作凉风计，护得幽兰到晚清。

"这首诗里，又有我的名字。你怎么记得这么多诗？"

"我看到这些兰花后，想起了学生时代背诵过的古诗，这可能就是触景生情吧。"

太阳快要落山了，他俩走出公园，向幽兰家的方向走去。一路上，他们赞叹着兰花的美。快到幽兰家了，迩戈停下脚步，看着幽兰，说："我这护花使者，已送你到家门口了，你自己回家吧。"

"说好的，在我家吃晚饭嘛。"

"去家吃饭，还得劳累大妈。"

"我妈早做好了，肯定有不少好菜。"

"你又不是算卦先生，你怎么知道？"

"你一向聪明，现在怎么这么笨呢？"

"啊，我明白了，你压在杯子底下的那张字条……"

幽兰高兴地笑了起来。

两人推门进屋，餐桌上果然摆满了菜肴。幽兰的弟弟迎上来，笑嘻嘻地说："你们怎么才回来？我都饿了，妈不让我吃，说是等着你们回来一起吃。"

大妈从厨房走出来，招呼他们快坐下吃饭。

大妈不仅做了好多菜，还包了羊肉饺子。迩戈感激地说："谢谢大妈，做这么多好吃的，我很过意不去，太谢谢您了！"

"不要说客气话了，你一个人在外实在不易，以后可常来我家吃饭，你可以把这里当成自己的家。"

"谢谢，谢谢您。"

吃过饭，迩戈和众人告别，幽兰出门去送他。

月亮升起来了，月光明净透彻，如水的银辉温柔地铺在大地上。几颗星星，在月亮周围眨着眼，仿佛笑看路上的行人。

幽兰和迩戈在人行道上慢慢走着。皎洁的月光洒在幽兰的脸上和身上。迩戈扭脸看看，月光下的她，更显清新脱俗，犹如一株俏丽的兰花，妩媚清雅，摄人心魄。

一阵风吹来，幽兰的裙摆被撩得起舞，她犹如欲飞的蝴蝶，飘逸在银色月光中。

马路上静静的，只有绿化带里偶尔传来小虫的鸣叫声。他俩默默地、慢慢地走着，谁也没有说话。又走了一会儿，迩戈看着她，说："幽兰，不要再送了，请回家吧。"

"再往前走一会儿吧。"

"你是不是有什么话想对我说，有话请尽管讲。"

幽兰看看迩戈，欲言又止。迟疑了一会儿，她说："我没有什么可说的，只是希望你今后没事了常到我家来玩儿。"

"真没有什么话可说？"

"是……是的，没有。"

"好，那就再见吧。"

迩戈走出好远，回头看看，幽兰仍伫立在那片明亮的月光下。

# 上调

迩戈是在糖烟酒公司革委会成立大会筹备会议上被匆匆赶来的军管会通信员叫走的。

到了军管会，刘主任让他立即赶回团部，说有新的任务。

他问是什么任务，刘主任满脸严肃地说："到了你就知道了！"

领导不说，迩戈从来不问，这是多年养成的习惯。

回到团部，刚放下行李，副政委就推门进来，让他立即到会议室去，说是军区来的同志要找他谈话。

迩戈立即整整军容，走到小会议室门口，喊了"报告"。

进去后，屋里坐着两位干部。对方和气地请迩戈坐下，那位年长的干部说："我们是军区政治部的，今天找你了解些情况。"

"首长有何指示，请明示。"

"我们这次来，主要是了解一下团党委成员的情况。你是政治处干事，我们想听听你对每位党委成员的看法，要实事求是。"

"好的，我一定遵照首长指示，不带任何偏见，实事求是地汇报。"

"好吧，现在就可以开始了。"

迩戈低头思考片刻，说：

"我首先说明，对于每位领导，我都会用一分为二的观点去讲，只讲我个人的看法。如果讲错了，由我本人承担责任，并请首长批评指正。"

两位来客点点头。

迩戈的汇报不卑不亢，就像平时讨论会上发言似的，语调平和，语速适中，一分为二地讲述着每个人的优点和不足，有理有据。

最后说的是王副团长。讲完其优点，迩戈直言不讳地说，王副团长平时爱摆架子，作风粗暴，训人骂人是家常便饭，导致官兵关系紧张。并举例说，王副团长平时下部队视察、检查工作时，手里总是提着武装带，两名警卫员左右护卫着。而且他不重视政治学习，会议时间稍长就打瞌睡。

两人听后，笑了起来。

"我的汇报完了，讲得有不对的地方，请首长批评指正。"

二位对视一下，要他先回去。

晚饭后，迩戈碰上政治处的芦干事，说要去他宿舍喝杯茶。

进屋后，迩戈正要泡茶，芦干事伸手拦住他，说刚吃过饭喝什么茶，自己有几句话想问他。

迩戈说："请讲。"

芦干事说："老弟，我问你，今天上午，是不是有军区来人找你？"

"是的，他们要了解团党委成员的情况。"

芦干事说，军区来人的任务有两个，一是调研团级领导干部的配置状况与个人素质，二是选拔一批年轻干部充实到军区机关。芦干事说："前几天他们找胡参谋谈话，后来听胡参谋对外讲，他对一个个团党委成员都给予了夸奖，说什么政治觉悟高，工作能力强，等等。结果，就传出了军区来人不高兴，说胡参谋对组织不讲实话，是好人主义。"

"这话怎讲？"

"据说，团长要上调。胡参谋认为，团里王副团长资格最老，上面人也熟，接任者肯定是他，就当着来人的面把王副团长夸成了花。结果人家打断了他……唉，王副团长，哈哈哈哈……"然后又问："迩戈老弟，今天你是如何汇报的？"

"我是实事求是说的，有一说一，有二说二。"

"老弟啊，诚实是没错，不过也得谨慎些、策略些，上天言好事嘛！"

然后，芦干事哈哈几句就告辞了。

谁知两天后，军区就下了调迩戈来军区政治部工作的命令，要求他一周内办妥工作交接，来军区政治部报到。

接到命令的当晚，他带些礼品去看望马处长。

马处长夫妇招待他吃了一顿丰盛的饭，在吃饭过程中，处长说了许多关心、爱护和期望的话，可以说是语重心长。吃完饭，马处长亲自把他送出家属院。临别时，迩戈给这位可敬可亲的首长敬了个军礼，马处长立即庄重地还了军礼。

第二天，他去了焦营长家。焦营长夫妇已经知道迩戈要上调,见了他自然是喜不自禁。

焦营长告诉迩戈,小凤夫妇已转业到杭州工作,两人在同一家医院,小凤在护理部,晓杭在保卫科,两人生活得很好。

焦营长两口子也留他吃了饭。席间,说到焦营长的转业,焦营长说报告已经打上去,杭州那边的工作,亲家正帮着张罗,估计问题不大,然后说:"迩戈,青年人是早晨八九点钟的太阳,世界是你们的。去了军区,只要好好干,肯定大有前途。"

吃完饭,迩戈要告辞了,站起来紧紧握住焦营长的手。

焦营长也动了真情,红着眼圈说:"迩戈,你今后有什么事需要我办,我保证没有二话,一定全力帮你。"

"营长,我现在只有一件事放心不下。"

"你讲。"

"我走后,请你派人去阿尤木班长家里看看,多关照一下他的妻女。"

"这个事就交给我吧,于公于私,我都该管。你就安心到军区工作吧。"

"好,再见。"

焦营长夫妇一直把迩戈送到大路上。

# 第十七章　怀念

今晚是迩戈在团驻地的最后一个晚上，恰巧有军区文工团来团里慰问演出，领导要迩戈一定来看演出。刘主任及政治处的同志们都来了，马处长一家也来了。迩戈拉着马处长的小儿子明明，坐在处长旁边的座位上。

酱红色的幕布徐徐拉开，一位身材苗条的维吾尔族姑娘轻盈地走上舞台。她身后的布景上，显现出白皑皑的雪山，翠绿色的草原，云朵似的羊群……

"新疆军区政治部文工团慰问演出现在开始……"报幕员银铃般的声音，引出一个又一个精彩的节目。

热瓦甫弹奏着明快、悦耳的旋律，达甫打出了高亢激昂的节奏，铿锵、浑厚的男中音开始在礼堂里回荡：

　　　　天山脚下是我可爱的家乡，
　　　　当我离开她的时候，

好像那哈密瓜断了瓜秧。

白杨树下住着我心爱的姑娘,
当我和她分别后,
好像那都塔尔闲挂在墙上。
瓜秧断了哈密瓜依然香甜,
琴师回来都塔尔还会再响。
当我永别了战友的时候,
好像那雪崩飞滚万丈。
啊……
亲爱的战友,
我再不能见到你雄伟的身影,
和蔼的脸庞。
…………

旋律、歌声,让迩戈的心灵受到极大震撼,两行热泪不由自主地涌出来,又一次唤醒了他刻骨铭心的一段记忆……

迩戈记得,自己入伍那年,新兵训练结束前要进行实弹投掷课目的考核,阿尤木班长负责保护现场安全。"轰——轰——",随着声声巨响,一个个战友从掩体内跃出来,脸上露出喜悦。最后参加考核的是李大勇,他在平时训练中投得最远,领导把他放在最后,是期待他能创造考核纪录。

只见李大勇满怀信心地跳到掩体内,几秒钟后掩体内轰隆一声响，大家都意识到一场灾难降临了。大家飞快地围拢在掩体周围，只见班长阿尤木趴在李大勇身上，一动不动，浑身是血。人们慌忙把班长抬上来，呼叫着他的名字，他却永远闭上了眼睛。李大勇趴在班长身上号啕大哭，在场的人随之都哭了起来……

　　事后，李大勇对调查组讲，自己跳进掩体后，听到阿尤木班长"投"的命令时，心里激动万分，满脑子都是"自己一定要刷新全团实弹投掷最远纪录""为全连、全排、全班争光"等念头，于是立即拧开引线盖，把无名指套进引线环，铆足了劲，用尽全身力气，右脚向后猛蹬，但不知为何脚下一滑，身体失去了平衡，手榴弹虽然扔了出去，却被掩体反弹回来。在这千钧一发之际，他只听到一声"卧倒"，就被班长突然推倒并死死压在身下，接着就是震耳欲聋的爆炸声……李大勇得救了，班长却献出了年轻的生命。

　　礼堂内爆发出雷鸣般的掌声。迩戈从回忆中惊醒，坐在他身旁的明明惊奇地望着他，小声说："哥哥，你怎么哭了？"

　　"啊！没什么，太激动了……"

　　是的，想起老班长阿尤木，他怎么能不激动呢？阿尤木为了保护战友，献出了宝贵的生命！朝夕相处的那些日子里，班长手把手教他们军事技能，还鼓励他们做雷锋式的好战士。班长把全班战士看作自己的亲弟弟，他们把班长视为大哥哥。班长几次对大家说，以后有机会要带他们去自己的家乡看雪山、牧场、羊群，请他们喝家乡的奶茶，品尝妻子吐尔逊汗烤制的馕……讲到这里，班长的眸子里就会流露出喜悦的光。班长热爱新疆、热爱部队、热爱生活、热爱家人。

阿尤木班长牺牲后，迩戈终于有机会去了他的家乡、见了他的家人。那是迩戈当了后勤处文书后，处长批准他代表原先班里的战友，去阿尤木的家乡探望他的妻女。

他搭乘军车来到阿尤木的家乡。下了车，看到不远处有一位放牧马群的维吾尔族老人，就跑上前用不太熟练的维吾尔语打听阿尤木的妻子吐尔逊汗的住处。老人拍了拍他的肩膀，大声说："走吧！我正好要回牧场去，我领你去找她。小伙子，上马吧！"

迩戈从老人手里接过枣红大马的缰绳，利索地翻到了马背上。

马儿奔驰在山路上，迎面扑来雪山的寒气。迩戈抬头仰望，蓝天衬着高耸的雪峰，巍峨壮观，白皑皑的雪线下是一望无际的原始森林。

走出山口，视野顿觉开阔，奇丽无垠的牧场展现在眼前。蘑菇似的帐篷撒满草原，云朵似的羊群在微风中时隐时现。

在一顶白色帐篷前，迩戈见到了吐尔逊汗大嫂。说明来意，她请迩戈进帐篷说话。

在帐篷内，迩戈见到了班长的女儿古丽。从她的眼睛里，迩戈仿佛看到了阿尤木班长那炯炯的目光。

落日映红了雪峰，彩霞绚丽灿烂。

听说部队来人了，牧民们陆续来到吐尔逊汗家，男的、女的、老的、少的，把帐篷挤得满满的。烤羊肉、手抓饭、酸奶疙瘩、哈密瓜摆满了小饭桌，他们争着请迩戈品尝自己带来的食品，邀他在这里多住几天。

帐篷外面燃起了篝火，火光映红了草原。小伙子们弹起了热瓦甫，敲响了达甫，老大爷拉起了手风琴，大家跳起了欢乐的舞蹈。他和吐尔逊汗大嫂，随着明快的节奏跳起舞来。琴声和姑娘们婉转甜美的歌声，在草原的夜空中回荡……

第二天清晨，羊的咩咩声惊走了迩戈的梦境，他坐起来，迅速穿好衣服。不久，吐尔逊汗大嫂托着香喷喷的热馕走进帐篷内，身后是提着奶茶的古丽。

吃完早饭，迩戈要帮大嫂干活。她拦不住他，就带他走到羊栏前，让他跟着去放羊。

迩戈和大嫂迎着初升的太阳，拿着鞭子跟在羊群后面。羊儿悠闲地吃着嫩绿的草，有的还不时抬起头来咩咩叫几声。

嫩绿的草覆盖着这片既宽广又平坦的大地，羊儿、马儿、牛儿，犹如彩色宝石，散落在美丽的草原上。微风吹过，草原如浩瀚的海洋，一波赶着一波，波波相互追逐，连绵不断，牛羊在草丛中时隐时现，一派"风吹草低见牛羊"的景象。

草原是野花的世界，五颜六色的野花点缀在草原上，散发出阵阵香味。

迩戈看见有一簇野花很特别，长在草丛中，有一尺多高，花朵为复伞形花序，长约一寸，花瓣颜色有的是粉红，有的是白色，顶端长有芒状的刺，散发出特殊的香味。他随手采下一株，仔细端详着，大嫂走过来告诉他，这是"孜然"，生长在草丛中。迩戈听卫生员说过，孜然的果实有安神、止痛、开胃、去腥膻等功能，牛羊吃了孜然就会肉质鲜嫩，没有腥膻味。

羊儿吃饱了，懒洋洋地卧在草地上，牧羊犬站在旁边守护着羊群。迩戈仰面躺在草地上，望着湛蓝的天，洁白的云，仿佛融入了这片绿色的大地。站在草坡上极目四望，绿色的海洋碧波万顷，各色帐篷星星点点、时隐时现，如盛开的雪莲花。

迩戈在这里度过了难忘的两天，当红日从雪山顶上升起的时候，他挥泪告别了吐尔逊汗大嫂和牧民们。

阿尤木牺牲后，他生前所在班的战士共同约定，每人每月从自己的津贴中拿出两元钱，集中起来寄给班长的妻女。迩戈调到后勤处当文书后，由他负责收钱、寄钱。这次事故后，部队没有立即处理李大勇，而是先把他调到部队农场，几个月后才让他提前复员。李大勇要回家乡了，哭着把自己平时积攒的津贴全部交给了迩戈。后来，有些战友退伍了，但迩戈提干了，有了工资，所以寄钱的事儿一直坚持了下来。

演出结束了，礼堂里响起雷鸣般的掌声。

迩戈抬头看，舞台上，依然是白皑皑的雪山，翠绿色的草原，云朵似的羊群……

第二天，迩戈早早起了床，准备到军区报到。他正坐在宿舍等车来接，忽然听到了敲门声。打开门，只见吐尔逊汗大嫂披着一身朝霞站在门口。

迯戈请她坐下后，她说，焦营长前几天派通信员到家里慰问。通信员告诉她，迯戈上调军区工作了，马上就要走了。吐尔逊汗大嫂眼睛红红的，好像是刚哭过。跟在她身后的古丽，个子长高了，也强壮了，她打开袋子，拿出一包包杏干、瓜干、葡萄干，说让他带到乌鲁木齐吃。

迯戈正要推辞，大嫂又递给他一个用毛巾包着的小包，哽咽着说："这个，请你还给全班战友。战友们的情义，我们娘儿俩领下了……"

他慌忙打开小包，啊！原来是厚厚一沓人民币。他惊呆了，这些日子，她娘俩是咋度过的呀，竟然把战友们的资助全部存下来、全部要退回！这哪里是钱，这分明是高贵、自尊的灵魂呀！

迯戈的手颤抖了，眼睛湿润了。吐尔逊汗大嫂、古丽，都流下了热泪。

司机进来催迯戈上车。走出宿舍，站在吉普车旁，迯戈望着前来送行的战友们，望着关心、爱护、培养他的首长，望着纯朴、善良的吐尔逊汗大嫂，禁不住热泪长流。

吉普车迎着太阳，颠簸着驶向远方，迯戈在心里说着"再见了，再见了"，然后开始怀念，怀念在这里生活、战斗过的朝朝暮暮，怀念首长、战友，更怀念阿尤木班长一家……

# 后记

从警察岗位上退了休，繁忙、紧张的身心终于松弛下来。孩子们各忙各的事儿，我终日赋闲家中，抚髀兴嗟。

站在落地窗前，凭栏望着那轮渐渐西沉的夕阳。落日在晚霞簇拥下仍然灿烂夺目，我顿时感慨万千。

回首往事，六十多年的沧桑岁月已悄然离去。在这漫长的几十年中，有过欢乐，有过痛苦，有过激情和辉煌，有过蹉跎和挫折，其间饱含奋斗与拼搏的汗水，以及人生的酸甜苦辣，更多的是对生活和工作的挚爱与深情。可以骄傲地说，自己的一生没有因碌碌无为而虚度。

我感谢上苍让我降生在我们这个具有五千多年文明史的国度里，更庆幸能生活、工作在中国共产党领导下的人民共和国。党和国家给我提供了工作机会，给了我奋斗与拼搏的巨大动力，使我能在宽广舞台上尽力展现自己的才华。我感谢时代，感谢命运，更感谢祖国，感谢伟大、光荣、正确的党。

回忆在机关工作的那些日子，曾经起草过许多简报、讲话、报告、会议纪要等机关应用文，也在刊物上发表过几篇散文，自认为还能写些东西。眼下的退休生活虽无忧无虑，但长此以往，岂不是白白浪费了光阴？不！不能这样继续下去，老有所为才算一生不留遗憾。我要写些文章，也好给孩子们留下点儿精神财富。基于此，跑了几趟图书馆，阅读了一些资料，又翻阅了藏书和日记，忽然来了兴致，于是重新爬起了格子。

书中故事，是从自己人生的大海中捧出的几朵青春浪花。

日月如梭，今天总算给这部小说画上了句号。

寄希望这部小说，能给当代青年一些启迪，这也算是一位共产党员为当下这个伟大时代所尽的绵薄之力吧！

书中难免有不妥之处，敬请读者朋友批评指正。

最后，要特别感谢家人的鼓励与支持，感谢同学、战友的建议与指导。

郭希吉

2018年3月30日于郑州